La rose rouge

DIANA PALMER

La rose rouge

éditions Harlequin

Titre original : PAPER ROSE

Traduction française de CAROLE PAUWELS

Photos de couverture

Paysage : © ARTZOOKS / ROYALTY FREE
Couple : © PAUL COSTELLO / GETTY IMAGES

83/85 boulevard Vincent-Auriol 75646 PARIS CEDEX 13.
Service Lectrices — Tél. : 01 45 82 47 47

ISBN 978-2-2808-3494-0 — ISSN 1950-277X

Prologue

Le regard embué par le souvenir de ses rêves éteints, Cecily Peterson faisait tourner entre ses doigts une délicate rose rouge en papier.

Amoureuse d'un homme qui ne pourrait jamais lui rendre cet amour, elle avait l'impression que sa vie était à l'image de cette rose, une imitation de la réalité figée dans le temps pour toujours.

L'apparence était séduisante, mais il s'en dégageait une impression de froideur et d'inutilité, une sensation de mort avant même d'avoir vécu.

Tate Winthrop lui avait rapporté cette rose du Japon, lui donnant alors l'espoir qu'un jour, enfin, il s'autoriserait à l'aimer. Mais à mesure que les années passaient, elle avait fini par comprendre que cette rose était en quelque sorte une fin de non-recevoir.

Ce n'était ni plus ni moins qu'une façon élégante de lui faire comprendre que ses sentiments pour elle n'étaient qu'une imitation de la passion.

Sans avoir à prononcer une parole, il lui disait que la tendresse ne remplacerait jamais l'amour.

Huit ans plus tôt…

Un nuage de poussière s'élevait sur la longue route en lacet venant de Corryville, petite cité rurale du Sud Dakota. En équilibre sur le dernier échelon de la barrière entourant le corral, Tate Winthrop suivit un instant des yeux la progression d'un pick-up gris en mauvais état dont le moteur renâclait dans la côte.

On venait lui livrer sa commande, aussi décida-t-il de reporter à plus tard le dressage de sa nouvelle pouliche et il sauta à terre d'un mouvement souple.

Vêtu d'un vieux jean délavé et d'une chemise en toile de chambray entrouverte sur la peau mate de son torse, avec les manches retroussées qui découvraient des avant-bras puissants, il se dégageait de lui une extraordinaire vitalité, une impression de pouvoir et de force.

Peut-être était-ce dû à sa haute silhouette athlétique et musclée, ou à la beauté étonnante de son visage fin et cuivré qu'encadraient de longues nattes d'un noir lustré. Le grand-père de sa mère avait pris part à la bataille de Little Big Horn et avait fait partie plus tard de la délégation qui s'était rendue à Washington pour rencontrer Théodore Roosevelt.

Certains, parmi les plus anciens de la tribu, affirmaient que Tate ressemblait en bien des façons au vieux guerrier.

Sortant un étui de la poche de sa chemise, il alluma un cigare cubain. Ses collègues de l'agence lui demandaient souvent comment il faisait pour se fournir en cigares de contrebande, mais sur ce sujet comme sur bien d'autres, il restait aussi muet qu'une tombe.

Savoir garder le secret était une seconde nature chez lui. C'était également une qualité essentielle dans son travail.

Le pick-up roula encore cinq cents mètres avant d'atteindre la maison basse, tout en longueur, entourée de chênes, derrière laquelle se dessinaient une grange et des écuries, ainsi que plusieurs petites dépendances.

Une jeune fille à la silhouette élancée sortit de la cabine du véhicule. Ses cheveux blonds étaient coupés court, et elle avait des yeux d'un vert intense, pailleté d'or.

Tate était trop loin pour les voir, mais il avait déjà eu plus d'une fois l'occasion de les admirer et s'en souvenait un peu trop bien à son goût.

Elle s'appelait Cecily Peterson, et elle était la belle-fille d'Arnold Blake — l'homme qui venait tout juste d'hériter du magasin d'aliments pour bétail — et la seule employée à ne pas craindre d'assurer les livraisons pour Tate Winthrop.

Situé à quelques kilomètres au sud de la frontière avec la réserve sioux de Wapiti Ridge, où vivait toujours sa mère, Leta, le ranch était très isolé et les visites y étaient rares. Durant toute son enfance, Tate avait souffert de discrimination, et c'était sans doute pour cette raison qu'il avait tenu à s'établir hors de la réserve dès qu'il l'avait pu.

Il n'aimait pas beaucoup les gens en général et se méfiait tout particulièrement des Blancs, mais il avait un faible pour Cecily. C'était une gentille gamine de dix-sept ans dont la vie n'avait pas été facile.

Sa mère, handicapée, était morte quelques mois plus tôt, et elle vivait à présent avec son beau-père et l'un des frères de ce dernier. Le frère était un brave type, assez âgé pour être le grand-père de Cecily, mais le beau-père était un paresseux et un ivrogne. Tout le monde savait que Cecily assurait le plus gros du travail au magasin qui avait appartenu à son père. Son beau-père en avait hérité à la mort de sa mère, et il faisait apparemment tout ce qui était en son pouvoir pour le conduire à la faillite.

Cecily était d'une taille supérieure à la moyenne et aussi mince qu'un roseau, ce que ses amples vêtements masculins ne permettaient guère de déceler au premier regard. Elle ne serait jamais d'une beauté exceptionnelle, mais elle possédait une grâce étonnante et une lumière intérieure qui allumait d'extraordinaires reflets dans ses yeux, leur donnant l'éclat de pierres précieuses.

Vaguement embarrassé, il balaya d'un haussement d'épaules ces pensées déroutantes.

Les sentiments qu'il éprouvait pour Cecily n'avaient rien de romantiques. De toute façon, ce n'était qu'une enfant et, en dehors des livraisons, il n'avait pas d'autres contacts avec elle.

Ce qu'il appréciait surtout chez elle, c'était principalement l'intérêt qu'elle portait à l'histoire de ses ancêtres. Un intérêt qui n'avait rien à voir avec les lubies de ces aficionados qui s'habillaient en peau de daim, achetaient de la bimbeloterie et des cassettes de chants guerriers et singeaient le mode de vie de ses ancêtres. Il n'avait pas de temps à perdre avec ces Indiens du dimanche venus de la ville, mais Cecily était différente. Elle connaissait déjà un certain nombre de choses sur la tribu des Lakota et le sujet la passionnait visiblement. C'était ainsi que, sans s'en rendre compte, il s'était retrouvé à lui faire part de coutumes peu connues et à lui confier certaines anecdotes.

Mais ce n'était qu'après la mort de sa mère que leur lien était devenu plus évident. Ce n'était pas vers son beau-père ou son oncle par alliance, ou un des habitants de la ville que Cecily s'était tournée ce jour-là. C'était dans ses bras qu'elle s'était jetée, les yeux rouges et le visage ruisselant de larmes. Et lui qui ne se laissait jamais émouvoir l'avait longuement bercée dans ses bras, lui caressant les cheveux, lui chuchotant des mots de réconfort tandis qu'elle laissait libre cours à son chagrin.

A cet instant, rien ne lui avait paru plus naturel que de sécher ses larmes. Mais plus tard, il s'était inquiété de l'attachement grandissant que Cecily manifestait à son égard.

Pour rien au monde il n'aurait voulu qu'elle tombe amoureuse de lui, et ce n'était pas uniquement à cause du genre de vie qu'il menait, dangereuse, nomade et solitaire. Il ne pouvait en effet ignorer la raréfaction du sang lakota dans le monde et, pour le préserver, il n'avait pas d'autre choix que d'épouser une Sioux de lignée totalement exempte de métissage. Si toutefois il se mariait un jour…

Revenant au présent, il regarda Cecily refermer la

portière du pick-up et venir vers lui. Délibérément, il n'alla pas à sa rencontre.

Etrangement embarrassée, la bouche sèche, le cœur battant à tout rompre, Cecily s'efforçait non sans mal de dissimuler la vive émotion qu'elle ressentait au moment de revoir Tate. Elle lui apportait une facture à signer et ses mains tremblaient un peu.

Evitant soigneusement de croiser son regard, elle lui tendit le document.

— Mon beau-père a dit que ça correspondait à votre commande, mais il a bien insisté pour que je vérifie avec vous avant de décharger la marchandise.

— Pourquoi est-ce toujours toi qu'il envoie ? demanda Tate tout en parcourant rapidement la liste.

— Parce qu'il sait que je n'ai pas peur de vous.

Ses yeux d'un noir profond quittèrent le papier et se posèrent sur elle.

Il y avait dans ce regard fixe et intense quelque chose qui évoquait celui d'un cobra, provoquant chez ses interlocuteurs un mélange de fascination et d'inquiétude. La première fois qu'elle avait rencontré Tate, elle avait eu envie de prendre la fuite.

Aujourd'hui, elle savait qu'elle n'avait rien à redouter de lui. Il avait fait preuve à son égard de bien plus de compassion et de tendresse qu'elle n'en avait jamais reçu dans sa vie. Et, contrairement aux autres, elle avait compris que la personnalité de Tate Winthrop ne se résumait pas à ce qu'il en montrait.

— Tu es vraiment sûre de ne pas avoir peur de moi ? demanda-t-il d'un ton faussement menaçant.

Cela la fit rire.

— Je sais bien que vous ne me feriez jamais de mal, même si je m'étais trompée dans votre commande.

Ces mots à peine prononcés, elle se reprocha son manque de discernement. Comment avait-elle pu oublier qu'il en était venu aux mains avec son beau-père parce que, l'hiver dernier, celui-ci avait oublié de livrer la nourriture pour les veaux, causant de sérieuses pertes dans le cheptel.

Tate signa le bon de livraison sans faire le moindre commentaire.

— Tout y est, dit-il en le lui tendant.

— Bien. Je vais décharger tout ça.

Voyant qu'il lui emboîtait le pas, elle lui adressa un regard de reproche.

— Je ne suis pas en sucre. Je suis capable de porter quelques sacs de granulés.

— Bien sûr que tu en es capable, dit-il en lui jetant un coup d'œil en coin, une brève lueur d'amusement dans ses yeux noirs. Mais tu ne le feras pas. Pas chez moi, en tout cas.

— Tate, dit-elle sur un ton de reproche. Ce n'est pas à vous de faire ça. Mon beau-père devrait s'en occuper… S'il est capable de diriger le magasin, il peut faire ça aussi.

— Mais pourquoi voudrais-tu qu'il se donne cette peine puisque tu le fais à sa place ?

Alors qu'il s'apprêtait à soulever un volumineux sac d'engrais, il s'arrêta pour l'observer avec attention.

— Qu'est-ce que tu as à la gorge, Cecily ? demanda-t-il d'un ton brusque.

Elle y porta machinalement la main, et sentit la douleur de l'hématome qui s'y était formé. En partant, elle avait boutonné son col, mais l'avait défait car il faisait trop chaud dans la voiture. Par la suite, elle n'y avait plus pensé.

Tate ôta ses gants de cuir usé et les fourra dans la poche arrière de son jean, puis il commença à déboutonner l'ample chemise à carreaux de la jeune fille.

— Arrêtez ! dit-elle, en essayant de l'en empêcher. Tate, vous ne pouvez pas…

Mais c'était déjà fait.

Les mains crispées sur l'étoffe usée jusqu'à la corde de la chemise, Tate contenait sa colère à grand-peine. Les marques sur la gorge de Cecily, semblables à des empreintes de doigts d'homme, le révoltaient. Tout comme l'état de ses vêtements, d'ailleurs. Il savait qu'elle n'avait rien eu de neuf depuis longtemps, et c'était sans doute une volonté délibérée de son beau-père pour garder le contrôle sur elle.

Relevant la tête, il vit qu'elle était écarlate et se mordillait nerveusement les lèvres.

— Je ne veux pas t'embarrasser davantage, dit-il en croisant sur elle les pans de sa chemise. Mais je veux que tu me dises si tu as le même genre de marques sur les seins.

Cecily ferma les paupières et des larmes coulèrent entre ses cils.

— Oui.

— C'est ton beau-père qui t'a fait ça ?

Il la vit avaler sa salive, puis elle hocha la tête.

— Raconte-moi.

— Il voulait me caresser… là. Ce n'est pas la première fois qu'il essayait. Il m'avait déjà embêtée avant de se marier avec maman. J'ai essayé de lui en parler, de l'empêcher de l'épouser, mais elle n'a pas voulu m'écouter. Il avait l'art de l'embobiner et ils aimaient bien boire tous les deux.

Elle croisa les bras sur sa poitrine.

— La nuit dernière, il s'est soûlé et il est entré dans ma chambre. Je dormais…

Elle leva vers Tate un regard empli de répulsion à l'évocation de ce souvenir.

— Pourquoi les hommes sont-ils aussi dégoûtants ?

Un muscle joua sur la mâchoire de Tate.

— Nous ne le sommes pas tous, répondit-il d'une voix crispée tout en lui reboutonnant sa chemise avec une dextérité qui trahissait l'expérience. Ton soutien-gorge n'est même pas montrable.

Elle rougit.

— Personne n'est supposé le voir.

Refermant le bouton du col, il posa les mains sur ses épaules.

— Plus jamais tu n'auras à supporter ça.

Cecily écarquilla les yeux.

— Quoi ?

— Tu m'as entendu. Et maintenant, aide-moi à décharger tout ça. Ensuite, nous parlerons et nous prendrons une décision.

*
* *

Complètement abasourdie par la tournure que prenaient les événements, Cecily regardait autour d'elle tandis que Tate lui versait une tasse de café.

C'était la première fois qu'elle entrait chez lui, et cela ne ressemblait pas du tout à ce qu'on pouvait imaginer de l'extérieur. Il y avait plein d'équipement électronique : plusieurs ordinateurs et imprimantes, radios à ondes courtes, et même un étonnant standard téléphonique. Sur l'un des murs, se trouvait une collection de pistolets et de fusils dont aucun ne ressemblait à rien de ce qu'elle avait pu voir jusqu'à présent.

Par ailleurs, le mobilier ultramoderne avait lui aussi quelque chose de déconcertant dans cet environnement rural.

Il lui revint à la mémoire toutes les rumeurs qui couraient sur le compte de cet homme solitaire qui appartenait à la tribu des Lakota, mais ne vivait pas dans une réserve, dont le passé recelait quantité de mystères, et qui exerçait une profession bien plus mystérieuse encore. Contrairement à beaucoup de Lakota qui étaient victimes de discriminations, personne ne cherchait des ennuis à Tate Winthrop. En réalité, la plupart des habitants de Corryville avaient un peu peur de lui.

Tandis que Tate se laissait tomber sur une chaise, Cecily observa son visage taciturne et se demanda pourquoi il l'avait entraînée dans son antre. D'habitude, lorsqu'ils discutaient, cela se passait toujours dehors.

— Est-ce qu'il t'a violée, la nuit dernière ? demanda-t-il sans préambule.

Cecily rougit violemment et baissa les yeux.

— Il a essayé. Mais je l'ai frappé et j'ai réussi à lui échapper. C'est comme ça que je me suis fait tous ces bleus.

Elle frissonna.

— S'il n'avait pas autant bu, je crois que je n'y serais pas arrivée, ajouta-t-elle. Il m'a toujours ennuyée, mais c'était la première fois qu'il allait aussi loin. Je ne sais pas ce que je ferai s'il recommence. Je n'aurai peut-être pas toujours autant de chance.

Comme Tate l'observait à travers les volutes de fumée de son cigare, Cecily but une gorgée de café pour cacher son embarras.

Il était toujours un étranger pour elle et il l'avait vue en sous-vêtements. Le trouble qu'elle en éprouvait ne s'apparentait à rien de ce qu'elle avait pu ressentir avec quiconque. Et surtout pas un autre homme.

— Que veux-tu faire de ta vie ? demanda-t-il tout à coup.

— Je veux être archéologue, dit-elle sans marquer la moindre hésitation.

Il haussa les sourcils.

— Pourquoi ?

— Un de mes professeurs au lycée était archéologue de formation. Il nous a raconté qu'il avait mis à jour des ruines mayas au Yucatán, et j'ai trouvé ça merveilleux de pouvoir faire revivre une ancienne civilisation, de la montrer au monde comme ça…

Consciente que ce rêve était impossible, elle haussa les épaules.

— Il n'y a pas d'argent pour payer mes études, de toute façon… Maman avait un peu d'économies, mais il a tout dépensé. Elle disait qu'il n'avait pas le sens des affaires, et je crois que c'est vrai parce qu'il n'a rien fait d'autre que de mener l'affaire de papa à la faillite.

— Ton père est mort depuis combien de temps ?

— Six ans. Et puis maman a épousé *l'autre* l'année dernière. Elle disait qu'elle se sentait seule et qu'il était le seul à s'intéresser à elle, ajouta-t-elle en soupirant. Mais j'ai tout de suite vu clair dans son jeu. Pourquoi n'a-t-elle rien compris ?

— Beaucoup de gens manquent d'intuition. Ou ils préfèrent se raconter des histoires.

Les yeux de Tate se plissèrent comme s'il la jaugeait.

— Tu avais des bonnes notes à l'école ?

— Rien que des A et des B. Et j'étais très bonne en sciences.

Une pensée déplaisante la traversa soudain.

— Dites, vous n'allez pas faire mettre mon beau-père en prison ? demanda-t-elle d'un ton préoccupé.

Se sentant honteuse, elle baissa les yeux avant d'ajouter d'une toute petite voix :

— Tout le monde le saurait…

— Tu ne crois pas que c'est ce que méritent les violeurs ?

— Si, bien sûr. Mais il n'a rien fait. Pas encore, en tout cas. Mais vous avez raison, il est sûrement en train d'y penser en ce moment, et ce soir… Je ferais aussi bien de passer la nuit dans les bois si je veux être tranquille.

Un coude en appui sur la table, il se pencha vers elle et plongea les yeux dans les siens.

L'estomac soudain révulsé, saisie de tremblements incontrôlables, Cecily croisa les bras sur sa poitrine tandis que son regard se perdait dans le vide. C'était le pire cauchemar qu'elle ait jamais eu à affronter de sa jeune vie.

— Du calme, ne te mets pas martel en tête pour ça, dit-il d'une voix posée.

On avait l'impression que jamais rien ne l'atteignait, et sans doute était-ce le cas.

— Il ne te touchera pas, je peux te le jurer. J'ai une solution.

Les yeux verts et humides de larmes de la jeune fille s'écarquillèrent.

— Une solution ?

— Tu pourrais obtenir une bourse pour l'université George-Washington. Tout est compris, les livres, les fournitures, et même l'hébergement… C'est un projet réservé aux étudiants nécessiteux et financé par une grande fondation. Tu as tout à fait le profil, et je suis sûr que ton dossier sera accepté.

Cecily hésita, n'osant croire totalement à une telle chance.

— Oui, mais comment je vais faire pour y aller ? Et l'inscription, ça doit être compliqué…

— Oublie ces détails pratiques pour le moment, c'est sans importance. Ils ont un excellent programme d'archéologie, et tu serais à l'abri de ton beau-père. Si tu es d'accord, tu n'as qu'un mot à dire.

— Bien sûr que je suis d'accord ! Comment pourrais-je laisser passer une telle chance ? Mais... Il va falloir que je retourne à la maison en attendant.

— Il n'en est pas question ! Jamais tu n'y remettras les pieds.

Repoussant sa chaise, Tate se leva d'un geste souple et se dirigea vers le téléphone. Après avoir composé un numéro, il attendit puis se mit à parler dans une langue inconnue.

Fascinée, Cecily écouta les sons tour à tour gutturaux et chantants, se laissant bercer par la mélodie qui évoquait le souffle du vent sur des terres arides.

Hélas, il mit rapidement fin à la conversation, rompant ainsi le charme.

— Allons-y.

— Mais... la voiture, les autres commandes ? protesta-t-elle faiblement.

— Je lui ferai rapporter la voiture, avec un message, répondit Tate.

Il ne précisa pas qu'il se chargerait de cela lui-même.

— Mais où est-ce que je vais aller ?

— Chez ma mère. Mon père est mort en début d'année, et elle se sent très seule. Ta compagnie lui fera du bien.

— Je n'ai pas de vêtements...

— Je ferai récupérer les tiens chez ton beau-père.

— A vous écouter, tout semble tellement facile, dit-elle, sans parvenir à dissimuler son étonnement.

— Tout est facile quand on le veut vraiment. Ça fait longtemps que j'ai appris à aller droit au but.

Traversant la pièce à grandes enjambées, il alla ouvrir la porte.

— Tu viens ?

Cecily se leva, en proie à un extraordinaire sentiment de liberté et d'espoir. Elle n'avait jamais cru aux miracles, et il venait de s'en produire un, rien que pour elle.

— Oh oui…

Chapitre 1

Aujourd'hui.
Washington D.C.

Les flashs crépitaient furieusement autour de Cecily Peterson. Les micros — brandis par des journalistes de télévision au prix de postures plutôt acrobatiques — s'agitaient sous son nez tandis qu'elle quittait d'un pas pressé le dîner de charité organisé par le sénateur Matt Holden.

Dans la salle de réception du palace, un homme de haute stature, aux longs cheveux retenus en queue-de-cheval, contemplait avec hébétude la bisque de crabes qui maculait son smoking, tandis que la blonde couverte de diamants qui l'accompagnait suivait d'un regard assassin la sortie de Cecily.

— Bien fait ! murmura cette dernière, en affichant un sourire triomphal. Il ne l'a pas volé.

Hormis les quelques mèches de cheveux blonds qui s'étaient échappées du chignon qu'elle avait eu tant de mal à élaborer, elle affichait une apparence tout à fait sereine, et rien ne permettait de deviner que toute son existence venait de s'effondrer en quelques secondes.

Et pourtant, sa vie était comme le smoking de Tate Winthrop : complètement fichue.

Désormais, plus rien ne serait comme avant.

Traversant l'herbe mouillée où s'enfonçaient les hauts talons de ses escarpins, elle se dirigea vers le 4x4 noir de son chevalier servant et attendit que ce dernier la rejoigne.

Ce soir, elle ne portait pas ses lunettes ni ses lentilles, et les lumières de la rue ne formaient qu'un brouillard de couleur devant elle. La légère étole drapée sur ses épaules, que dénudaient largement les fines bretelles de sa robe noire, ne lui procurait guère de chaleur, et elle ne pouvait pas se mettre à l'abri dans la voiture, n'ayant pas la clé. Mais cela n'avait pas vraiment d'importance. Elle était beaucoup trop choquée pour sentir la fraîcheur de la brise nocturne ou se préoccuper de la circulation, assez dense à cette heure, dans le centre de Washington.

Ce qu'elle venait d'apprendre au sujet de sa bourse universitaire et de sa situation financière actuelle l'avait mise absolument hors d'elle.

Mais ce n'était pas le pire !

Pourquoi avait-il fallu que la vérité lui soit révélée par cette pimbêche décolorée que Tate escortait partout en ville depuis quelques semaines ?

Tandis qu'elle attendait, ses pensées la ramenèrent deux ans en arrière, quand tout lui semblait si parfait. Quand elle croyait encore que ses rêves avaient une petite chance d'aboutir.

⁂

L'aéroport de Tulsa était noir de monde. Rajustant sur son épaule la lanière de son sac à dos, Cecily chercha à repérer Tate dans la foule.

Elle portait sa tenue de travail habituelle : lourdes bottes à bout renforcé, pantalon de toile beige et saharienne kaki. Ses cheveux blonds étaient tressés en deux nattes qu'elle avait attachées en chignon sur le sommet de son crâne, et ses yeux verts pétillaient de joie anticipée à travers les petits verres ronds de ses lunettes à monture métallique.

Durant ses quatre premières années d'études, elle n'avait guère eu l'occasion de voir Tate, même si elle savait qu'il veillait de loin sur elle. Mais quand elle avait décidé de se spécialiser en anthropologie médico-légale, ses conseils en tant que membre d'une agence gouvernementale lui avaient été précieux. Forte aujourd'hui d'une excellente réputation dans son domaine, elle appréciait tout particulièrement qu'il fasse appel à elle pour analyser un squelette vieux de vingt ans.

Son cœur manqua soudain un battement. Tate était là, devant elle. Il la dominait de toute sa hauteur, et il émanait de lui une telle impression de force qu'elle resta figée, la gorge nouée. Il était toujours le plus bel homme qu'elle ait jamais rencontré, puissant et plein de charme, athlétique et élégant, mais aussi terriblement intimidant.

C'était un Sioux Lakota, et il en avait la sombre beauté : peau cuivrée, traits anguleux comme taillés dans du granit, iris de velours noir, bouche ferme merveilleusement ciselée et dents d'une blancheur éclatante. Ses cheveux de jais, qui d'ordinaire lui tombaient jusqu'à la taille, étaient enroulés sur eux-mêmes en une sorte de chignon bas sur la nuque, et il portait un élégant costume gris anthracite qui avait dû coûter une fortune.

— Où sont tes bagages ? demanda-t-il de sa voix profonde et rocailleuse.

Retrouvant son sens de la repartie, Cecily l'enveloppa d'un regard moqueur.

— Et toi, où est ta tenue de combat ?

— Je suis responsable de la sécurité du consortium Hutton, lui rappela-t-il. Le job pour lequel je t'ai fait venir est un service que je rends à de vieux amis. Ce que tu vois là, c'est précisément ma tenue de combat.

Elle fit la grimace.

— Tu ne viendras pas te plaindre si tu es couvert de poussière.

— Tu n'auras qu'à me brosser.

— Alors ça, c'est ce que j'appelle un argument motivant, commenta-t-elle avec un sourire ironique.

— Arrête tes bêtises. La situation ici est vraiment critique.

— C'est ce que j'ai cru comprendre au téléphone, dit-elle en jetant un coup d'œil autour d'elle. Où récupère-t-on les bagages ? J'espère qu'ils n'ont rien égaré. J'ai apporté mes outils et tout mon équipement électronique.

— Pas de vêtements ?

Elle le regarda, ébahie.

— Je n'allais quand même pas payer un excédent de bagages pour des vêtements… Ceux que je porte sur moi sont bien suffisants pour ce que j'ai à faire ici, et ils sèchent en un clin d'œil.

— Tu n'as quand même pas l'intention d'aller au restaurant dans cette tenue ? marmonna Tate.

— Pourquoi pas ? Et de toute façon, personne ne m'invite jamais au restaurant. Toi, par exemple, tu ne l'as jamais fait.

Il haussa les épaules.

— Je vais me racheter pendant notre séjour.

Les yeux de Cecily pétillèrent de malice.

— Enfin une bonne nouvelle ! Ta chambre ou la mienne ?

Un instant stupéfait, Tate éclata de rire malgré lui. Cecily était la seule personne dans son entourage qui soit capable de lui procurer une telle sensation d'insouciance, même brièvement. Elle avait le don de le stimuler, de mettre un peu de gaieté dans sa vie, même s'il prenait soin de ne pas trop le lui montrer.

— Tu ne renonceras jamais, n'est-ce pas ?

— Un jour, tu te laisseras faire, dit-elle sans rougir. Et je suis prête. J'ai une énorme boîte de préservatifs dans mon sac à dos.

Il s'attendait à tout de sa part, mais cette fois, elle était parvenue à le choquer.

— Cecily !

Elle haussa les épaules.

— Les femmes doivent penser à ces choses-là, puisque les hommes sont tellement imprévoyants. Et puis, tu sais, j'ai vingt-trois ans, j'ai le droit d'avoir une vie sexuelle.

— Je ne t'ai pas fait venir pour parler de ça.

— Ah non ? dit-elle, la mine innocente. Et moi qui croyais que tu voulais faire mon éducation.

Voyant que son expression s'assombrissait, elle soupira.

— D'accord, j'arrête. Qu'attends-tu de moi exactement ? Tu as parlé d'ossements à identifier.

Jetant machinalement un coup d'œil autour d'eux, Tate baissa la voix.

— Nous avons eu des informations concernant un agent double étranger qui avait disparu du côté de Tulsa, il y a de cela une vingtaine d'années. Il était porteur d'un microfilm révélant l'identité d'une taupe au sein de la CIA, et ce serait embarrassant pour tout le monde si ce microfilm refaisait surface aujourd'hui.

— Je suppose que ta taupe a gravi quelques échelons depuis.

— Moins tu en sauras, mieux ça vaudra pour toi.

Conscient de la brusquerie de son ton, il esquissa un sourire.

— Je ne voudrais pas avoir à déclencher le programme de protection des témoins, tu comprends. Tout ce que je te demande, c'est de me dire si ce cadavre est bien celui que nous recherchons.

— Je croyais que vous aviez un expert avec vous ?

— Tu n'imagines pas le nombre d'incompétents dont nous sommes entourés.

Oh si, elle l'imaginait très bien, mais elle préféra ne rien dire.

— Et puis, ajouta-t-il, tu es quelqu'un de discret. Je

sais par expérience que tu ne racontes pas partout ce que tu sais.

— Qu'est-ce que ton expert t'a dit à propos du squelette ?

— Qu'il était très ancien, répondit-il en levant les yeux au ciel d'un air dégoûté. Probablement âgé de plusieurs centaines d'années.

— Qu'est-ce qui te fait croire le contraire ?

— Pour commencer, le fait qu'il ait une balle de calibre .32 dans le crâne.

— Ce qui élimine déjà la possibilité que ce soit un chasseur indien du paléolithique.

— C'est certain ! Mais j'ai besoin d'un expert pour le dire ou l'affaire sera vite étouffée. Je ne sais pas pour toi, mais je n'ai pas envie qu'un ancien indic du KGB continue à prendre des décisions politiques dans ce pays.

— Moi non plus. Mais tu ne dois pas négliger le fait que quelqu'un aurait pu trouver le squelette, il y a quelques années, et s'entraîner au tir sur son crâne.

— D'accord… Tu peux dater précisément les restes ?

— Je ne sais pas, mais je ferai tout mon possible.

— Je n'en demande pas plus. Les experts en archéologie paléo-indienne ne courent pas les rues. Tu es la seule personne qui pouvait me rendre ce service.

— Je suis flattée.

— Ce n'est pas de la flatterie, Cecily. Tu es la meilleure dans ce domaine.

Soulevant sa valise, il grimaça.

— Mais qu'est-ce que tu as là-dedans ?

— Un ordinateur portable, un téléphone cellulaire,

des outils de fouille, dont une pelle pliante, et quelques ouvrages de référence.

Elle essaya de lui prendre la valise, mais il la mit aussitôt hors de sa portée.

— Bon sang, mais tu vas finir par avoir une hernie à force de trimballer tout ça autour du monde. Tu n'as jamais entendu parler des valises à roulettes ?

— Si, j'en ai une, qui est dans un placard, à Washington, parce que je n'aime pas ça. Ça me donne l'air d'une touriste.

Amusé, Tate la guida vers un 4x4. Plaçant la valise à l'arrière, il lui ouvrit la portière avant de se glisser au volant.

Au moment de démarrer, il se pencha vers elle, attrapa sa ceinture de sécurité d'un geste impatient et la fixa.

— Tu oublies toujours, murmura-t-il d'un ton de reproche.

Leurs regards se rencontrèrent, restèrent un moment prisonniers l'un de l'autre, et Tate se reprocha d'éprouver soudain un désir aussi violent pour elle.

Cecily n'était pas vraiment belle, en tout cas pas au sens classique du terme, mais elle avait un charme fou. Elle était intelligente, pleine de vie, et elle était une des rares personnes de sa connaissance à savoir le faire rire, grâce à son humour parfois provocant. Il aurait pu l'aimer s'il n'avait pas exercé un tel contrôle sur ses sentiments, mais un obstacle majeur se dressait entre eux. Il était Sioux et elle non. Si jamais il se mariait, chose que son métier ne lui permettait guère d'envisager, il ne voulait pas d'enfants métis.

De son côté, Cecily pensait à la même chose. Tate était incroyablement beau et sexy, et elle était secrètement amoureuse de lui depuis des années. Mais cet amour était sans espoir et elle commençait à se lasser de cette adoration à sens unique qui ne lui apportait qu'amertume et insatisfaction. Il ne l'avait jamais touchée, même de la façon la plus innocente. Il se contentait de la regarder.

— Je devrais t'envoyer promener, dit-elle d'une voix altérée par l'émotion. Refuser de te parler, refuser de te voir, te rayer de ma vie. C'est une vraie torture d'être à côté de toi et de ne pas pouvoir…

A sa grande surprise, il lui posa un doigt sur les lèvres.

— Je suis un Lakota, dit-il posément. Toi, non.

Haussant les épaules, Cecily se rencogna contre la portière.

— J'ai l'impression que tu n'as jamais entendu parler du contrôle des naissances.

Il la dévisagea longuement, comme s'il cherchait à interpréter ses intentions.

— Le sexe est vraiment tout ce que tu attends de moi, Cecily ? Tu es bien sûre de ne jamais vouloir d'enfants ?

Jamais ils n'avaient eu une conversation aussi sérieuse, et elle ne pouvait détourner les yeux de son regard sombre. Elle avait envie de lui, mais elle voulait aussi devenir mère. Un jour.

— Non, Cecily, reprit-il d'une voix très douce. Tu ne recherches pas uniquement une aventure. Et ce que tu veux, je ne suis pas en mesure de te le donner. Si un jour je me marie, il est très important à mes yeux que ce soit avec une femme ayant les mêmes origines que moi. Et je ne veux pas abuser d'une jeune Blanche innocente.

— Je ne serais plus aussi innocente si tu te donnais la peine de coopérer pendant une heure, répliqua-t-elle d'un ton provocateur.

— En d'autres circonstances, je n'aurais pas dit non…

Elle lut soudain la confusion dans le regard noir qui la fixait. Mais elle y décelait aussi une lueur qui prouvait indiscutablement que Tate n'éprouvait pas — contrairement à ce qu'il affirmait — que des sentiments amicaux à son égard, et ce constat lui fit battre le cœur plus fort.

— J'adorerais te déshabiller, continua-t-il, te renverser sur un lit et te faire plier sous mon corps comme une branche de saule.

— Arrête ! dit-elle en portant une main à son cœur d'un geste théâtral. Je sens que je vais défaillir.

Mais sa réaction n'était pas entièrement de la comédie.

Glissant la main sur sa nuque, Tate lui rapprocha le visage du sien, et malgré les efforts de Cecily pour reprendre ses esprits, l'odeur si masculine qui s'exhalait de ce torse puissant, et le souffle frais qui caressait sa peau provoquèrent en elle un émoi incontrôlable.

— Un jour, tu iras trop loin, dit-il. Ce petit jeu entre nous n'est pas aussi innocent que tu le crois.

Pétrifiée, la tête vide de toute pensée, elle ne sut que répondre. Les mots semblaient soudain dénués de sens, et seule la sensation impérieuse qui venait de naître au creux de son ventre avait de l'importance. Jamais un homme ne l'avait bouleversée à ce point. Il était le seul avec qui elle se sentait véritablement vivante, capable de sentiments passionnés. L'expérience traumatisante qui avait assombri son adolescence l'avait toujours tenue à l'écart des autres hommes, mais Tate exerçait sur elle une attirance physique si forte qu'elle se sentait capable avec lui de surmonter tous ses blocages.

Lui effleurant la pommette d'une main tremblante, elle laissa glisser ses doigts jusqu'à l'épaisse masse de cheveux noirs qu'il prenait soin de dompter en public — à l'image de ses propres passions — et les y enfouit.

— Tu pourrais m'embrasser, murmura-t-elle. Juste pour voir ce que ça fait.

Tate se figea, la bouche à quelques millimètres des lèvres de Cecily, et vit dans les pâles yeux verts la fièvre qu'elle était impuissante à dissimuler.

Son propre corps, traversé par une puissante onde de chaleur, était en train de le trahir.

— Tate, murmura-t-elle d'un ton suppliant, les lèvres entrouvertes, frémissantes, l'image même de la tentation…

Cecily sentait la volonté de Tate vaciller. Elle savait qu'elle était capable de le faire craquer.

Ce moment, elle l'avait rêvé, désiré, mille fois imaginé… et il était sur le point de se produire.

Cette fois, c'était vrai, l'homme qu'elle désirait le plus au monde allait l'embrasser. Elle allait découvrir la sensation de sa bouche sur la sienne, son goût, respirer son souffle…

Elle le sentit frémir contre elle, perçut l'altération soudaine de son souffle, sa tête s'incliner.

Elle en avait tellement envie.

Oh, Seigneur ! Elle aurait pu mourir tellement elle en avait envie.

Un coup de Klaxon déchira la nuit glacée, et Cecily fut brutalement ramenée au présent.

Battant des paupières, elle resserra son étole autour d'elle et laissa à regret s'enfuir les souvenirs du passé.

Deux ans plus tôt, c'était aussi un Klaxon qui avait rompu le charme entre Tate et elle. Il s'était ressaisi, et ses rêves avaient définitivement volé en éclats.

Elle l'avait aidé à résoudre son affaire, prouvant que le squelette était celui d'un Indien du paléolithique, grossièrement maquillé de façon à faire tomber un membre du Congrès particulièrement impopulaire.

Après quoi, Tate avait repris ses distances. Puis, durant les deux années qu'avait duré sa spécialisation en anthropologie médico-légale, ils n'avaient plus eu aucun contact.

Ce bref instant de magie où tout aurait pu basculer avait eu raison de leur amitié.

Et aujourd'hui, son monde s'était effondré.

Durant les six années qui venaient de s'écouler, elle avait cru que ses études avaient été prises en charge par de riches mécènes. C'était ce que Tate lui avait dit, et elle n'avait aucune raison de mettre sa parole en doute. Ce soir, elle avait découvert que ce n'était qu'un mensonge.

Son appartement, ses vêtements, sa nourriture… Tate avait tout payé de sa poche.

— Tu es devenue une vraie vedette…, dit Colby Lane en la rejoignant devant la voiture. Tu verras sûrement ton visage aux informations de ce soir.

L'air ironique, il désigna quelque chose du pouce par-dessus son épaule.

— Si tu vis assez longtemps pour ça… Tate est juste derrière moi.

— Ouvre-moi vite et filons d'ici ! cria-t-elle.

Colby éclata de rire.

— Trouillarde !

Il appuya sur la télécommande, et elle se précipita à l'intérieur du luxueux 4x4.

Le temps qu'il démarre, Tate surgissait sur le parking, l'air ivre de rage.

Malicieuse, Cecily lui envoya un baiser tandis que Colby insérait adroitement le lourd véhicule dans la circulation.

— Tu vis dangereusement, commenta ce dernier. Je te rappelle qu'il sait où tu habites.

— Normal, c'est lui qui paie le loyer, répondit-elle avec un ricanement.

Serrant les bras autour d'elle, elle laissa passer quelques secondes de silence avant de tourner la tête vers Colby.

— Je n'ai pas envie de rentrer à la maison. Je peux passer la nuit chez toi ?

Peu de gens étaient au courant, mais Colby était toujours passionnément amoureux de son ex-femme, Maureen, même deux ans après que leur divorce eut été prononcé, et les autres femmes ne l'intéressaient pas. Il avait parfois tendance à boire un peu trop, mais il n'était pas dangereux, et elle avait totalement confiance en lui.

— Tate ne sera pas content…

Elle laissa échapper un long soupir.

— Qu'est-ce que ça peut faire, maintenant ? Je crois que les ponts sont définitivement rompus entre nous.

— Je ne sais pas pourquoi cette snobinarde d'Audrey a parlé de ça, marmonna Colby. Cela ne la regardait pas.

— Elle a peut-être envie de se faire offrir une bague de fiançailles avec un gros diamant, et Tate n'en a pas les moyens parce qu'il m'entretient.

Quittant un instant la route des yeux, Colby lui jeta un coup d'œil.

— Il ne l'épousera pas.

— Et pourquoi pas ? Elle a tout pour elle, l'argent, le pouvoir, la position sociale… la beauté, et même un diplôme de l'université de Vassar.

— En psychologie…, précisa Colby avec une pointe de mépris. Il n'y a pas de quoi s'extasier, non plus.

— En tout cas, il sort avec elle depuis des mois.

— Il sort avec beaucoup de femmes, mais ce n'est pas pour autant qu'il les épouse.

— De toute façon, moi, il ne m'épousera jamais. Et tu sais pourquoi ? Parce que je suis blanche.

Colby esquissa un sourire moqueur.

— Pas tant que ça. Je te trouve plutôt bronzée en ce moment. Tiens, si tu veux, je t'épouse demain.

Elle haussa les épaules.

— C'est ça, oui. Tu m'appellerais Maureen dans ton

sommeil, et je te fracasserais le crâne avec la lampe de chevet. Cela ne marcherait jamais…

— Tant pis… Enfin, je suppose que je m'en remettrai.

Confortablement calée dans le siège de cuir, Cecily se laissa bercer par le ronronnement du moteur, tout en contemplant les mains de Colby posées sur le volant.

L'une d'elles était artificielle. Colby était un mercenaire, un soldat professionnel, et il avait perdu un bras en Afrique dans des circonstances assez troubles. Parfois, il travaillait pour des agences gouvernementales, et parfois, il exécutait de mystérieuses missions en free-lance.

Mais Cecily ne lui posait jamais de questions. Ils étaient des amis qui sortaient de temps à autre ensemble, des compagnons d'infortune en quelque sorte, tous deux amoureux de la mauvaise personne.

— Tate n'est qu'un imbécile, dit-il d'un ton neutre.

— Je ne lui en veux pas. Je peux comprendre ses raisons. Simplement, c'est dommage que je ne sois pas lakota.

— Leta Winthrop ne serait peut-être pas d'accord avec toi, dit-il en lui lançant un regard amusé. C'est bien toi qui es allée plaider la cause des Indiens au Sénat le mois dernier ?

— Moi et d'autres activistes. Je sais que certains d'entre eux n'apprécient pas d'avoir une femme blanche pour porte-parole, mais je fais de mon mieux.

— Je sais.

— Merci de ton soutien.

Baissant la vitre, elle laissa entrer un peu d'air frais dans l'habitacle et soupira.

— Ça a vraiment été une nuit horrible. Je suppose que le sénateur Holden ne m'adressera plus jamais la parole. Ou, en tout cas, qu'il ne m'invitera pas de sitôt à un banquet politique.

— Cela m'étonnerait. Il doit être ravi de toute cette publicité. Et je sais qu'il a essayé de te persuader d'accepter le poste de conservateur adjoint chargé des acquisitions pour son nouveau projet de musée d'art amérindien à Washington.

— En effet. Et je ferais peut-être bien de me décider rapidement. Je ne veux plus rien avoir à demander à Tate.

— Si ça peut t'aider, j'ai un peu d'argent placé en Suisse.

— Non merci. C'est gentil, mais je veux être complètement indépendante.

— Comme tu voudras. Mais sache que si tu prends ce poste, tu risques de te fâcher définitivement avec Tate. Matt Holden et lui sont les pires ennemis du monde.

— Le sénateur Holden s'oppose à la création d'un casino sur la réserve de Wapiti, mais Tate est pour, et leur désaccord est tel qu'ils en sont presque venus aux mains à deux reprises.

— C'est ce que j'ai entendu dire. Et ce n'est pas tout. Il paraît que Holden a mis le nez dans les dossiers du Comité aux affaires indiennes, et qu'il aurait des révélations à faire concernant l'implantation de ce casino.

— Je me demande bien de quoi il peut s'agir. Il y a d'autres casinos sioux dans le Sud Dakota, mais le sénateur s'oppose farouchement à celui-ci sans que personne ne sache pourquoi. En tout cas, c'est la guerre entre lui et Tate.

— Ce n'est qu'un prétexte. Tu sais bien que Tate déteste le sénateur depuis toujours.

D'un geste machinal, Colby repoussa une mèche de cheveux qui lui tombait dans l'œil.

— Dis donc, je sais que je me répète, mais Tate ne serait pas content d'apprendre que tu dors chez moi ce soir.

— Je m'en fiche, répliqua Cecily. Est-ce que je lui demande, moi, où il passe ses nuits ? Ce que je fais ne le regarde absolument pas.

— Tu te doutes bien de ce qu'il va penser, quand même ?

Elle eut un soupir exaspéré.

— D'accord... Je ne voudrais pas causer de problèmes entre vous, surtout après de si longues années d'amitié. Tu n'as qu'à me déposer au premier hôtel sur ta route.

— Tu sais, j'en ai vu d'autres. Nous nous sommes déjà fâchés plusieurs fois, généralement pour des raisons professionnelles, et tout est toujours rentré dans l'ordre.

— Réflexion faite, non... J'ai besoin de calme pour faire le point sur ma vie, m'habituer à ma nouvelle situation, et il aura probablement l'idée de venir me chercher chez toi, mais je n'ai pas envie de le voir pendant quelques jours.

— Comme tu voudras.

— Finalement, dépose-moi plutôt dans un motel sordide, dit-elle avec une pointe d'humour sombre. Maintenant que je vais devoir payer mes factures, je ne peux plus m'offrir la grande vie.

— Tu aurais dû renverser ton assiette sur la bonne personne.

— C'est-à-dire ?

— Audrey Gannon, bien sûr… Elle n'avait pas le droit de te dire que Tate était ton bienfaiteur, et elle l'a fait par pure méchanceté, pour essayer de vous séparer. Ce n'est rien d'autre qu'une semeuse de trouble. Un jour, Tate regrettera amèrement de l'avoir rencontrée.

— Elle a duré plus longtemps que les autres.

— Tu n'as jamais passé assez de temps à discuter avec elle pour savoir vraiment comment elle est. Moi, si. Cette fille a beaucoup d'ennemis, dont un ex-mari qui vit dans un studio minable parce qu'elle a récupéré sa maison, sa voiture, et une coquette pension alimentaire dans la procédure de divorce.

— Alors, c'est de là que viennent tous ces jolis diamants ?

— Ses parents avaient de l'argent aussi, mais ils en avaient déjà dépensé la plus grande partie quand ils sont morts dans un accident d'avion. Il paraît qu'elle aime les hommes qui sortent de l'ordinaire, et Tate n'est vraiment pas comme tout le monde.

— Je doute qu'elle aille rendre visite à Leta.

Comme il s'arrêtait à un feu, Colby porta une main à son cœur et singea la blonde évaporée.

— Quoi ? Allez chez les sauvages ? Mais quelle horreur !

Pouffant de rire, Cecily lui donna une petite tape sur le bras.

— Leta vaut bien deux Audrey, ajouta-t-il.

— Trois, tu veux dire. Bon, c'est bien joli de plaisanter, mais je crois que j'ai intérêt à quitter la ville avant que Tate me retrouve.

— Tu pourrais accrocher un crabe sur ta porte. Ça risque de le faire fuir.

— Ha, ha !

Tournant la tête, Cecily observa avec nostalgie les lumières de la ville. Elle se sentait seule et un peu effrayée, mais elle savait que tout se passerait bien.

Il ne pouvait pas en être autrement.

Elle était une femme adulte, responsable, sûre d'elle-même et maîtresse de sa vie.

Et le moment était venu de le prouver.

Chapitre 2

Lorsque Cecily appela le sénateur le lendemain à 11 heures pour lui parler de l'emploi qu'il lui avait proposé, celui-ci était d'excellente humeur et il ne lui posa aucune question. Après avoir écouté patiemment ses explications, il lui offrit le poste sur-le-champ.

Le lundi suivant, elle trouva un studio dont le loyer correspondait à son budget et quitta l'appartement que Tate avait payé pour elle pendant des années. Simple consultante au laboratoire des sciences judiciaires, elle prévint qu'elle cessait ses activités, et demanda à l'université d'annuler sa *master class*.

A partir d'aujourd'hui, elle reprenait les rênes de sa vie, et un jour, elle rembourserait Tate jusqu'au dernier centime. Mais pour le moment, écœurée de savoir qu'elle ne représentait pour lui qu'une bonne action, elle ne voulait plus entendre parler de cet homme qu'elle avait béatement adoré pendant des années.

Il n'y avait rien d'étonnant à ce qu'il se soit considéré comme son ange gardien. Elle lui devait tout, mais c'était terminé, maintenant. Peut-être un jour reprendrait-elle son métier d'anthropologue, toutefois elle avait tout le temps pour ça. En attendant, elle avait la chance d'avoir un emploi pour assurer cette délicate transition.

Malgré ses bonnes résolutions, elle fut contrainte de se servir de son compte bancaire pour payer la caution de l'appartement, ainsi que le déménagement, et pour se nourrir en attendant de toucher son premier salaire.

Elle était tellement mal qu'elle en voulait à la terre entière. Elle n'avait même pas envie de parler à Leta, la mère de Tate.

Son nouvel appartement était petit et mal agencé, mais au moins elle était chez elle. Contrairement au précédent, il n'était pas meublé et elle débuta avec très peu de choses pour vivre. Néanmoins il était situé près du musée et elle pouvait prendre le bus pour aller travailler.

Colby vint l'aider à défaire ses cartons et apporta une pizza ainsi qu'un petit poste de radio — elle n'avait même pas de télévision — en guise de cadeau d'installation.

Ils dînèrent dans une ambiance morose, sirotant de la bière parce que c'était tout ce qu'il avait apporté.

— Je déteste la bière, marmonna Cecily.

— Désolé. Alors, tu commences quand ?

— Lundi prochain. J'ai hâte d'y être.

— J'aurais bien aimé être là pour recueillir tes premières impressions, mais je dois de nouveau partir en mission à l'étranger.

Alors qu'elle s'apprêtait à porter sa part de pizza à ses lèvres, Cecily la reposa dans le carton, l'air soucieux.

— Tu as déjà perdu un bras. Ça ne te suffit pas ?

— Je serai prudent.

— J'espère bien. Tu n'as pas intérêt à te faire tuer. J'ai besoin de toi.

— Je sais.

Durant l'absence de Colby, Cecily fêta son vingt-cinquième anniversaire avec un énorme pot de glace au chocolat, une bougie et une carte de Leta qui n'oubliait jamais la date. C'était apparemment le cas de Tate. Ou bien, il lui en voulait encore.

Elle avait à présent trouvé ses marques au musée et adorait son travail. En tant que conservateur adjoint, elle était en charge des acquisitions et pouvait mettre en pratique ses connaissances en archéologie paléo-indienne. L'anthropologie médico-légale ne lui manquait pas autant qu'elle l'aurait cru. C'était tout aussi excitant d'avoir accès à de rares collections de flèches, de bijoux ou de poteries façonnés par des hommes et des femmes disparus depuis des centaines d'années.

Son nouveau numéro personnel était sur liste rouge, mais Tate l'appela une fois au musée. Elle raccrocha sans lui parler et il ne fit pas de nouvelle tentative.

En revanche, ce fut avec plaisir qu'elle prit l'appel du sénateur Holden.

— Je fête mon anniversaire, samedi soir, annonça-t-il d'un ton guilleret. Je vous veux absolument à ma soirée avec Colby.

— Il n'est pas en ville pour le moment, mais je serais ravie de venir.

— Formidable ! Nous pourrons parler de quelques nouveaux projets que j'ai en tête pour le musée.

— De nouveaux projets ? Cela m'étonne de vous, sénateur, plaisanta Cecily.

L'enthousiasme du vieil homme, véritable fanatique de la culture amérindienne, l'amusait toujours. Il n'était pas Sioux, mais sa mère avait enseigné dans la réserve et, comme Cecily, il avait une affinité particulière avec la nation lakota.

Matt Holden rit de bon cœur.

— Je vous en dirai plus samedi. 19 heures précises chez moi. Ne soyez pas en retard.

Après avoir raccroché, Cecily appela Leta pour lui confirmer qu'elle assisterait aux célébrations annuelles de la tribu en septembre. Elle avait déjà acheté son billet d'avion et réservé une voiture de location. Elle n'allait quand même pas bouder cet événement sous prétexte que Tate et elle ne s'adressaient plus la parole. De toute façon, il ne serait probablement pas là.

— Cela fait un moment que Tate ne m'a pas appelée, lui apprit Leta. J'ai téléphoné chez lui pour savoir si tout allait bien, et c'est cette fille qui m'a répondu. Elle m'a dit que son employeur, Pierce Hutton, l'avait envoyé à l'étranger.

Cecily sentit une boule se former dans sa gorge et déglutit avec peine.

— Je ne savais pas qu'elle vivait avec lui, dit-elle d'un ton qui se voulait désinvolte.

— Toujours cette manie du secret, n'est-ce pas, ma chérie ? Je suppose qu'il est amoureux, même si je dois avouer que je ne comprends pas ce qu'il lui trouve. Elle déteste ce qu'il est, elle déteste la réserve, et elle s'est montrée à peine polie avec moi quand il nous a présentées. S'il est aussi fou d'elle qu'elle le prétend, elle va finir par le détourner de son peuple, et peut-être même de moi.

— Je suis sûre qu'elle ne ferait jamais ça, protesta Cecily.

Elle voulait avant tout rassurer celle qu'elle considérait comme sa seconde maman, mais elle n'en était pas aussi certaine qu'elle l'affirmait.

Leta soupira.

— Venant d'elle, je m'attends à tout. Mais parlons d'autre chose. Je suis contente que tu viennes enfin me voir. Tu me manques beaucoup.

— Toi aussi, tu me manques.

— J'ai bien besoin de me changer les idées, continua Leta. En ce moment, l'atmosphère est plutôt morose au sein de la communauté. Nous devions avoir une nouvelle ambulance, mais les fonds prévus à cet effet ont disparu.

— Disparu ? Mais comment ça ?

— Personne n'y comprend rien. Notre chef, Tom Black Knife, dit qu'il s'agit sûrement d'une erreur comptable, mais je ne sais pas trop. Il se passe des choses bizarres dans les comptes depuis un petit moment. Je crois bien que cela a quelque chose à voir avec le refus du sénateur Holden d'accorder les autorisations pour un nouveau casino.

— Malheureusement, il est totalement opposé à ce projet. J'ai essayé de faire valoir nos arguments, mais il est plus têtu qu'une mule.

— C'est vrai. Il est capable de se montrer inflexible quand quelque chose s'oppose à ses principes, murmura Leta d'un ton songeur.

— On dirait que tu le connais bien…, dit Cecily sur le ton de la plaisanterie.

Il y eut un long silence à l'autre bout de la ligne. Et, quand Leta reprit la parole, sa voix semblait émue.

— Je le connais. Tout le monde le connaît ici.

— Dans ce cas, tu devrais venir à Washington pour lui parler.

Leta parut hésiter.

— Je serais heureuse de te voir, ma chérie, mais tu sais que j'ai peur de prendre l'avion. Il faut que j'y réfléchisse. Tate et toi pourriez me faire visiter la ville. Ce serait sûrement amusant…

— Tate et moi sommes fâchés, annonça Cecily tout à trac.

— Pourquoi ça ?

— Oh, c'est un peu compliqué. Je t'en parlerai quand nous nous verrons.

— Comme tu voudras. En attendant, prends soin de toi.

— Toi aussi.

Colby rentra finalement plus tôt que prévu, et Cecily lui demanda de l'accompagner à la réception donnée par le sénateur Holden pour son anniversaire. Il accepta, bien qu'il paraisse préoccupé, et quand il vint la chercher, elle remarqua combien il avait l'air fatigué.

— Je n'aurais pas dû exiger ça de toi, dit-elle gentiment, en sachant qu'il valait mieux ne pas lui poser de question.

Il haussa les épaules.

— C'est aussi bien que de rester à me morfondre à la maison, je crois. Laisse-moi encore récupérer quelques minutes, et ensuite, je te promets de faire un effort, ajouta-t-il avec un sourire las.

L'air un peu perdu, Cecily observait l'élégante assemblée de politiciens et de millionnaires réunis dans la salle de bal de la résidence du Maryland du sénateur. A vrai dire, elle ne voyait pas grand-chose. Supportant mal ses lentilles de contact, elle n'avait pas voulu s'encombrer de ses lunettes puisque Colby conduisait, et cela lui donnait un sentiment de vulnérabilité. De toute façon, qui avait-elle besoin de voir ?

Colby avait disparu depuis un moment pour aller leur chercher à boire, et elle commençait à trouver le temps long. Elle ne se sentait vraiment pas à l'aise au milieu de tous ces gens dont la conversation portait sur leurs investissements, leurs voyages à l'étranger et leurs difficultés à trouver du personnel compétent.

Son assiette de petits-fours à la main, elle fit quelques pas dans la salle, souriant poliment à de parfaits inconnus qui lui adressaient ici et là un signe de tête, pensant sans doute la reconnaître.

Soudain, elle aperçut Matt Holden et sa bonne humeur lui revint quelque peu. Depuis le décès de sa femme, l'année précédente, le sénateur était devenu un parti très convoité car avec ses cheveux blancs, ses yeux noirs pétillants d'intelligence et d'humour, et sa silhouette toujours athlétique, il était encore très séduisant. Elle en avait d'ailleurs un parfait exemple sous les yeux avec les deux élégantes quinquagénaires qui opéraient à l'instant une attaque en règle, à grands renforts de parfums coûteux et de décolletés ravageurs.

— Regarde-moi ça ! De vrais requins…, lui murmura une voix agréable à son oreille.

Elle sursauta et tourna la tête vers son cavalier pour la soirée.

— Bon sang, Colby ! Tu m'as fait tellement peur que je viens sûrement de perdre une année de vie.

Colby esquissa un sourire forcé en lui tendant une coupe de champagne.

— Tiens, goûte-moi ça. Il n'est pas mauvais.

Il but la sienne d'un trait, et Cecily devina qu'il n'en était pas à sa première. Sa tendance à l'autodestruction depuis le départ de sa femme n'était pas un secret, et s'il n'avait pas encore totalement sombré dans l'alcoolisme, elle ne pouvait ignorer qu'il basculait chaque jour un peu plus dans la déchéance. A force d'insistance, elle avait obtenu qu'il consulte un psychologue, mais le résultat ne semblait guère concluant.

Quelle tristesse d'aimer quelqu'un autant et de ne pas être capable d'y renoncer, songea-t-elle.

Un peu comme elle avec Tate.

— Tu vois que Matt Holden t'a pardonné, finalement, dit Colby. Toi qui craignais de ne plus être invitée à ses réceptions… Remarque, ce ne serait pas une grosse perte. On s'y ennuie à mourir.

Elle lui sourit d'un air mutin.

— Finalement, il était ravi. Du moment qu'on parle de lui, tout va bien.

— Sans compter que ça a dû l'amuser de voir Tate en fâcheuse posture.

Cecily se dandina d'un pied sur l'autre. Ses escarpins à hauts talons commençaient à la faire souffrir, et elle aurait bien aimé pouvoir se déchausser.

Jetant un coup d'œil à sa montre, elle se demanda si elle pouvait déjà s'éclipser sans paraître impolie.

— Oh, zut ! s'exclama Colby. Quand on parle du loup…

Cecily sursauta.

— Quoi ?

— Ne te retourne surtout pas, dit-il en passant un bras autour de sa taille. Regarde-moi comme si tu étais absolument fascinée par ma brillante conversation et mon immense séduction.

Elle se mit à rire, en dépit de la brusque accélération de son pouls qui accompagnait chaque apparition de Tate dans sa vie.

Colby n'était pas un bel homme, surtout avec cette cicatrice qui lui barrait la joue, mais il possédait un charme ténébreux qui ne laissait pas les femmes indifférentes. Il avait de la classe, de l'humour, et s'il n'y avait pas eu Tate, elle l'aurait probablement trouvé très attirant.

— Je vois que ton nez a été cassé deux fois, dit-elle pour faire la conversation.

— Trois, mais je ne tiens pas les comptes.

Levant les sourcils, il fit mine de s'étonner.

— Ça alors, Tate ! Je ne m'attendais pas à te voir ici, ce soir.

— C'est ce que je constate, rétorqua Tate d'un ton cassant.

Intimidé malgré lui, Colby laissa retomber son bras et s'écarta de Cecily.

— Qu'est-ce qui t'amène ici ? demanda-t-il avec une désinvolture qui sonnait faux. Je croyais que tu n'aimais pas les mondanités.

— Audrey adore ça, et je ne peux rien lui refuser.

Soudain, il parut remarquer la présence de Cecily.

— Je vois que tu es toujours dans les bonnes grâces de Holden. Le mariage est pour bientôt ?

— Qu'est-ce qui t'arrive, Tate ? demanda-t-elle avec un sourire glacial. Tu te sens grincheux ?

Ses yeux étincelèrent de rage.

— Qu'est-ce que tu lui as donné en échange de cet emploi au musée ? demanda-t-il.

L'allusion blessante la piqua au vif, et elle leva la main qui tenait son verre, mais Colby lui saisit le poignet, lui évitant de jeter le contenu au visage de l'homme qui se tenait en face d'elle.

Ignorant Colby, il s'approcha de Cecily, l'air menaçant.

— Ne refais pas deux fois la même erreur, dit-il d'une voix si basse qu'elle fut à peine audible.

Elle releva le menton d'un air de défi.

— Sinon ?

— Sinon, je te noie dans le bol de punch.

— Essaie un peu !

Tate fit encore un pas en avant, et Colby n'eut que le temps de se placer entre les deux.

— Allons, allons…, dit-il d'un ton apaisant.

Cecily ne voulait pas lâcher un pouce de terrain. Mais Tate non plus. En l'espace de quelques semaines, il était passé de l'amusement indulgent à un ressentiment exacerbé et il entrait dans des rages folles chaque fois que le nom de Cecily était prononcé devant lui. Mais cela, Colby s'était sans doute bien gardé de le dire à la jeune femme.

— Tu n'as pas le droit de faire ce genre d'insinuation à mon sujet, reprit Cecily entre ses dents serrées. Je n'ai jamais obtenu un emploi en échange de mes faveurs, et tu le sais.

Tate plissa les yeux, la toisant d'un air menaçant, mais Cecily ne semblait pas intimidée.

Elle ne l'avait jamais été.

Il jeta un coup d'œil aux doigts de Cecily, toujours crispés sur la coupe, puis à son visage figé.

Il n'avait toujours pas digéré le fait d'avoir été ridiculisé devant les caméras lors d'une importante réunion politique. Et les commentaires d'Audrey par la suite n'avaient pas arrangé les choses.

Depuis quelque temps, Cecily était plus un poids pour lui qu'autre chose. Lorsqu'il avait décidé de lui venir en aide, dans un élan de compassion incontrôlée, elle n'était qu'une gamine douce et gentille, et sa timide admiration avait quelque chose de flatteur pour lui. Il se sentait un peu comme un héros.

A présent, c'était une femme fière et indépendante, qui se moquait de ce qu'il pouvait penser et qui se passait apparemment très bien de sa compagnie.

Si Cecily était toujours comme une sorte de fille adoptive pour sa mère, les ponts semblaient définitivement rompus entre eux deux. Et même s'il rechignait à l'admettre, cette situation le faisait souffrir.

Il ne pouvait oublier le regard blessé et accusateur de Cecily quand Audrey lui avait appris la vérité sur sa prétendue bourse universitaire. Depuis, il ne cessait de se reprocher de s'être confié à sa compagne. Lui qui collectionnait les aventures sans états d'âme, vivant au rythme de ses passions et de ses envies, c'était la première fois qu'il se sentait aussi bien avec une femme, aussi parfaitement en confiance, et la durée exceptionnelle de leur relation en était la preuve. Il n'aurait jamais imaginé qu'Audrey se ferait un malin plaisir de tout répéter.

Etonnant comme les hommes, lui pour commencer, pouvaient se laisser manipuler par un joli minois ! Evidemment, cela lui avait servi de leçon, et il ne lui confierait plus rien, mais le mal était fait.

Et le fait de savoir que Cecily avait une liaison avec Colby Lane, son meilleur ami…

— Comment se fait-il que tu sois déjà rentré ? demanda-t-il à celui-ci d'un ton hargneux.

— On n'avait plus besoin de mes services, répondit Colby avec un sourire tranquille. Il semblerait que mes méthodes soient un peu trop… directes pour certains de nos collègues obsédés par le politiquement correct. Le métier n'est plus ce qu'il était, hélas…, ajouta-t-il avec un soupir exagéré.

— Oh non, par pitié ! intervint Audrey de sa voix rauque et sensuelle. Vous n'allez pas parler travail ce soir.

Rayonnante dans une robe de satin rouge moulante qui découvrait audacieusement ses épaules et son dos, et dégoulinante de diamants comme à son habitude, la jeune femme s'accrocha au bras de Tate d'un geste de propriétaire.

Accordant à peine un regard à Cecily, elle adressa son sourire le plus charmeur à Colby.

— Bonsoir, cher ami. Cela fait bien longtemps que nous nous sommes vus.

Les lèvres de Colby se retroussèrent en un semblant de sourire, mais la brève lueur d'hostilité qui passa dans son regard n'échappa pas à Cecily.

— J'étais occupé.

— Trop occupé pour rendre visite à votre meilleur ami ? Nous vous avons déjà invité deux fois, et vous avez toujours trouvé une excuse.

C'était évidemment une façon d'insinuer qu'ils vivaient ensemble, ce que Cecily savait déjà puisque Leta le lui avait dit. Elle n'eut donc aucune réaction — Audrey aurait été trop contente — même si l'idée de la savoir avec Tate lui déchirait le cœur.

Ostensiblement, Cecily glissa sa main libre dans celle de Colby qui, à sa grande surprise, entrelaça ses doigts aux siens.

— Eh bien, j'aurais adoré poursuivre cette conversation

avec vous, chère Audrey, dit-il, mais nous avons prévu de rentrer tôt.

Surpris, Tate les dévisagea tour à tour.

Tout le monde savait que Colby était encore amoureux de son ex-femme, mais il tenait la main de Cecily et agissait de façon un peu trop protectrice avec elle.

Il n'aimait pas ça.

Colby était soupçonné d'alcoolisme et Tate ne voulait pas qu'il détruise la vie de Cecily. Il faudrait qu'il réfléchisse à un moyen de régler ce problème.

Pour le bien de Cecily, évidemment.

— Alors, comme ça, vous êtes venu, finalement..., remarqua sèchement le sénateur Holden en rejoignant le petit groupe.

Il jeta un regard assassin à Tate.

— Au cas où vous vous poseriez la question, je ne céderai pas d'un pouce sur le dossier du casino, dit-il sans préambule.

Tate le toisa de la même manière.

— Vous n'êtes pas tout seul à décider. Quoi que vous fassiez, vous n'arrêterez pas le progrès.

— Oh que si ! Et je ne vois pas en quoi la mise en place d'un réseau criminel à Wapiti Ridge serait un progrès.

— Foutaises ! Il n'y a pas de connexion avec les réseaux mafieux à Wapiti. Ce n'est qu'une excuse. Et le gouverneur ne sera sûrement pas du même avis que vous.

— Vous voulez vraiment établir un partenariat avec des hommes qui prendront quatre-vingts pour cent des bénéfices et tueront tous ceux qui se mettront en travers de leur chemin ? En ce qui me concerne, je ne permettrai pas que des malfrats s'enrichissent sur le dos d'enfants qui meurent de faim.

Tate fit un pas vers l'homme qui faisait à peine une tête de moins que lui.

— Bel élan de solidarité de la part d'un homme qui roule en limousine avec chauffeur et qui se fait servir ses repas dans des assiettes en porcelaine... Que savez-vous de ces enfants dont les parents ne peuvent même pas se chauffer en hiver, et qui vivent dans une réserve qui ne possède même pas une fichue ambulance ?

— J'en sais beaucoup plus que vous ne le croyez, jeune homme ! Et vous allez me faire le plaisir de...

Cecily s'interposa entre eux, exactement comme Colby l'avait fait pour Tate et elle un instant plus tôt.

— Le conservateur m'a dit que vous possédiez une fascinante collection de flèches anciennes, dit-elle au sénateur avec un grand sourire. Je me demandais si vous accepteriez de me les montrer.

Holden resta un instant immobile, les poings serrés, cherchant visiblement à reprendre le contrôle de lui-même. Puis il regarda Cecily, et lui sourit avec bienveillance.

— Mais naturellement, ma chère enfant.

La prenant par le bras, il adressa un vague signe de tête au petit groupe.

— Vous nous excusez ?

— Mais enfin, pourquoi faut-il toujours que tu te donnes en spectacle ? demanda Audrey alors que le couple s'éloignait.

Rejetant en arrière ses longs cheveux blonds, elle fit

mine de ne pas remarquer les regards outrés que leur lançaient les quelques témoins de la scène.

— C'est un homme très puissant, tu sais, et je crois qu'il a raison au sujet des casinos. D'ailleurs, il ne devrait plus y avoir de réserves. Nous sommes tous américains, pour l'amour du ciel ! C'est stupide d'encourager un groupe de gens à maintenir des traditions complètement obsolètes. Ils n'ont qu'à faire un effort pour s'intégrer, ce n'est quand même pas si compliqué.

Retenant un commentaire acerbe, Tate reporta son attention sur Colby.

— Qu'est-ce que tu fiches avec Cecily ?

Colby haussa les épaules avec nonchalance.

— Elle est célibataire, moi aussi. Et en plus, elle me plaît.

— J'avoue avoir un peu de mal à comprendre que vous acceptiez de vous montrer en public avec elle, commenta Audrey d'un ton dédaigneux. On ne sait pas d'où elle sort, et le moins qu'on puisse dire, c'est qu'elle est incapable de se tenir en société.

— En tout cas, elle n'a jamais renversé son assiette sur moi, répliqua Colby, avec un regard provocateur à l'attention de Tate.

— Je n'ai jamais vu une orgueilleuse pareille, dit ce dernier. Elle n'aurait jamais fait d'études supérieures si je ne les avais pas financées. C'est quand même un peu grâce à moi si elle est capable aujourd'hui de s'assumer seule.

— J'espère qu'elle va te rembourser, intervint Audrey. Tu n'étais pas obligé de faire tout ce que tu as fait. Après tout, elle n'est même pas de ta famille.

— Il y a des choses entre nous que tu ne peux pas comprendre, répondit Tate, tout en suivant des yeux Cecily qui quittait maintenant la pièce au bras du sénateur.

— Ne me dis pas que vous avez été amants !

Perdant soudain patience, Tate soupira.

— Bien sûr que non ! Qu'est-ce que tu vas chercher ?

— Il est vrai qu'elle n'est guère jolie, reprit Audrey. Je me demande bien ce que le sénateur peut lui trouver.

Sûre de sa beauté, elle passa une main aux longs ongles soigneusement manucurés dans sa splendide chevelure blonde et eut un petit rire de gorge.

— Enfin, je suppose qu'elle a d'autres atouts…

C'était ce que pensait Tate également, et il n'aimait pas cette idée. Holden était beaucoup trop vieux pour Cecily.

— Je vais refaire le plein, intervint Colby en levant sa coupe vide. Excusez-moi.

Restée seule avec Tate, Audrey se serra langoureusement contre lui.

— Pourquoi tenais-tu tellement à venir à cette soirée ? C'est d'un ennui mortel… Nous aurions pu aller au ballet avec les Carson, à la place.

— Je déteste le ballet.

— Tu aimes l'opéra.

— Ce n'est pas la même chose, dit-il, incapable de détacher les yeux de la porte derrière laquelle Cecily et Holden s'étaient éclipsés. Qu'est-ce qu'elle lui trouve ?

— Tu sais bien qu'elle a un faible pour les antiquités, répliqua Audrey avec un rire méprisant.

Tate sentit ses joues s'empourprer, mais il fit un effort pour garder son calme.

— Je n'arrive toujours pas à comprendre ce qui t'a poussée à dire à Cecily que j'avais payé ses études.

Audrey leva vers lui un regard innocent.

— Tu ne m'avais pas interdit de le faire. Et puis, elle est trop vieille pour avoir un tuteur, maintenant. Ce n'était jamais qu'une excuse pour traîner dans tes jambes, de toute façon. Mais ne t'en fais pas pour elle, elle finira bien par s'en remettre.

— De quoi parles-tu ?

— De son petit béguin pour toi, dit-elle en lui tapotant le bras. Toutes les jeunes filles s'en remettent. Et il fallait bien que quelqu'un lui fasse comprendre qu'elle n'avait plus sa place dans ta vie, à présent. Tu m'as moi, maintenant, ajouta-t-elle en l'enveloppant d'un regard adorateur.

Puis Tate se laissa entraîner vers le buffet, en proie à un vague sentiment de malaise.

Audrey était constamment sur son dos, soudoyant le gardien pour qu'il la laisse entrer chez lui, l'appelant sans arrêt au travail. Elle était soudain devenue possessive à un point qui lui faisait froid dans le dos, et il ne comprenait pas pourquoi.

Il retirait un certain prestige à être vu en sa compagnie, certes, mais il n'était pas amoureux d'elle. Et s'il devait reconnaître qu'ils s'entendaient assez bien sur le plan sexuel, il ne lui avait jamais rien promis.

— Qu'est-ce qui te fait croire qu'elle est amoureuse

de moi ? demanda-t-il, s'efforçant de garder un ton désinvolte.

— C'est Colby qui me l'a dit, un jour où il avait un peu trop bu.

Se penchant au-dessus du buffet, elle prit délicatement un petit-four.

— C'était avant qu'ils ne sortent ensemble, précisa-t-elle avec insouciance.

Ses lèvres pleines, soulignées d'un rouge écarlate, se refermèrent sur le petit-four qu'elle dégusta avec une mine de chatte gourmande.

— Il avait l'air désolé pour elle, le pauvre chéri, mais il n'y a vraiment pas de quoi. Tu n'es pas le seul homme sur la terre, que je sache. Et même si elle n'a pas grand-chose pour elle, elle finira bien par se trouver un mari, un jour ou l'autre…

Elle marqua une pause, réfléchissant apparemment à une idée qui venait de lui traverser l'esprit.

— Pourquoi pas Colby, d'ailleurs ? Ils ont l'air de bien s'entendre, tu ne trouves pas ? Et puis, la différence d'âge serait quand même moins importante qu'avec le sénateur.

Se penchant pour prendre une coupe de champagne, elle sourit d'un air satisfait.

— Oui, décidément, je trouve qu'ils forment un couple parfait.

Chapitre 3

Le *Pow Wow* annuel de Wapiti Ridge était l'événement festif préféré de Cecily, et l'occasion pour les Amérindiens de faire vivre leur héritage culturel. Elle avait promis à Leta qu'elle y serait et elle avait tenu sa promesse, demandant même un jour de congé supplémentaire à son employeur sous prétexte d'acheter quelques objets d'artisanat pour le musée.

Elle n'avait aucun risque d'y croiser Tate, Colby lui ayant appris qu'il était de nouveau en mission à l'étranger, et elle se sentait en sécurité. Pour le moment.

Balayant du regard la foule bigarrée qui avait pris place sur les balles de foin disposées en cercle autour d'une piste sablée où se tenait une compétition de danse, elle se pencha vers Leta.

— J'ai l'impression qu'il y a plus de monde, cette année.

— Nous avons fait davantage de publicité, répondit Leta avec un doux sourire.

Un peu ronde, mais avec un très joli visage, elle ne paraissait pas ses cinquante-quatre ans, et ses longs cheveux noirs, ornés de pierreries et de plumes, étaient à peine striés de gris.

Intelligente et cultivée bien qu'elle n'ait pas eu la chance de faire de longues études, c'était une femme très active sur le plan politique, et plus particulièrement en ce qui concernait les problèmes de souveraineté de la tribu et l'accès à l'éducation des jeunes. Jack Yellowbird Winthrop, son mari, un homme brutal et porté sur la boisson, comme le beau-père de Cecily, était mort quelques années plus tôt, et depuis, elle s'était beaucoup affirmée.

— Tu es vraiment très en beauté, dit Cecily, avec une affection sincère.

Leta haussa les épaules.

— Je suis trop grosse. Mais toi, tu as perdu du poids. Quelque chose ne va pas ?

Cecily s'étira paresseusement au soleil. Elle portait une simple jupe en jean, un T-shirt et des bottes. Ses cheveux nattés étaient relevés en couronne autour de sa tête et elle avait troqué ses petites lunettes rondes contre un modèle avec des verres rectangulaires et une monture de plastique noir.

— Tu te souviens de ce que je t'ai dit au téléphone à propose de Tate ?

Leta hocha la tête.

— Eh bien, figure-toi que j'ai découvert que mes études n'avaient pas été financées par une fondation… C'est Tate qui a tout payé.

— Tu es sûre ? demanda Leta, ébahie.

— Certaine. Je l'ai découvert au beau milieu d'un gala de charité organisé par le sénateur Matt Holden, et j'ai perdu la tête. J'ai renversé mon assiette de bisque de crabes sur ton fils, et c'est passé sur toutes les chaînes d'information étant donné qu'il y avait des caméras de télévision partout.

Se détournant, elle suivit quelques instants des yeux les danseurs qui exécutaient avec dextérité des pas compliqués.

— J'étais dévastée en découvrant que je ne représentais rien d'autre à ses yeux qu'une bonne action.

— C'est faux, protesta Leta. Tu sais que Tate t'aime beaucoup.

Cecily ricana.

— Oui. Comme on aime un animal de compagnie. Il a dû penser que je ne serais pas capable de m'en sortir toute seule, ajouta-t-elle en dessinant des cercles dans le sable, du bout de sa botte. Et il est vrai que je n'étais pas très mûre à dix-sept ans. Mais il aurait pu me dire la vérité. C'était horrible de le découvrir comme ça. Surtout à mon âge.

Elle soupira avant de poursuivre :

— J'ai tout laissé tomber. J'ai quitté l'appartement, et j'ai accepté l'emploi que le sénateur Holden me proposait dans le nouveau musée qu'il a aidé à ouvrir. C'est un homme très gentil.

— Tu trouves ? demanda Leta d'une drôle de voix.

— Je suis sûre que tu l'apprécierais, dit Cecily avec un sourire. Même si Tate ne peut pas le supporter.

Leta s'agita soudain sur son siège improvisé, comme si elle était mal à l'aise.

— Oui, je sais qu'il y a des frictions entre eux. Ils

sont en désaccord sur différents sujets relatifs à la tribu, et plus particulièrement sur le projet d'ouverture d'un nouveau casino.

— Le sénateur est persuadé que la mafia rêve de faire main basse sur les gains, mais je n'y crois pas trop. D'autres réserves sioux possèdent des casinos et il n'y a jamais eu aucun problème.

— Oui, mais dernièrement…

Leta hésita puis sembla se raviser et lui sourit.

— Parle-moi plutôt de toi. Tu es sûre d'avoir pris la bonne décision sur le plan professionnel ? Je croyais que tu adorais ton travail d'investigation.

Cecily haussa les épaules.

— Je pourrais toujours le reprendre plus tard. Mais pour le moment, ça ne me manque pas.

— Il y a autre chose, n'est-ce pas ? Dis-moi tout.

— C'est… C'est cette fille, la petite amie de Tate. Elle est trop belle, trop riche… trop tout ! Ça m'énerve.

— Tate est un homme, ma chérie. Tu ne peux pas attendre de lui qu'il vive comme un moine.

— Oui, mais cette fois, c'est différent. Je l'ai vu la semaine dernière avec elle, dans un salon de thé qui se trouve juste à côté de mon immeuble. Il lui tenait la main et il avait l'air captivé par elle.

— Allons, allons…, dit Leta en lui passant un bras autour des épaules. Inutile de t'inquiéter pour ça. Il finira par se lasser d'elle comme de toutes les autres.

Enlaçant Leta, Cecily posa la tête sur son épaule.

C'était si bon de se sentir aimée par quelqu'un. Depuis la mort de sa mère, elle n'avait plus personne pour la réconforter, et en dépit de l'excitation et de l'aventure que lui procurait son travail, c'était une vie bien solitaire que la sienne.

— Pour l'amour du ciel, quand cesserez-vous ces enfantillages ? demanda une voix familière dans son dos.

Cecily se raidit car elle la reconnut immédiatement.

— C'est mon petit bébé, dit Leta. Laisse-la tranquille.

Mal à l'aise, Cecily risqua un coup d'œil par-dessus son épaule. Vêtu d'une tenue traditionnelle, les cheveux lâchés — chose qu'il ne faisait jamais en ville —, Tate était plus beau et plus impressionnant que jamais.

— Pourquoi ne t'es-tu pas habillée pour la circonstance ? demanda-t-il sur un ton de reproche en regardant son T-shirt et sa jupe. Je t'ai pourtant offert une tenue d'apparat pour ton anniversaire.

— Ça remonte à trois ans, dit-elle sans le fixer.

Elle ne prit pas la peine de lui rappeler qu'il avait oublié son anniversaire cette année.

— Et alors ?

— J'ai beaucoup maigri depuis.

Il eut l'air gêné.

— Oh, bien. Dans ce cas, tu n'as qu'à choisir quelque chose à la boutique d'artisanat.

— Je ne veux plus que tu m'achètes quoi que ce soit. De toute façon, je ne vois pas de quel droit je m'habillerais comme une femme lakota. Au cas où tu l'aurais oublié, je te rappelle que je ne suis pas de votre tribu.

— Tu as ta place parmi nous. Nous t'avons adoptée.

— Peut-être, mais quoi que je fasse, on ne me confondra jamais avec une Indienne.

Peu désireuse de continuer sur ce sujet, Cecily regarda autour d'elle.

— Je ne vois pas Audrey, reprit-elle avec nonchalance alors que son cœur se brisait. Où est-elle passée ?

Une lueur de contrariété passa dans le regard de Tate.

— Elle n'a pas pu se libérer, dit-il d'un ton qui n'encourageait pas les questions. Une de ses amies donnait une réception et elle avait promis de l'aider. Je suis venu seul.

Cecily se demanda si c'était vraiment parce qu'elle avait d'autres engagements qu'Audrey ne l'avait pas accompagné, ou si, en digne membre de la jet-set, elle avait jugé que c'était mauvais pour son image de se montrer dans une réserve indienne. Tate avait mentionné une fois qu'Audrey lui avait demandé d'adopter une coupe de cheveux plus conventionnelle. Visiblement, elle n'avait pas conscience que cela faisait partie de son héritage culturel et que c'était pour lui une fierté d'arborer cette longue chevelure de guerrier.

En tout cas, elle n'avait pas à s'inquiéter de le voir épouser Audrey, même s'il était sous le charme. Ne répétait-il pas depuis toujours qu'il ne dénaturerait jamais le sang de ses ancêtres — source de sa fierté — en le mêlant à celui d'une femme blanche ? Si un jour il avait un enfant, il voulait qu'il soit comme lui un pur Lakota.

La première fois qu'il lui avait dit cela, Cecily avait été

anéantie. Puis, en vivant sur la réserve, en s'imprégnant de sa culture, elle avait compris et admis ses raisons.

— Qu'est-ce que vous avez à vous faire la tête comme ça, tous les deux ? demanda Leta, en feignant l'innocence.

— Elle m'a ridiculisé devant des caméras de télévision, répondit Tate.

Cecily se campa devant lui, les mains sur les hanches.

— Tu l'avais bien cherché !

— Allons, les enfants, intervint Leta. Les conflits tribaux sont terminés depuis longtemps. Enterrez donc la hache de guerre.

— Pas avant qu'il ait fait amende honorable, protesta Cecily, en toisant Tate d'un air de défi.

Ce dernier sentit son humeur se radoucir.

Elle lui avait manqué. Sa spontanéité avait quelque chose de rafraîchissant et il ne résistait pas à son humour. Même son tempérament colérique ne parvenait pas à la rendre odieuse. Avec elle, il avait l'impression que sa vie prenait un tout autre éclat, devenait plus légère…

La première compétition de la journée s'achevait et on annonçait le nom des gagnants. Une démonstration de danse réservée uniquement aux femmes devait suivre, et Leta devait y participer, mais son regard anxieux passait de sa fille de cœur à son fils de sang.

Si elle les laissait seuls, Dieu seul savait ce qui pourrait se passer.

— Il faut que j'y aille, dit-elle en ajustant son dossard. Souhaitez-moi bonne chance.

— Tu sais bien que je suis de tout cœur avec toi, dit Cecily en lui souriant.

— Ne nous fais pas honte, ajouta Tate, une lueur d'amusement dans les yeux.

Leta prit l'air vexé, mais ne parvint pas longtemps à réprimer son sourire.

— Pas de bagarre…, dit-elle en agitant l'index. Soyez sages.

L'expression implacable de Tate s'adoucit tandis qu'il regardait sa mère rejoindre les autres concurrentes, et Cecily sentit refluer sa colère contre lui.

Quelles que soient ses fautes, c'était un bon fils.

— Elle a beaucoup changé depuis la mort de ton père, remarqua-t-elle en se rasseyant. Je ne l'ai jamais vue aussi gaie.

— Mon père n'était pas un homme facile à vivre. S'il n'avait pas passé la plus grande partie de son temps sur des chantiers à l'extérieur, je crois que j'aurais fini par le tuer.

Cecily ne fut pas étonnée de cette remarque.

Un soir, Tate était rentré à l'improviste et avait trouvé Leta évanouie dans la cuisine, le visage tuméfié. Depuis un moment déjà, il travaillait déjà dans l'espionnage, et aussi grand et fort qu'était Jack Winthrop, il ne faisait pas le poids face au jeune homme ivre de rage et bien entraîné qu'il était alors. Ce soir-là, la correction qu'il avait donnée à Jack lui avait fait passer à tout jamais l'envie de battre sa femme.

— Tu n'aimais pas beaucoup ton père, n'est-ce pas ?

Un nerf joua sur la mâchoire de Tate.

— Ce n'était pas un homme aimable.

Il s'assit tout près d'elle, sa cuisse frôlant la sienne, et elle ferma un instant les paupières pour mieux savourer ce contact.

Tate ne touchait presque jamais les gens, pas même sa mère. Durant les quelques années où elle avait plus ou moins fait partie de sa vie, il ne l'avait jamais touchée intentionnellement. Que ce soit pour lui tenir la main, repousser une mèche de cheveux ou l'embrasser sur la joue.

Finalement, le seul instant d'intimité qu'ils avaient connu, c'était quand elle était allée le rejoindre en Oklahoma pour l'aider à résoudre une affaire. Mais ce baiser manqué n'était pas vraiment un bon souvenir, même si elle n'avait cessé de se repasser le film de la scène durant des semaines, la rejouant différemment dans son esprit, songeant après coup aux mots qu'elle aurait pu dire, aux gestes qu'elle aurait dû tenter.

Cette absence de contact l'avait rendu malheureuse dans les débuts, et puis elle avait fini par se faire une raison… Jusqu'au jour où elle l'avait vu tenir la main d'Audrey dans ce salon de thé. Jamais elle n'avait autant souffert. Pourquoi Audrey et pas elle ? Fallait-il y voir une indication des sentiments qu'il éprouvait pour l'éblouissante femme du monde ?

S'efforçant de penser à autre chose, elle s'appliqua à suivre la prestation de Leta. Toutes les femmes portaient des vêtements de peau, ce qui n'était pas un mince exploit compte tenu de la chaleur qui régnait sur le Dakota en cette belle journée de septembre.

— Ce n'était pas très sympa ce que j'ai dit sur toi et le sénateur l'autre jour, à sa soirée d'anniversaire, remarqua soudain Tate. Je ne le pensais pas.

Venant de sa part, c'était ce qui s'apparentait le plus à des excuses, et Cecily décida de les accepter.

— Je sais.

S'agitant sur une balle de foin, il suivit sa mère des yeux.

— Ton nouveau travail au musée te plaît ?

— Beaucoup. Je suis responsable des acquisitions, ce qui est une des raisons qui m'ont amenée ici. Je voudrais exposer des poteries et des garnitures de perles oglala.

— Comment as-tu connu Holden ?

— A une séance du Sénat.

Elle s'interrompit, furieuse d'avoir parlé sans réfléchir. Ses activités politiques faisaient partie des choses qu'elle n'avait pas partagées avec Tate.

— Comment ça ?

Comme elle lissait sa jupe dont l'étoffe était brûlante, elle s'aperçut que le soleil tapait durement sur sa tête nue.

— C'était une audition publique sur la souveraineté indienne. J'ai pris la parole au nom d'un comité de la réserve de Wapiti.

Prenant soin d'éviter son regard, elle ajouta rapidement :

— C'était l'idée de Leta. Elle m'a dit que le sénateur appréciait les étudiants en anthropologie et j'étais la seule qu'ils avaient sous la main.

— J'ignorais que tu avais des activités politiques.

— Evidemment… Il y a plein de choses que tu ne sais pas sur moi.

Soupirant avec irritation, Tate reporta son attention sur sa mère, resplendissante dans sa tenue d'apparat.

— Je n'aime pas Holden, dit-il d'un ton sec.

— Oui, je sais. Et tu seras sans doute ravi d'apprendre qu'il te retourne le compliment. Il n'y a vraiment pas moyen de le faire changer d'avis pour le casino. Je lui ai rebattu les oreilles à propos des avantages que la tribu pourrait en retirer, comme acheter une ambulance, recruter un infirmier, proposer des activités aux adolescents pour leur éviter de boire et de faire des bêtises, créer un planning familial, mais il ne veut rien entendre.

Tate ne cacha pas son étonnement.

— Quand lui as-tu parlé de tout ça ?

— Je lui ai cassé les pieds pendant des mois, dit-elle sans dissimuler sa satisfaction. Je lui ai envoyé des e-mails, laissé des messages, envoyé des cassettes pour lui montrer l'état de délabrement de la réserve… Et plus récemment, j'ai réussi à lui extorquer un déjeuner à la cafétéria du Sénat. Il a peur du crime organisé, et il semble avoir des soupçons au sujet du chef tribal, Tom Black Knife.

— Il semblerait effectivement que l'argent des subventions ait disparu, mais je ne peux pas croire que Tom y soit mêlé. C'est un homme bon et honnête. En tout cas, Holden n'a pas l'air de bien comprendre tous les bénéfices que la réserve pourrait tirer de ce casino. Il y a d'autres casinos en territoire sioux à travers tout l'Etat, et ça fonctionne très bien. Personne ne comprend son entêtement.

— Je sais, mais je le travaille au corps, répliqua Cecily avec malice.

Tate ne daigna même pas sourire.

— C'est-à-dire ?

Nous y revoilà, songea Cecily avec résignation. Il la regardait d'un air suspicieux, comme si elle avait déjà séduit le vieil homme.

Oh, et puis après tout, pourquoi ne le ferait-elle pas marcher un peu ?

— Eh bien, pour commencer, je l'ai enduit de miel, et j'ai commencé à lui lécher lentement le torse…

Comme il laissait échapper un juron, elle éclata de rire.

— Mais non, ce n'était qu'un dîner. Et c'est un homme vraiment très gentil, tu sais.

— Ce n'est pas en sortant avec un homme assez âgé pour être ton père que tu vas régler ton problème par rapport au sexe, Cecily, dit-il d'un ton sévère.

— Quel problème ? Je suis une femme moderne, et je fais ce que je veux de mon corps. Je pourrais ajouter que certaines femmes se servent des hommes comme moyen de subvenir à leurs besoins. Moi, je pense qu'ils seraient plus utiles comme animaux de compagnie.

Les yeux de Tate pétillèrent et il eut un sourire jusqu'aux oreilles tandis qu'il agitait la main pour faire signe à sa mère qui dansait devant eux.

— Quoi qu'il en soit, Holden n'est pas le genre d'homme qu'il te faut. Et Colby non plus, soit dit en passant.

— Je ne vois pas ce que tu reproches à Colby. Je sais qu'il a eu des problèmes dans le passé…

— Il aime un peu trop la bouteille, et il ne s'est toujours pas remis du départ de sa femme.

— Je l'ai envoyé voir une thérapeute à Baltimore. Il a réduit sa consommation à un pack de six cannettes de bière le samedi.

— Et qu'est-ce qu'il a reçu comme récompense ?

Elle soupira, au comble de l'exaspération.

— Tu es insupportable. Personne ne trouve grâce à tes yeux, notamment ce pauvre sénateur. Je ne comprends pas pourquoi tu t'acharnes comme ça sur lui.

— Je ne l'aime pas, c'est tout. Et je ne lui fais pas confiance. Il est beaucoup trop secret.

— Tu peux parler, toi ! Avec tout ce que tu sais et que tu ne dis pas, tu pourrais probablement renverser le gouvernement.

— Ce n'est pas faux. Mais je ne suis pas énigmatique.

Elle le fixa, lui adressant un regard entendu.

— Bon, peut-être un petit peu, reprit-il. Mais ce sont mes origines qui veulent ça. Et pour en revenir à Holden, si je n'étais pas un peu civilisé, je me ferais un plaisir de le faire mourir sur le bûcher.

— Les Lakota ne brûlaient pas leurs ennemis, dit-elle, avant de se lancer dans un cours d'histoire amérindienne.

Connaissant déjà tout cela, Tate ne l'écouta que d'une oreille, fasciné par son regard enthousiaste et son intonation enflammée.

— C'est un sujet qui te passionne, n'est-ce pas ? demanda-t-il quand elle se tut.

— La façon dont vivaient tes ancêtres est tellement fascinante.

— La plupart des Blancs ne parviennent jamais à nous comprendre totalement, même si je reconnais que certains font des efforts.

— J'ai eu la chance de vous avoir, toi et Leta, pour m'enseigner votre mode de vie. J'ai été tellement heureuse ici, à la réserve. Chaque fois que je reviens, j'ai l'impression de retrouver ma maison. Je me sens en paix, à ma place, même si je sais que je ne suis pas des vôtres.

— Si, tu en fais partie, dit-il avec une émotion dans la voix qu'elle ne lui avait jamais entendue.

Soudain, il lui prit le menton, lui levant le visage vers lui, et elle sentit aussitôt s'évanouir la fragile sensation de sérénité qu'elle avait réussi à reconstruire autour d'elle depuis leur dispute.

Consciente de la transformation qui s'opérait en elle, elle retint sa respiration tandis qu'il la regardait avec une étrange lueur dans les yeux.

Dans un mouvement voluptueux du pouce, il redessina le contour de sa bouche. Puis, augmentant la pression sur la lèvre inférieure, il l'écarta pour en caresser l'intérieur.

S'efforçant de ne pas laisser paraître le désir fou qu'il avait de l'embrasser, Tate baissa les yeux vers la gorge de Cecily. Malgré lui, sa main glissa dans le creux où palpitait follement une petite veine et le désir l'embrasa.

Il avait conscience qu'il suffirait de peu pour qu'il

rompe la promesse qu'il s'était faite en Oklahoma de ne plus jamais la toucher.

Suivre ses instincts était stupide et dangereux, se dit-il. Et Cecily n'était pas pour lui. Point.

Laissant retomber sa main, il se leva, soulagé que la coupe ample de sa tenue en peau cache la réaction physique que la jeune femme avait provoquée en lui.

— Ça alors ! Maman a gagné un prix, dit-il d'une voix altérée qui sembla étrange à ses propres oreilles.

Esquissant un sourire forcé, il se tourna vers Cecily et vit combien elle était bouleversée.

Incapable de se maîtriser, il la saisit par les épaules et plongea les yeux dans son regard limpide. Puis, comme mus par leur propre volonté, ses doigts s'enfoncèrent dans la chair délicate de ses bras presque à lui faire mal.

Pendant quelques secondes, le temps sembla s'interrompre. Il n'entendait plus les tambours et les chants, ni le murmure des conversations autour d'eux. Seul comptait le besoin irrépressible qu'il avait de plaquer son corps contre le sien, d'explorer sa bouche.

Des images troublantes envahissaient son esprit, et l'illusion de leurs deux corps enlacés dans une étreinte tumultueuse et enfiévrée sembla soudain si tangible qu'il eut le plus grand mal à se rappeler à la raison.

Effrayé soudain par la force de son désir, il la lâcha brutalement, et disparut sans même un regard en arrière.

Les jambes tremblantes, Cecily le regarda s'éloigner. Elle devait avoir rêvé ce qui venait de se passer.

Toutes ces années à désirer vainement Tate, à se monter

la tête avec des scénarios rocambolesques et totalement improbables, avaient fait vaciller sa raison.

Il n'était même pas attiré par elle.

Oui, se dit-elle en allant rejoindre Leta d'une démarche de somnambule, seule une imagination débordante comme la sienne avait pu lui faire croire que son rêve le plus fou était sur le point de se réaliser enfin.

Cecily avait prévu de passer la nuit à la réserve et de prendre un avion de bonne heure le lendemain matin, mais lorsqu'elle regagna avec Leta le modeste bungalow où elle vivait, elle eut la mauvaise surprise de trouver Tate affalé dans un fauteuil de relaxation à dossier inclinable devant le téléviseur grand écran qu'il avait offert à sa mère pour Noël.

Tate veillait à ce que Leta ne manque de rien et, outre de beaux meubles, elle avait aussi le chauffage au gaz, ce qui était loin d'être le cas pour tout le monde. Malgré les efforts de différents groupes missionnaires et quelques subventions du gouvernement, la réserve restait en effet très pauvre et beaucoup de personnes âgées souffraient de malnutrition et de froid.

Apercevant son fils, Leta arbora un large sourire.

— Oh, tu es encore là…

— Je pensais rester jusqu'à demain, dit-il en évitant de regarder Cecily.

— Eh bien, moi, il faut que j'y aille, décida cette dernière en intimant d'un regard à Leta de ne pas la contredire. On m'attend au bureau lundi matin.

Apparemment indifférent à cette nouvelle, Tate se leva pour éteindre la télévision.

— Il y a du café ? demanda-t-il.

— Je vais en faire, proposa aussitôt Leta, avant de se précipiter vers la cuisine.

Tate se rapprocha de Cecily, ce qui n'était pas dans ses habitudes et eut pour effet d'accroître la nervosité de la jeune femme.

Avant qu'elle ait le temps de deviner ce qu'il allait faire, il lui prit le visage entre ses mains et posa les lèvres sur les siennes.

Réalisant pour la première fois à quel point elle avait besoin et envie d'être dans ses bras depuis toujours, elle s'agrippa aux épaules de Tate et, balayée par une onde puissante et irrésistible, s'abandonna à ce baiser qui ressemblait à une chute vertigineuse.

Sa bouche était dure, exigeante, délicieusement sensuelle. S'abandonnant à la magie de l'instant, elle oublia de se demander comment il avait acquis cette expérience qui faisait de lui un si tendre amant. Elle se pressa un peu plus contre lui, dans un mouvement d'abandon et d'offrande, essayant de lui répondre avec la même ardeur en dépit de son inexpérience.

Combien de fois avait-elle imaginé cette scène ? Des années à attendre, à espérer, et cela se produisait enfin…

— Vous voulez manger quelque chose ? cria Leta de la cuisine.

— Des sandwichs, répondit Tate en s'écartant, le regard troublé.

— D'accord. Je vous fais ça tout de suite.

Repoussant doucement Cecily pour la tenir à bout de bras, Tate observa longuement son visage d'un air indéchiffrable.

— Va aider Leta dans la cuisine, dit-il enfin.

— Macho ! répliqua-t-elle, le souffle court.

— Des centaines d'années de conditionnement ne s'évanouiront pas en une nuit, dit-il en esquissant un sourire.

La lueur de gaieté qui brillait dans son regard prit soudain une intensité plus dangereuse.

— Tu transportes toujours ton stock de préservatifs sur toi ?

Cecily se sentit rougir.

— J'ai fini par me faire une raison et je les ai jetés.

Son regard parcourut son corps et elle eut l'impression qu'il la caressait.

— Dommage…

— Tu as dit que tu ne voudrais jamais, protesta-t-elle.

Il leva un sourcil, l'air moqueur.

— Je sais. Mais il n'est pas interdit de changer d'avis.

Saisie de tremblements, Cecily serra ses bras autour d'elle dans un effort dérisoire pour lutter contre l'émotion qui la consumait.

— Ça t'amuse de me torturer, n'est-ce pas ? dit-elle en relevant le menton.

— C'est possible.

Elle lui tourna le dos.

— Je m'en vais ce soir.

— Inutile. Je ne reste pas.

Se détournant, Tate alla retrouver Leta dans la cuisine pour lui dire au revoir.

— Alors, vous vous êtes réconciliés ? demanda cette dernière.

— Oui, mentit-il avec aplomb.

Elle lui caressa la joue avec tristesse.

— Ce que tu peux être têtu, murmura-t-elle avant de sourire. Comme ton père.

Le visage de Tate se ferma à la mention de Jack Winthrop.

— Je t'ai déjà dit que je ne voulais plus que tu me parles de lui.

Paraissant hésiter, Leta laissa retomber sa main.

— Un jour, il faudra que nous ayons une discussion à ce sujet.

— Pas aujourd'hui. Il faut que je retourne travailler.

— Tu devrais essayer de faire la paix avec le sénateur Holden, dit soudain Leta.

— Celui-là, je ne peux vraiment pas le voir. Il n'a pas la moindre idée de ce qui est bon pour la réserve. Il ne connaît rien aux Lakota et il s'en fiche éperdument.

— Il a grandi ici, dit calmement Leta.

— Quoi ?

— Il a grandi ici, répéta-t-elle. Sa mère était venue enseigner à l'école et il s'y est fait de nombreux amis, dont Tom Black Knife.

Tate la dévisagea avec curiosité.

— S'il connaît notre situation, pourquoi refuse-t-il l'idée d'ouvrir un casino ?

Leta haussa les épaules.

— Je crois me rappeler qu'il déteste les jeux d'argent.

— Tu ne m'avais jamais dit que tu le connaissais, remarqua Tate d'un ton accusateur.

— Eh bien, je le connais depuis très longtemps, dit Leta, songeuse. Mais nous nous sommes perdus de vue quand il a épousé cette jolie femme blanche et s'est présenté au Sénat.

— Sa femme est morte.

— Je sais… Je l'ai lu dans le journal. Cecily m'a dit que toi aussi tu avais une jolie femme blanche à tes côtés, ajouta-t-elle en cherchant le regard de son fils.

— Mais de quoi se mêle-t-elle ! s'écria Tate, furieux d'avoir été assez stupide pour embrasser Cecily et frustré par la douloureuse attirance qu'il ne pouvait satisfaire. La façon dont je mène ma vie privée ne la regarde pas. Elle n'en fait pas partie et n'en fera jamais partie.

— Amen ! conclut Cecily d'un ton calme depuis le seuil de la cuisine. Qu'attends-tu pour aller rejoindre ta chère Audrey ? ajouta-t-elle avec une pointe de sarcasme.

— Je ne comprends pas, intervint Leta, tout en étudiant avec inquiétude le visage de son fils. Tu n'arrêtes pas de répéter que tu ne veux pas t'engager dans une relation avec une Blanche, et…

— Seulement avec une Blanche ordinaire, l'interrompit Cecily. N'ai-je pas raison, Tate ? Mais Audrey est belle. Et elle est riche.

Médusé, Tate prit tout à coup conscience de ce que pouvait ressentir Cecily en le voyant avec d'autres femmes.

Elle était persuadée qu'il l'avait rejetée parce qu'il ne la trouvait pas assez séduisante, mais c'était faux. Il avait été responsable d'elle pendant des années, même si elle ne l'avait découvert que récemment, et c'était uniquement par respect pour elle qu'il avait lutté contre l'attirance qu'elle lui inspirait. En aucun cas il n'aurait voulu profiter d'elle, exploiter sa gratitude.

Mais comment expliquer cela sans aggraver un peu plus les choses ?

— Cela n'a rien à voir avec la beauté, dit-il pour en finir.

Cecily se contenta de sourire.

— Je vais terminer les sandwichs pendant que tu raccompagnes Tate, dit-elle à Leta.

— Cecily..., commença Tate d'un ton hésitant.

— Il arrive à tout le monde d'agir de façon irréfléchie, coupa-t-elle en soutenant courageusement son regard. Ce n'est rien. Vraiment...

Elle sourit, évitant le regard inquisiteur de Leta, puis se tourna vers le réfrigérateur.

— Tu veux manger quelque chose avant de partir ?

Tate soupira intérieurement. Pourquoi avait-il été se mettre dans une situation pareille ? Cecily pensait qu'il regrettait de l'avoir embrassée. C'était peut-être le cas, d'ailleurs. Il n'avait pas souvenir de s'être jamais senti aussi embarrassé.

— Non, dit-il après un silence. Je prendrai quelque chose à l'aéroport.

Leta attendit qu'il ait récupéré ses quelques effets puis l'accompagna jusqu'à sa voiture de location.

— Vous vous entendiez si autrefois, dit-elle d'un ton désolé.

— J'étais aveugle, répondit-il entre ses dents.

— Que veux-tu dire ?

Le regard de Tate se porta au loin vers les collines qui se couvraient de taches rousses annonciatrices de l'automne.

— Elle est amoureuse de moi.

Ce fut un choc pour lui de s'entendre prononcer ces paroles. Jusqu'à présent, il n'y avait jamais pensé. Pourquoi ne s'en était-il pas rendu compte ? N'était-ce pas tout simplement parce qu'il ne voulait pas le savoir ?

— Tu ne dois pas lui montrer que tu t'en es aperçu, répliqua Leta d'un air sombre. Elle est fière.

— Je sais, dit-il en posant une main sur l'épaule de sa mère. Nous sommes si peu nombreux à ne pas être métissés…

Voyant que Leta grimaçait, il se demanda ce que cela signifiait. Peut-être avait-elle espéré qu'il finirait un jour par se marier avec Cecily ?

— Et tu n'épouseras jamais une Blanche…

Il hocha la tête d'un air solennel.

— Audrey est très décorative et j'apprécie qu'on me voie en sa compagnie. Elle est sophistiquée, fougueuse et superficielle. Elle ne signifie rien. Pas plus que toutes les autres avant elle.

— Mais il n'y a pas que ça.

Il soupira.

— J'ai veillé sur Cecily pendant huit ans. Même sans nos différences culturelles, je suis comme une sorte de tuteur pour elle, que cela lui plaise ou non. Je ne peux pas profiter de ce qu'elle ressent pour moi.

— Je te comprends, dit Leta, sans paraître toutefois entièrement convaincue. Sois prudent sur la route.

Au moment de se mettre au volant, Tate se ravisa et plongea la main dans la poche de sa veste.

— Donne-lui ça quand je serai parti. C'est son cadeau d'anniversaire. Nous ne nous parlions plus, et je n'ai pas pu lui donner en temps voulu, ajouta-t-il avec une petite moue embarrassée.

— Elle n'en voudra peut-être pas.

Il le savait, et cette idée lui faisait mal.

— Essaie quand même.

Leta le regarda s'éloigner sur le chemin de terre jusqu'à ce que sa voiture ne soit plus qu'un point minuscule dans le paysage.

Il y avait tant de choses que son fils ignorait !

Bientôt, elle serait contrainte de lui apprendre une nouvelle qui bouleverserait toutes ses certitudes, qui remettrait en cause ses idées si bien arrêtées au sujet de son héritage culturel.

Il se passait dans la réserve des choses dont il n'avait pas la moindre idée. Des choses qui l'impliquaient, elle, ainsi que le sénateur et le chef tribal Tom Black Knife, et qui auraient des retombées terribles sur la vie de Tate.

Chapitre 4

Cecily vécut sur un nuage pendant une semaine, tandis qu'elle essayait de mesurer le changement monumental qui était intervenu dans sa relation avec Tate.

Même s'il avait eu recours à un mouvement d'humeur pour se sortir d'une situation potentiellement embarrassante, il avait ressenti quelque chose.

Tandis qu'il la serrait dans ses bras, que sa bouche écrasait la sienne avec fièvre, elle avait deviné la faim dévorante qu'il avait d'elle. Et ce qui l'émerveillait le plus était sans doute de n'avoir éprouvé aucune peur.

Soudain, elle prit conscience qu'une partie de la répulsion qu'elle ressentait à l'égard des autres hommes n'était peut-être pas entièrement due à son expérience traumatisante avec son beau-père. Cela tenait aussi beaucoup au fait que son cœur appartenait totalement à Tate.

Il était le seul homme fait pour elle, celui que le destin lui réservait depuis si longtemps. Elle avait toujours su qu'il l'aimait bien. En revanche, elle était loin de s'imaginer qu'il pouvait aussi la désirer.

Mais il était évident que Tate ne céderait pas à ses sentiments, aussi forts soient-ils.

Craignant quant à elle de le revoir, elle prit soin d'éviter le salon de thé où elle l'avait aperçu à plusieurs reprises. Il y avait un petit restaurant de fruits de mer très agréable à côté du musée, et elle prit l'habitude d'y déjeuner, sachant que Tate détestait ce genre de nourriture.

Pourtant un jour, elle eut la surprise de voir entrer une personne de sa connaissance.

Le sénateur Matt Holden se figea sur le seuil, les mains dans les poches, et l'air contrarié. Il regardait autour de lui comme s'il cherchait quelqu'un lorsqu'il la remarqua et fonça droit vers sa table.

S'apprêtant à porter sa fourchette à ses lèvres, Cecily suspendit son geste.

— Oh, sénateur…

Il leva la main pour l'interrompre, tira une chaise et s'y laissa tomber.

— Cecily, je suis dans les ennuis jusqu'au cou, commença-t-il sans préambule. Il faut que je vous parle en privé le plus rapidement possible.

C'était tout à fait inattendu, et assez flatteur, songea Cecily.

Si Matt Holden avait un problème qu'elle pouvait aider à régler, elle se ferait évidemment un plaisir de le faire, bien qu'il lui paraisse invraisemblable que quelqu'un comme elle puisse venir en aide à un puissant sénateur des Etats-Unis. De toute façon, elle lui devait son emploi et ne pouvait pas vraiment se permettre de refuser.

Comme elle avait payé son repas d'avance, elle reposa sa fourchette puis se leva et le suivit jusqu'à sa limousine.

Après avoir remonté la vitre de séparation avec le chauffeur, le sénateur ferma le rideau puis il se laissa aller contre le confortable dossier de cuir.

— Que se passe-t-il ? demanda Cecily.

Il secoua la tête, l'air désinvolte, comme s'il n'avait aucun souci au monde.

— J'ai pensé vous seriez contente de retourner au bureau en voiture... Et j'en profiterai pour discuter avec votre patron des formalités de la nouvelle exposition.

Cecily comprit immédiatement qu'il ne voulait pas prendre le risque que leur conversation soit entendue par un tiers.

— C'est très aimable de votre part. Cela va me permettre de vous demander ce que vous pensez des mocassins brodés et des échantillons de tissus que j'ai rapportés de mon voyage à Wapiti Ridge.

— Tout cela me plaît beaucoup, répondit-il avec un sourire. Vous avez vraiment le don de dénicher des pièces exceptionnelles.

Le reste du trajet se fit en silence et, bien qu'elle soit dévorée de curiosité, Cecily réussit à ne pas paraître trop impatiente.

Le sénateur se fit déposer devant le musée, et demanda à son chauffeur de venir le chercher une heure plus tard. Puis il prit Cecily par le bras et lui fit monter rapidement les marches de l'immeuble flambant neuf, dont une partie encore était en travaux.

Traversant le bureau de sa secrétaire, Béatrice, Cecily

remarqua que cette dernière avait laissé un papillon autocollant sur l'écran de son ordinateur pour la prévenir qu'elle était sortie déjeuner.

Le sénateur y jeta un coup d'œil avant de suivre Cecily dans la pièce attenante et de fermer la porte derrière lui.

Puis, prenant appui contre le panneau de bois, il observa la jeune femme tandis qu'elle s'installait derrière sa table de travail.

— Vous comprenez vite, dit-il d'un ton admirateur. Je ne voulais pas parler en présence de mon chauffeur. C'est un remplaçant, et je n'ai aucune confiance en lui. A vrai dire, je ne fais confiance à personne en ce moment, à part vous, ajouta-t-il avec une grimace en passant une main dans son épaisse chevelure argentée.

— Croyez bien que j'en suis flattée.

Un flot de questions lui vint aux lèvres, mais elle se retint et, les mains sagement croisées sur son bureau, attendit que le sénateur se décide à poursuivre.

— Leta vous aurait-elle parlé d'un syndicat mafieux qui rôderait autour de la réserve ? demanda-t-il de but en blanc.

Cecily fronça les sourcils.

— Pardon ?

Il soupira.

— Bon, elle ne vous a rien dit… Peut-être n'est-elle même pas au courant de ce qui se passe.

Enfonçant les mains dans ses poches, il se mit à arpenter la pièce.

— Je ne sais pas quoi faire. Je ne peux plus faire machine

arrière, maintenant. Ces gens sont dangereux. Si on ne les arrête pas, ils feront main basse sur la réserve.

Sans paraître remarquer le regard ébahi de Cecily, il continua :

— De plus, je viens de proposer à Tate Winthrop de prendre en charge la sécurité de mes bureaux. Si cela venait à se savoir, je pourrais me retrouver face à un comité d'enquête. Il faut que je lui retire cette mission, et il ne va rien y comprendre.

Il tourna les yeux vers Cecily et eut un sourire las devant son expression médusée.

— Vous n'avez pas la moindre idée de ce dont je parle, n'est-ce pas ?

— En effet. Pourquoi ne vous asseyez-vous pas, au lieu d'aller et venir ainsi ?

— Je suis en train de devenir fou…

— Pardon ?

Il hésita un instant avant de se laisser tomber dans l'un des fauteuils faisant face au bureau.

— Que savez-vous au sujet du… père de Tate Winthrop ?

Sa façon de marquer une pause dans la phrase était curieuse, mais elle répondit sans s'attarder sur ce détail.

— Très peu de choses, en fait… Il est mort quelque temps avant que je vienne vivre avec Leta. Je sais qu'il travaillait sur des chantiers de construction. En fait, je ne le connais qu'à travers ce que Leta m'en a dit : un homme brutal, qui buvait beaucoup, détestait son fils et la battait.

Elle se mit à jouer machinalement avec un crayon.

— Leta m'a dit qu'il tourmentait Tate chaque fois qu'il en avait l'occasion, et si elle voulait prendre sa défense, il la frappait jusqu'à ce qu'elle s'évanouisse.

Gagnée par l'émotion, Cecily humecta ses lèvres desséchées.

— Un soir, Tate est rentré à l'improviste et a trouvé sa mère inconsciente sur le sol de la cuisine. Je ne sais pas exactement ce qui s'est passé entre eux, mais depuis ce jour-là, Jack Winthrop n'a plus jamais levé la main sur sa femme.

L'expression furieuse du sénateur la désarçonna un instant, puis elle reprit :

— Un jour, Tate m'a dit que si Jack n'était pas mort dans un accident, il aurait probablement fini par le tuer. Et je ne crois pas qu'il plaisantait.

Holden secoua la tête, visiblement très ému.

— Leta est tellement fragile, dit-il, presque pour lui-même. Je ne comprends pas qu'on puisse être assez cruel pour la brutaliser.

— Vous connaissez Leta ? demanda Cecily, étonnée.

— Depuis presque toujours. Ma mère est venue enseigner à l'école de la réserve après la mort de mon père, et j'ai grandi parmi les Lakota. J'ai même fait mon service militaire avec Tom Black Knife.

Il jeta un coup d'œil à Cecily.

— J'ai entendu dire qu'il serait corrompu, mais je n'y crois pas… C'est l'homme le plus honnête que je connaisse. Il veut ce casino, mais il n'utiliserait pas des moyens illégaux pour l'obtenir. Et jamais il ne détournerait les fonds tribaux.

— Excusez-moi, sénateur, mais quel est le rapport avec Leta et Tate ?

Holden se pencha vers elle, les mains appuyées sur le bureau.

— Pouvez-vous garder un secret ? Un énorme secret ?

— Si cela ne nuit à personne.

Il hocha la tête.

— Cecily, ce n'est pas facile à dire et je préfère aller droit au but. Il y a trente-six ans, au moment où j'ai décidé de me présenter au Sénat, j'ai eu une liaison avec une jeune fille lakota que je connaissais depuis l'enfance. Mais je venais de me marier et ma femme était ma directrice de campagne. Elle appartenait à la meilleure société, et je n'aurais pas pu gagner sans ses relations.

Se redressant, il chassa d'une pichenette une poussière imaginaire sur le revers de sa veste.

— J'ai fait le choix de la réussite sociale plutôt que celui de la passion, et il n'y a pas eu un seul jour où je ne l'ai pas regretté. Mais le problème n'est pas là, ajouta-t-il en soupirant. Un enfant est né de cette liaison sans que je le sache. Cette organisation criminelle qui veut prendre le contrôle du futur casino l'a appris, Dieu seul sait de quelle façon, et à présent, ils me font chanter. Soit j'autorise la construction du casino, soit toute cette histoire sera jetée sur la place publique. Et le plus triste dans tout cela, c'est que mon fils ne sait même pas qui est son véritable père.

Cecily se sentit blêmir.

— Tate ? murmura-t-elle.

— C'est mon fils, dit-il en s'étranglant presque sur le mot. Mon fils ! Et je ne savais rien avant aujourd'hui, avant qu'un des hommes du syndicat ne vienne me menacer. Si je ne fais pas immédiatement machine arrière, la presse sera avertie.

Avec un lourd soupir, Cecily se cala au fond de son fauteuil.

— Tate pense qu'il est un pur Lakota. C'est une véritable obsession chez lui. Il sera horrifié quand il saura la vérité.

— Il ne faut pas qu'il le sache, protesta Holden. Pas tout de suite. Et peut-être même jamais si je réussis à me sortir de cette situation.

Il se passa une main sur le visage, accusant soudain son âge.

— Je pensais que je mourrais sans enfant car ma femme n'en a pas voulu.

Il ferma un instant les yeux avant de reprendre :

— Leta ne m'a jamais rien dit... Elle avait probablement peur de le faire car elle savait que ma carrière politique passait avant tout.

Il darda sur Cecily son regard noir, si semblable à celui de Tate.

— Et vous savez quoi ? L'argent et le pouvoir ne servent à rien quand on ne peut pas en faire profiter ceux qu'on aime. J'ai un fils, et je ne peux pas le lui dire. Ironique, non ?

Elle fronça les sourcils.

— Ce n'est pas juste de continuer à lui laisser croire que Jack Winthrop est son père.

— Ce n'est pas juste non plus de détruire ses illusions. Comme vous l'avez dit, ses origines, son héritage culturel, font sa fierté, et la vérité lui ferait beaucoup de mal. Quoi qu'il en soit, il faut que j'arrête ces individus pendant qu'il en est encore temps. Pour cela, j'ai besoin d'aide, et vous êtes la seule personne vers qui je peux me tourner. Je ne veux pas que Leta et Tate soient humiliés publiquement pour quelque chose dont je suis entièrement responsable. D'un autre côté, je ne peux pas laisser le crime organisé prendre le contrôle de la réserve. Je crois que Tom Black Knife détient la solution et j'ai besoin de vous pour découvrir de quoi il s'agit. Ils ont forcément quelque chose contre lui et ils s'en servent pour l'obliger à puiser dans les subventions que le gouvernement accorde à la tribu. Alors, allez-vous m'aider ?

— Bien sûr..., répondit-elle avec un bref sourire. En tout cas, vous avez bon goût en matière de femme.

Holden eut une petite moue désabusée.

— Sans doute... Mais Leta a fait le mauvais choix avec moi. Je l'aimais, mais j'aimais encore plus ma carrière. Et pour finir, j'ai passé la plus grande partie de mon existence avec une femme dépressive qui m'a fait vivre un enfer, jusqu'à ce qu'elle mette fin à ses jours. Mais je suppose que j'ai bien mérité tout ce qui m'est arrivé...

— Certaines personnes sont autodestructrices, commenta Cecily, compatissante. Nous avons beau tout faire pour les aider, nous ne pouvons rien pour elles si elles ne veulent pas s'aider un peu.

Plissant soudain les yeux, le sénateur l'observa avec curiosité.

— Tate s'est beaucoup occupé de vous, d'après ce que j'ai entendu. Et vous l'aimez, n'est-ce pas ?

Prise de court par sa question, elle s'accorda quelques instants de réflexion.

— Pour mon plus grand malheur, oui.

— Il ne pourra pas indéfiniment se cacher derrière sa détermination à perpétuer la dynastie lakota.

Elle soupira.

— Il y a longtemps que je ne crois plus aux miracles. J'ai décidé de cesser de désirer ce que je ne pouvais pas avoir, et de me contenter de ce que la vie m'offrait. Mais dites-moi plutôt ce que vous attendez de moi exactement.

Il parut soudain hésitant.

— C'est assez dangereux. Je ne sais pas…

—Vous avez déjà vu *Indiana Jones* ? coupa-t-elle, tentant d'alléger l'atmosphère par une plaisanterie. Eh bien, je suis exactement comme le Dr Jones : toujours prête à m'engager dans les aventures les plus périlleuses.

Le sénateur esquissa un sourire.

— D'accord. Mais je veux que vous me préveniez si vous vous sentez en danger.

— Ne vous inquiétez pas pour moi. Tout se passera bien.

— Vous êtes vraiment sûre de vouloir prendre un tel risque ?

Elle hocha la tête.

— Alors, quel est le plan ?

— Je veux que vous trouviez une excuse pour vous rendre à Wapiti Ridge et surveiller Tom Black Knife. Je veux savoir pourquoi il coopère avec ces gens, et ce que tout ce beau monde cherche à faire exactement. Essayez de découvrir où sont passés les fonds détournés pendant que, de mon côté, je vais tenter quelques manœuvres politiques. Vous rendez visite régulièrement à Leta, et tout le monde sait que vous travaillez pour le nouveau musée. Vous pourrez donc fureter tranquillement sans attirer l'attention.

— C'est bien vu… Mais, que vais-je raconter à Leta ?

— Je n'en sais fichtrement rien, hélas ! Dire qu'elle a eu un enfant de moi et qu'elle ne m'en a jamais parlé… J'ignorais que j'avais un fils, c'est extraordinaire quand même ! Et je n'en aurais probablement rien su s'il n'y avait eu cet incroyable rebondissement. Ce n'est pas étonnant que Jack Winthrop se soit montré aussi cruel avec Tate et avec Leta…, ajouta-t-il après un silence.

L'espace de quelques secondes, il parut abattu, puis il redressa la tête.

— Le pire de tout, c'est que mon fils, mon seul et unique enfant, se trouve être l'un de mes ennemis.

— N'exagérons rien. Et jusqu'à présent, vous ne l'appréciiez pas tellement non plus, si je peux me permettre de vous le rappeler.

Une étincelle de colère passa dans le regard du sénateur.

— Il est emporté, arrogant, et têtu comme une mule…

— Il a de qui tenir, commenta Cecily avec une petite moue ironique.

— Après tout, personne n'est parfait, répondit-il, un faible sourire aux lèvres. Enfin, c'est bien de savoir que je ne mourrai pas sans descendance…

Il posa soudain sur Cecily un regard empreint de solennité.

— Leta ne doit rien savoir. Quand le moment sera venu, je lui en parlerai, ajouta-t-il.

— Et qui le dira à Tate ?

— Vous ?

— Certainement pas !

— Bon, nous verrons cela plus tard. Surtout, soyez très prudente, d'accord ? J'ai consacré beaucoup de temps et d'énergie à vous débaucher pour le musée et je ne veux pas que vous preniez de risques. Si vous croyez que vous avez été découverte, fichez le camp et emmenez Leta avec vous.

— Elle a peur de l'avion, répondit Cecily. Ça m'étonnerait qu'elle accepte.

Se levant, le sénateur enfonça les mains dans ses poches.

— Eh bien, dans ce cas, je viendrai la chercher moi-même et je la ferai embarquer de force.

Cecily réprima un sourire. Il ressemblait tellement à Tate !

— Je vous crois sur parole.

Il marcha d'un pas décidé vers la porte. La main sur la poignée, il s'arrêta.

— Puisque c'est mon idée de vous envoyer là-bas, je vais demander à ma secrétaire de s'occuper de vos billets.

— Cette fois, vous ne couperez pas à la commission d'enquête !

— Je vais les payer de ma poche. Je ne voudrais pas risquer de perdre mon auréole en me servant dans le budget voyages.

— Si vous aviez une auréole, ça se saurait, répliqua Cecily, pince-sans-rire.

Dans les yeux du sénateur, il y eut une brève lueur d'amusement.

— Je reste en contact avec vous. A bientôt.

— A bientôt.

Cecily reçut les billets le lendemain, juste après sa réunion avec le conservateur du musée, Jock Phillips.

Phillips était un homme grand et mince, au front dégarni. D'origine cherokee, il se passionnait pour la culture amérindienne et tout ce qu'ils achetaient pour le musée le fascinait. Il fallait qu'il touche les objets comme pour s'imprégner à travers eux de l'âme indienne. D'un caractère doux et agréable, c'était un vieux garçon un peu timide, et Cecily l'appréciait beaucoup.

— Matt m'a dit que vous vous rendiez de nouveau dans le Sud Dakota pour compléter nos collections. Qu'allez-vous nous rapporter de beau, cette fois ?

— C'est assez inhabituel... Et je pense que ça va beaucoup vous plaire, dit-elle, espérant que cette vague explication suffirait.

— Et combien cela va-t-il me coûter ?

— Pas trop cher, je vous le promets. Je vais faire en sorte de rentabiliser le voyage.

— Je n'en doute pas. Je me demande ce que nous ferions sans vous. Vous auriez gâché vos talents en restant dans le domaine médico-légal… Ce travail est beaucoup trop éprouvant et on finit par y perdre son âme.

Cette remarque surprit tellement Cecily qu'elle eut du mal à trouver ses mots.

— Mais… comment cela ?

— J'ai exercé ce métier quand j'étais plus jeune. Je pensais que ce serait un peu comme un travail de détective. Et, en effet, j'ai trouvé ça assez passionnant au début. Et puis un jour, le cadavre que j'ai dû identifier s'est révélé être celui d'un ami disparu, alors j'ai tout laissé tomber pour me consacrer à l'archéologie. C'est beaucoup plus gratifiant, conclut-il avec un sourire où se percevait une certaine tristesse.

— Oui, c'est aussi ce que je pense. J'adore travailler ici.

— J'en suis ravi. Eh bien, faites bon voyage et rapportez-moi un objet qui fera parler du musée. Nous sommes encore très jeunes, comprenez-vous. Il nous faut quelque chose pour marquer notre entrée dans la cour des grands.

— Je ferai de mon mieux, promis.

Cecily fit ses bagages dans la soirée, après avoir dîné, et elle sirotait un café quand la sonnette retentit. Aussitôt, elle pensa que Colby était rentré plus tôt que prévu et elle s'en réjouissait quand elle ouvrit la porte... Pour découvrir Tate sur le seuil.

Il émanait de lui une telle impression de force virile que, l'espace d'une seconde, elle faillit refermer. Puis une vague d'émotions confuses la submergea, et elle resta pétrifiée, incapable de détacher les yeux de lui.

Sous la veste de daim frangée, sa chemise était entrouverte, découvrant la peau hâlée de son torse et son jean délavé collait à ses cuisses musclées comme une seconde peau. Même dans cette tenue décontractée, il se dégageait de lui une impression d'élégance et de raffinement qui lui fit prendre conscience de son propre manque de sophistication. Avec son jean déchiré, son T-shirt rouge devenu d'un rose inégal marqué de traînées blanches et ses pieds nus, elle se faisait l'effet d'une souillon.

— Tu ne me fais pas entrer ? demanda-t-il.

Elle haussa les épaules et s'effaça pour le laisser passer.

— Je suis en train de faire mes bagages.

— Tu pars encore ? Tu étais plus facile à suivre, autrefois.

— Parce que je vivais dans un nid d'espions !

Elle avait appris depuis peu la nouvelle par Colby et son indignation n'était pas encore retombée.

— Tu m'avais pris un appartement dans un immeuble truffé d'agents du gouvernement.

— C'était l'endroit le plus sûr pour toi. Quelqu'un te surveillait en permanence.

— Je n'avais pas besoin d'être surveillée.

— Bien sûr que si, dit-il en se perchant sur l'accoudoir d'un fauteuil avant de croiser les bras sur son large torse. Tu ne t'en es jamais rendu compte, mais tu étais la cible idéale pour quiconque aurait voulu se venger de moi. Finalement, c'est pour cette raison que j'ai démissionné.

— Pourquoi ne m'as-tu pas tout simplement renvoyée d'où je venais ? demanda Cecily, médusée.

— Chez ton beau-père ?

Le sujet était toujours douloureux pour elle, et Cecily était persuadée qu'il le savait. Visiblement, il cherchait à provoquer une dispute, mais elle ne lui donnerait pas cette satisfaction.

Lui tournant le dos, elle se dirigea vers la cuisine.

— Tu veux un café ?

Il se leva et, la prenant par les épaules, la fit pivoter vers lui.

— Je suis désolé, Cecily. C'était un coup bas.

— Un de plus, répliqua-t-elle en évitant son regard. J'ai l'impression que, quoi que je fasse, je t'agace.

— Et tu ne sais pas pourquoi ?

Elle haussa les épaules, et, comme il la libérait, elle alla ouvrir un placard dont elle sortit une tasse et une soucoupe.

— Je dirais que tu en veux à quelqu'un et que tu te défoules sur moi.

— Comment fais-tu pour si bien lire en moi ? demanda-t-il, surpris. Même ma mère n'y arrive pas.

S'il faisait l'effort d'y réfléchir, il comprendrait, songea tristement Cecily.

— Qui t'a mis hors de toi, aujourd'hui ? insista-t-elle.

— Holden.

— Ah ? dit-elle, fière du masque d'indifférence qu'elle se composa.

— Tu sais qu'outre mon travail pour Pierce Hutton, je conseille parfois des entreprises en matière de sécurité…

— Bien sûr, mais… quel est le rapport avec le sénateur ?

— Il m'avait engagé pour sécuriser ses bureaux, et il vient de m'appeler pour me dire qu'il a changé d'avis.

Se rappelant que Tate venait de s'acheter un cabriolet anglais hors de prix, et qu'il s'habillait chez les plus grands couturiers italiens, elle ne put s'empêcher de le taquiner.

— Ce n'est quand même pas le chèque qui va te manquer ?

— Bien sûr que non ! Mais c'est le principe. Il l'a fait délibérément. Holden est un type maladivement rancunier. J'imagine qu'il n'a toujours pas digéré la discussion que nous avons eue à son dîner d'anniversaire.

Matt Holden l'avait placée dans une situation compliquée en exigeant le secret, songea-t-elle en se mordillant les lèvres.

— Vous n'avez pas discuté. Vous vous êtes crié dessus.

Paraissant exaspéré, Tate haussa les épaules.

— Alors, peut-on savoir où tu vas ? demanda-t-il sèchement.

Elle posa une tasse de café noir à son intention sur la

table basse. Puis, tandis qu'il se dirigeait vers le canapé, elle se pelotonna dans un fauteuil.

— En fait, je vais rendre visite à Leta, dit-elle, ce qui n'était pas entièrement faux. Et je vais en profiter pour aller voir un objet ancien dont on m'a parlé et que j'aimerais acquérir pour le musée.

Ce qui cette fois était un mensonge éhonté.

— Les objets anciens ont une signification sacrée pour notre peuple, commenta Tate avec irritation. Leur place n'est pas dans les musées. Ils font partie de notre culture et doivent rester entre nos mains.

Il ne savait pas encore qu'il n'appartenait pas totalement à cette culture, et la vérité allait lui faire beaucoup de mal, lui qui était tellement fier de ses ancêtres.

— Il ne s'agit pas de ce genre d'objet, dit-elle.

En réalité, elle n'avait pas la moindre idée de ce qu'elle allait pouvoir rapporter qui puisse satisfaire à la fois le Pr Phillips et Tate, et justifier sa mission d'espionnage pour le compte du sénateur.

— Tu es allée dans le Dakota, il y a quelques semaines. Pourquoi ne t'en es-tu pas occupée à ce moment-là ?

— Il n'était pas disponible.

D'un geste nerveux, elle repoussa derrière son oreille une mèche de cheveux qui s'était échappée de son chignon.

— Ne m'interroge pas comme si j'étais suspecte d'on ne sait quel crime… J'ai eu une journée assez difficile comme ça.

Tate se massa la nuque tout en l'observant.

— Je croyais que tu détachais tes cheveux le soir.

— Uniquement quand je vais me coucher, dit-elle.

Les paupières de Tate se plissèrent.

— Colby a bien de la chance.

Bien décidée à ne pas polémiquer avec lui, elle se contenta de sourire.

— Inutile de te faire des illusions, ajouta-t-il, l'air furieux. Il ne changera pas.

— Ce n'est pas ce que je lui demande. Il y a bien longtemps que j'ai compris qu'on ne pouvait pas changer les gens contre leur volonté. Quant à ce qu'il y a entre Colby et moi, je ne vois pas en quoi ça te concerne, Tate. Mêle-toi de tes affaires.

— Tu entends comment tu me parles ?

La violence du ton et le pli amer qui marquait sa bouche la surprirent.

— Je pourrais te retourner le compliment. Qui te donne le droit de m'interroger sur les hommes avec qui je sors ?

Le visage de Tate se figea et ses lèvres se pincèrent, le faisant ressembler, l'espace d'un instant, au père de Cecily quand il était en colère.

Jetant un coup d'œil à sa montre, il finit son café dans un silence tendu puis se leva.

— Je dois y aller. Je voulais seulement m'assurer que tu allais bien.

— Tu voulais vérifier si Colby était là.

Elle le vit ciller et se réjouit de constater que sa remarque avait porté.

— Tu sais que je n'approuve pas cette relation.

— Qu'est-ce que tu veux que ça me fasse ?

Au comble de l'exaspération, Tate serra les poings et avança vers elle. Quand il la saisit brutalement par le bras, elle sut qu'elle avait dépassé les bornes.

Mais il était trop tard.

Il l'attira violemment à lui, et elle sentit son souffle sur ses joues. Une ivresse étrange s'empara d'elle. Sous les doigts qui l'étreignaient, sa peau semblait soudain électrifiée, et son cœur battait follement.

Cet homme l'irritait et provoquait en elle un mélange explosif de sensations contradictoires, inexplicables.

Jamais elle n'avait autant haï Tate Winthrop qu'en ce moment même. Qu'il aille au diable, lui et ses conclusions erronées ! Mais d'un autre côté, elle comprenait les raisons de sa colère, comme si un lien mystérieux continuait à les unir.

Il était désorienté par la décision du sénateur Holden de mettre fin à leur collaboration. Pas à cause de l'argent, mais parce qu'il le percevait comme une vexation délibérée. Comment aurait-il pu deviner qu'Holden ne cherchait qu'à le protéger d'un scandale politique ?

Mais il n'y avait pas que cela.

Il se sentait frustré de ne pas pouvoir avoir une femme qu'il désirait, et il cherchait à provoquer une dispute uniquement pour trouver de nouvelles raisons de la détester.

Eh bien, elle n'entrerait pas dans son jeu.

— Colby est un gentil garçon, dit-elle d'une voix posée. J'apprécie sa compagnie, et il ne boit jamais quand il est avec moi.

— Il n'en reste pas moins un alcoolique.

— Je te l'ai déjà dit, il suit une thérapie. Il fait vraiment des efforts pour s'en sortir.

— Et tu t'imagines que ça suffit à me rassurer ? Après ce que mon père nous a fait subir à ma mère et à moi ?

Chapitre 5

La détresse dans les yeux sombres de Tate déchira le cœur de Cecily.

Puis il se détourna et alla se poster devant la fenêtre.

Il lui tournait le dos, mais ses épaules basses, son front lourdement appuyé contre la vitre disaient la frustration et la souffrance que l'évocation de son enfance venait de réveiller.

Elle le rejoignit.

— Les gens ne sont pas naturellement cruels, dit-elle d'une voix douce et compatissante. Parfois, ils souffrent tellement à l'intérieur qu'ils extériorisent cette douleur en faisant du mal aux autres. Et souvent, ils s'imaginent pouvoir trouver un réconfort dans l'alcool ou dans la drogue.

— Qu'est-ce qui aurait pu faire souffrir mon père ? demanda-t-il en se tournant vers elle.

Le fait que son fils n'était pas vraiment son fils et que sa femme aimait un autre homme…, songea Cecily.

Comme elle l'observait, elle prit conscience à quel

point les années de tourment et d'angoisse avaient forgé l'homme qu'il était devenu.

— Je n'en sais rien, répondit-elle. Tate, tu crois que le sénateur Holden te veut du mal, mais il a certainement une raison pour agir comme il le fait. Je le connais assez bien, et il n'est pas comme tous ces politiciens qui mentent quand ça les arrange. C'est un homme intègre. Il n'est pas rancunier, et il ne piège pas les gens. Tu le sais aussi bien que moi.

Suspicieux, ses yeux cherchèrent les siens.

— Que sais-tu, Cecily ?

— Je ne vois pas ce que tu veux dire.

Il lui saisit le menton.

— Tu me caches quelque chose. J'en suis sûr.

— Tu crois toujours tout savoir sur moi, protesta-t-elle en essayant de se dégager.

Comme il ne lâchait pas prise, elle posa la main sur son poignet.

— Ne fais pas ça, murmura-t-elle. Je t'en prie.

— Tu viens de commettre une grosse erreur, Cecily, dit-il d'une voix rauque. Tu n'aurais jamais dû me toucher.

Avant qu'elle puisse prononcer un mot, il écrasa ses lèvres sur les siennes. Puis, la faisant pivoter, il l'adossa contre le mur, et se pressa contre elle, fouillant sa bouche avec fièvre.

Incapable de résister, la tête vide de toute pensée, Cecily s'abandonna au désir qui montait en elle. Tate avait glissé une cuisse entre ses jambes, imprimant contre son ventre la boucle de son ceinturon, lui communiquant sa chaleur à travers l'étoffe des vêtements.

Laissant courir les mains dans son dos à la puissante musculature, elle s'abandonna au gré d'un courant plus fort que sa propre volonté. Pour la première fois de sa vie, elle se permettait un total abandon.

Un gémissement monta au fond de sa gorge, étouffé par la bouche de Tate, tandis qu'un vide étrange se creusait dans son ventre. Au même moment, elle sentit le changement physique qui se produisait en lui et en fut bouleversée.

Tate savait qu'il jouait un jeu dangereux. Encore un baiser et il perdrait la tête.

Dans un sursaut de volonté, il s'arracha aux lèvres de Cecily, mais ne parvint pas à détacher les yeux de son regard où se lisait un mélange de douleur et de surprise. Elle ne devait pas comprendre pourquoi il interrompait ainsi leur étreinte, alors que son désir pour elle était évident.

— Tu ne dois plus me laisser faire ça, dit-il, presque en colère.

— Je ne vois pas comment je t'en empêcherais. Tu es beaucoup plus fort que moi. La preuve, tu es en train de m'écraser contre le mur.

Il ne put résister à l'envie d'effleurer d'un baiser ses lèvres gonflées et humides.

— Ce n'est pas un jeu, dit-il en imprimant à ses hanches un lent mouvement sensuel.

La sentant frissonner, il l'embrassa lentement, savourant la soumission de sa bouche douce, puis il glissa sa main sous le T-shirt pour effleurer ses seins emprisonnés dans la dentelle.

Il allait trop loin. S'il ne se ressaisissait pas maintenant, il risquait de lui faire l'amour là, tout de suite, et ils en souffriraient tous les deux.

— C'est ce que Colby obtient quand il vient te rendre visite ? demanda-t-il avec une intonation délibérément sarcastique.

Cela marcha. Cecily lui écrasa le pied aussi fort qu'elle le put de son talon nu. La surprise fut plus forte que la douleur, bien sûr, mais elle profita de son mouvement de recul pour lui échapper.

Ses yeux verts avaient pâli au point de devenir presque transparents, ses cheveux étaient en désordre, et elle le dévisageait avec la férocité d'une panthère.

— Ce qu'obtient Colby ne te regarde pas ! Et maintenant, sors de chez moi.

Elle était magnifique, songea-t-il avec un ravissement désespéré. Il n'y avait pas un homme au monde qui pouvait la dominer, l'obliger à faire quelque chose contre sa volonté. Même son répugnant beau-père n'avait pu la forcer à faire ce qu'elle ne voulait pas.

— Et arrête de sourire béatement ! ajouta-t-elle, au comble de l'exaspération. Ah, les hommes et leur esprit de conquête !

— Ce n'est pas du tout à ça que je pensais.

Elle l'observa avec curiosité.

— Ah non ?

— Tu as un esprit fier, dit-il avec calme. Je l'admets,

même si ça m'exaspère. Mais cela ne suffira pas toujours à te protéger de la malveillance des hommes.

Il poussa un lourd soupir avant de poursuivre, choisissant ses mots avec soin :

— Tu as été sous ma responsabilité pendant longtemps... Et même si tu es largement adulte maintenant, je ressens toujours le besoin de te protéger. Je suis comme ça.

Cecily savait qu'il cherchait à la réconforter, mais les mots la blessaient quand même.

— Je suis capable de prendre soin de moi.

— Vraiment, Cecily ? Personne n'est à l'abri d'un moment de faiblesse.

— J'en ai rarement. Et la plupart du temps, c'est à cause de toi. Bon, tu t'en vas ou pas ? C'est moi qui suis censée te séduire, et pas le contraire. Tu ne respectes pas les règles.

Il haussa un sourcil.

— Ça fait longtemps que tu n'essaies plus de me séduire...

— J'en ai eu assez que tu me rejettes tout le temps. J'ai ma fierté, quand même.

Son regard l'enveloppa, avide.

— Je n'arrête pas de penser à ce qui s'est passé chez ma mère, dit-il à voix basse, presque pour lui-même. Je n'avais jamais ressenti une telle envie pour personne. Je te veux, Cecily, et je me déteste de ressentir ça.

— Ce n'est pas nouveau.

Elle fit un geste vers la porte.

— Allez, va-t'en. Et j'espère que tu ne fermeras pas l'œil de la nuit.

— C'est sûrement ce qui va se passer, dit-il d'un ton morose.

Il se dirigeait vers la porte d'un pas hésitant quand il se retourna vers elle.

— Je peux retrouver la trace de mes ancêtres jusqu'en 1800. Pas une goutte de sang blanc ne s'est mêlé au nôtre depuis, et nous sommes si peu nombreux maintenant.

Si la situation n'avait pas été aussi triste, elle aurait pu rire de cette affirmation. Si seulement il savait !

— Tu n'as rien à m'expliquer, Tate. Je sais ce que tu ressens.

— Non, tu ne sais pas. Je donnerais n'importe quoi pour t'avoir juste une seule fois.

Son regard croisa le sien, la maintint captive, et elle se sentit soudain mise à nu, percée jusqu'au plus profond de l'âme.

— Je sais que c'est aussi ce que tu penses, ajouta-t-il.

— Oui, mais tu ne m'aimes pas. Sans amour, ça ne m'intéresse pas.

Après avoir hésité un bref instant, il ouvrit la porte et quitta l'appartement.

Les larmes aux yeux, Cecily écouta son pas décidé marteler le sol en béton du couloir et tenta de se persuader qu'elle avait eu raison de refuser ce qu'elle souhaitait le plus au monde.

Jamais elle n'avait désiré un homme avec une telle force, mais Tate ne cherchait qu'à satisfaire une urgence physique et le désir dénué de tout sentiment qu'il éprouvait pour elle ne pouvait que la désoler.

D'un autre côté, si elle cédait, si elle laissait ce courant dévastateur briser les digues de ses craintes et de ses tabous, peut-être pourrait-elle se guérir de son obsession pour lui.

Mais peut-être pas…

Si elle se donnait à Tate, ce serait tout entière. Elle ne lui offrirait pas seulement son corps, mais son âme, sa vie.

Elle soupira. A quoi bon penser à tout cela ? Après la façon dont elle venait de mettre les choses au point, il y avait peu de chance que la question se pose de nouveau.

Cecily arriva chez Leta tard dans l'après-midi du lendemain. Elle avait dû changer d'avion à Denver pour prendre un vol à destination de Rapid City, puis elle avait fait en voiture le reste du trajet jusqu'à la réserve.

Leta sortit sur le perron en s'essuyant les mains dans son tablier, le visage éclairé d'un large sourire.

— J'ai à peine eu le temps de préparer le dîner. Espèce de vilaine fille ! Tu aurais dû me prévenir hier au lieu de m'appeler de l'aéroport.

— Je voulais te faire la surprise.

— En parlant de surprise…, dit Leta en esquissant une petite grimace.

— Quoi ?

— J'ai oublié de te donner quelque chose.

— De quoi parles-tu ?

— Tate m'a donné un cadeau pour ton anniversaire la dernière fois que tu es venue. Je l'ai posé sur le buffet de la salle à manger et j'ai oublié de te le donner.

Cecily eut l'impression d'être balayée par une puissante bourrasque. Il lui suffisait de penser à leur baiser pour retrouver le goût de sa bouche, pour sentir la fièvre sauvage de son corps pressé contre le sien…

— Il s'est souvenu de mon anniversaire…, murmura-t-elle, plus touchée qu'elle ne l'aurait voulu.

— Il s'en souvient toujours, mais il m'a dit que vous ne vous parliez plus à ce moment-là. Viens, entre vite, que je te le donne.

Lui emboîtant le pas jusqu'à la salle à manger, elle prit d'un geste hésitant la petite boîte que Leta lui tendait.

— Vas-y. Ouvre-la.

Les mains de Cecily se mirent à trembler tandis qu'elle ôtait le ruban et le papier. C'était un écrin à bijoux.

Ça ne pouvait pas être une bague, bien sûr, se dit-elle en soulevant lentement le couvercle. Jamais il ne lui offrirait une bague.

— Le bandit ! s'écria-t-elle. Comment a-t-il pu ?

S'étant penchée au-dessus de l'écrin pour voir ce qu'il contenait, Leta éclata de rire.

Cecily lui lança un regard outré.

— Ce n'est pas drôle !

— Oh, si !

Un coin des lèvres de Cecily se retroussa tandis qu'elle contemplait le crabe en argent.

— Il est adorable, n'est-ce pas ?

Elle prit la broche pour l'observer plus attentivement. Ce n'était pas de l'argent mais de l'or blanc, les yeux étaient en rubis, et le crabe tenait une petite perle entre ses pinces jointes.

Il ne s'agissait pas d'un achat anodin. Le bijou avait été fabriqué pour elle.

Les larmes lui montèrent aux yeux. C'était le genre de cadeau qu'on faisait à quelqu'un qui comptait pour vous. Elle se rappela alors les baisers passionnés de Tate et souhaita de tout son cœur qu'ils signifiaient également quelque chose.

Bouleversée, elle accrocha la broche au revers de son col, sachant déjà qu'elle chérirait ce cadeau toute sa vie.

— Tu as vu Tate, récemment ? demanda Leta.

Le cœur de Cecily fit un bond dans sa poitrine.

— Hier soir.

— Il va bien ?

— Il est plus en forme que jamais. Il m'a reproché de sortir avec Colby Lane.

Leta leva un sourcil, l'air entendu.

— Ce n'est pas du tout ce que tu crois, protesta Cecily. Ce n'est qu'un ami. Mais Tate s'inquiète pour moi parce que Colby buvait beaucoup autrefois. Il a arrêté, mais Tate s'imagine qu'il a une mauvaise influence sur moi. Je me demande quand il cessera de se prendre pour mon ange gardien…

— Il tient beaucoup à toi.

— Il m'aime comme une petite sœur et nous le savons toutes les deux, répliqua sèchement Cecily. Il a Audrey dans sa vie, et elle n'a pas l'air de vouloir s'en aller. S'il n'avait pas cette obsession de vouloir épouser une Amérindienne, elle aurait probablement déjà une bague de fiançailles au doigt.

— Elle nous déteste. Et je sais ce qu'elle pense de nous.

Je l'ai déjà entendu de la part d'autres pestes mondaines comme elle. Nous sommes sales, ignorants, attachés à des traditions barbares, et nous vivons aux frais du gouvernement.

Désolée, Cecily passa un bras autour des épaules de celle qui avait remplacé sa mère dans son cœur.

— Tu es la femme la plus soignée, la plus moderne, la plus intelligente et la plus généreuse que je connaisse, Leta. Et j'interdis à quiconque de dire le contraire.

— Tu fais beaucoup de choses pour nous, Cecily. Beaucoup plus que tu ne le crois, d'ailleurs.

Elle étudia soudain sa fille adoptive avec un regain de curiosité.

— Comment t'es-tu fait cette petite écorchure sur la joue ?

Cecily se souvint du contact rugueux de la joue non rasée de Tate contre la sienne et rougit.

— C'est donc ça ! reprit Leta d'un air amusé. Je m'en doutais. Pendant que je faisais des sandwichs dans la cuisine, la nuit où Tate est parti précipitamment, j'ai trouvé que c'était soudain bien calme dans le salon.

— Arrête ! Cela ne signifie rien pour lui.

Leta secoua la tête.

— Il a envie de toi.

Cecily resta un instant déconcertée par cette remarque directe.

— Ça ne suffit pas. Je n'ai pas envie d'être une aventure de plus pour lui.

Le regard noir qui croisa le sien était empli de tristesse et de sagesse durement acquises.

— Essaie de tenir bon, ma petite fille. Il est facile de céder à la tentation, mais ensuite, tu dois en payer le prix. Et il est parfois très élevé.

— Mais au fait, dis-moi, que viens-tu faire chez nous ?

Le repas se déroulait de façon plaisante, lorsque Leta se risqua à poser cette question, et Cecily s'agita nerveusement sur sa chaise.

Elle n'était pas très douée pour le mensonge, et elle savait que Leta lisait en elle comme dans un livre ouvert.

— J'ai eu des informations au sujet d'un objet ancien…, commença-t-elle d'un ton mal assuré.

— Il n'y a pas d'objets anciens ici, à part le trésor sacré, et tu sais très bien qu'il n'est exposé que pour les cérémonies. Aucun des membres de la tribu ne te laisserait y toucher, et encore moins l'emporter dans un musée.

Non sans soupirer, Cecily but une gorgée de café.

— Leta, ce serait plus facile si tu faisais semblant de croire à mes mensonges.

Celle-ci eut un petit rire.

— Tu n'es pas très convaincante.

— Je ne peux pas tout te dire, mais je suis ici pour fouiner un peu.

Leta écarquilla les yeux.

— Une mission d'espionnage… Oh, ça alors ! Mais qu'est-ce que tu cherches ?

— Ecoute-moi, c'est très sérieux. Il y a des gens dangereux qui rôdent dans les parages.

— Je sais. Ils viennent parader dans des limousines avec chauffeur immatriculées hors de l'Etat. Et après leur départ, Tom Black Knife se soûle au whisky, poursuivit Leta comme Cecily restait bouche bée. Je suis au courant de tout ce qui se passe ici. Les fonds tribaux disparaissent à vue d'œil, et je ne peux pas croire que ce soit Tom le responsable. C'est mon cousin.

— C'est aussi l'ami d'un homme très puissant à Washington qui cherche à démanteler toute l'opération. C'est à sa demande que je suis venue récolter des preuves contre ces hommes.

— Cet homme qui t'a envoyée ici, c'est un sénateur ? demanda Leta dans un souffle, l'air bouleversé.

— Je ne peux pas te répondre.

— Un sénateur du Dakota ?

— Leta, je t'en prie.

Cette dernière s'empara de ses mains et les serra avec une force étonnante compte tenu de sa fragile silhouette.

— Matt Holden ? murmura-t-elle.

Cecily ferma les yeux. Elle n'y arriverait pas. Elle ne pourrait jamais tenir sa promesse.

— Oh ! mon Dieu…, dit Leta en lui lâchant les mains. Il sait tout. C'est ça, n'est-ce pas ? Il est au courant ?

— Je suis désolée, Leta. Les gens sur lesquels je suis venue enquêter connaissent toute l'histoire et ils menacent d'avertir la presse. Compte tenu du prestige dont bénéficie Holden au Sénat, ça pourrait détruire sa carrière. Sans compter le mal que ça ferait à Tate d'apprendre la vérité de cette façon.

Le visage dans ses mains, Leta se mit à pleurer et Cecily se leva aussitôt pour aller la consoler.

— Tout va s'arranger… Le sénateur pense que nous pouvons les arrêter à temps, si nous réussissons à découvrir qui ils sont et ce qu'ils ont contre Tom Black Knife. Nous ne devons pas nous laisser abattre, Leta. Nous allons nous en sortir. Je t'assure que c'est possible.

— Je voulais leur dire la vérité, dit Leta en s'agrippant à elle. Je voulais le dire à mon fils et à son vrai père. Mais j'attendais le bon moment. Et puis le temps a passé, et un jour, ça a été trop tard. Matt était marié et Tate était si fier de son héritage…

Se dégageant, elle essuya ses yeux.

— Jack savait que j'étais enceinte quand je l'ai épousé, mais il ne voulait pas connaître le nom du père. Il disait qu'il m'aimait assez pour accepter mon enfant. Mais ce n'était pas vrai, ajouta-t-elle avec un pauvre sourire. Ça le rongeait à petit feu, surtout quand il a découvert que je ne pouvais pas avoir d'enfant avec lui. Il s'est mis à me haïr, à haïr Tate. Il voulait nous faire payer sa stérilité. Il s'est mis à boire et l'homme gentil que j'avais épousé est devenu un monstre. C'est moi qui l'ai rendu comme ça. Et je suis également coupable d'avoir privé Matt de son fils et Tate de son vrai père. Et maintenant, il va l'apprendre dans les journaux ou à la télévision. Il va me détester.

— Il va sûrement nous en vouloir à toutes les deux pendant un petit moment, dit Cecily d'un ton rassurant. Mais il finira par oublier.

Leta secoua la tête et essuya de nouveau ses yeux rouges et larmoyants.

— Non, il n'oubliera jamais. Il déteste le mensonge. Jamais il ne nous pardonnera.

Le cœur de Cecily se serra. Leta avait probablement raison.

— Nous ne pouvons pas deviner ce qui se passera, dit-elle avec un calme qu'elle était loin de ressentir. Mais nous allons faire tout notre possible pour que les choses s'arrangent. Il faut voir le bon côté des choses, Leta.

— Parce qu'il y en a un ? demanda cette dernière entre deux sanglots.

— Bien sûr. Nous allons couper l'herbe sous le pied de la mafia et sauver le chef tribal du déshonneur. On parlera de nous dans tous les journaux.

— Encore…, dit Leta en esquissant un sourire.

Cecily toucha du bout des doigts la broche en forme de crabe qu'elle portait sur le revers de son col.

— Cette fois, ce sera beaucoup moins scandaleux.

— A quoi ressemble Matt ? demanda Leta, paraissant surprise elle-même de poser une telle question.

— Il est terriblement séduisant. Les cheveux argentés, arrogant, entêté, colérique… exactement comme quelqu'un que nous connaissons bien. Il m'a parlé très gentiment de toi. Il regrette ce qu'il a fait, tu sais.

— Il m'en veut de ne pas lui avoir dit pour Tate ?

Dans les yeux de Leta, l'espoir le disputait à l'angoisse.

— Non ! Pas du tout ! Il se sent surtout coupable de ce que tu as enduré avec Jack. Et il comprend très bien pourquoi tu as gardé le secret. C'est juste que… eh bien, Tate et lui sont ennemis. Ça a été un choc pour lui.

— Je l'aimais tellement..., dit Leta, le regard perdu dans le vague. Nous avons grandi ensemble. Il était plus vieux que moi, et j'ai été flattée quand il m'a choisie. J'aurais fait n'importe quoi pour lui. Puis il m'a dit qu'il allait épouser une riche mondaine et se présenter au Sénat. Nous nous sommes disputés et il est parti sans me dire au revoir. Mais après l'élection, il est venu me voir. Nous avions été séparés depuis si longtemps, et il m'avait tellement manqué... Nous avons commencé à nous embrasser et nous n'avons pas eu la force de nous arrêter.

Ses joues s'empourprèrent légèrement.

— Après, il m'a dit qu'il était marié. Il avait honte, il regrettait... Mais pas moi. C'était ce que je désirais le plus au monde. Quelques semaines plus tard, j'ai découvert que j'étais enceinte. Tu ne peux pas imaginer la joie que j'ai ressentie, Cecily. Je savais que je ne pourrais jamais le lui dire, mais j'étais heureuse. Puis Jack Winthrop a demandé ma main. C'était un gentil garçon, et je savais qu'il était amoureux de moi, alors j'ai accepté.

Elle secoua la tête, l'air misérable.

— J'aurais dû me douter que c'était trop beau pour être vrai. J'en ai payé le prix et Tate aussi. Une fois, j'ai essayé de partir, mais Jack m'a tellement battue que je ne pouvais plus marcher. Il a menacé de tuer Tate si je recommençais. Alors je suis restée. A l'époque, il n'y avait pas de foyers pour femmes battues, aucune aide. Maintenant, c'est différent... Je me suis sacrifiée pour Tate, mais cela ne l'a pas empêché de souffrir. Bien au contraire. Je sais qu'à l'intérieur, il est plein de cicatrices.

— Mais tu ne regrettes pas d'avoir eu Tate ?

— Bien sûr que non. C'est ce qui m'est arrivé de plus beau dans la vie. Mais ça me rend triste que Matt l'ait appris comme ça. Il n'en a pas parlé à Tate, n'est-ce pas ? demanda-t-elle, soudain affolée.

— Non. Il n'ose pas. Il m'a dit que je pouvais le faire, mais j'ai bien trop peur de la réaction de Tate.

— Je comprends. Mais il nous en voudra encore plus de lui avoir caché la vérité.

— J'y suis résignée. De toute façon, il n'aurait jamais fait attention à moi, même en sachant qu'il est métissé. Ça fait trop longtemps que je vis sur mon nuage et il est temps que j'atterrisse.

— Si tu le quittes, il te suivra, dit Leta. Il y a quelque chose de spécial entre vous, un lien qui ne pourra jamais être rompu.

— Tu oublies Audrey.

— Chérie, il y a eu d'autres femmes avant elle et elles ont toujours fini par s'en aller.

— Oui, mais celle-ci a l'air de s'incruster.

Leta l'observa attentivement.

— S'il était si amoureux d'Audrey, pourquoi serait-il obsédé physiquement par toi ?

Le cœur de Cecily fit un bond.

— Quoi ?

— Simple question…, dit Leta avec un sourire malicieux. Lorsque tu es revenue dans la cuisine, la dernière fois que vous étiez ici ensemble, tu avais les lèvres gonflées, l'air égaré et tu prenais soin d'éviter le regard de Tate. Lui aussi avait l'air secoué. Ce n'était pas très difficile de deviner ce qui c'était passé dans mon salon. Et ça ne ressemble pas à Tate de jouer avec les sentiments de jeunes filles innocentes.

Cecily grimaça.

— Il pense que je ne le suis plus. Je lui ai laissé croire que Colby et moi… enfin, tu vois.

— Ah…

— Qu'est-ce que ça veut dire, Leta ?

— La seule raison pour laquelle il se tenait à distance, c'est qu'il ne voulait pas profiter de toi. S'il croit que tu as ne serait-ce qu'un peu d'expérience, il risque de céder à la tentation. Méfie-toi, c'est un jeu très dangereux. L'amour que tu as pour lui provoquera ta chute, et je suis bien placée pour le savoir.

Cecily décida de ne pas y penser pour le moment. Elle avait remisé Tate dans un coin de son esprit, et c'était très bien comme ça.

— Nous verrons bien… Maintenant, tu vas sécher tes larmes et boire un bon café. Ensuite, tu m'aideras à établir un plan de bataille. S'il existe un moyen de nous débarrasser de l'ennemi, nous le trouverons.

Chapitre 6

Dans les jours qui suivirent, Cecily fut présentée à Tom Black Knife — un homme d'une soixantaine d'années, au regard honnête et intelligent, et à la bonté évidente — ainsi qu'à différents membres du conseil tribal.

Aucun d'entre eux ne semblait déloyal ou inquiétant, et Cecily était presque sûre qu'ils n'avaient rien à voir avec le complot sur lequel elle était chargée d'enquêter.

Un soir, elle partagea ses pensées avec Leta.

— Le problème, c'est qu'ils ne se confieront pas à moi, dit-elle. Si seulement Colby était là… Il pourrait se faire passer pour un membre d'un autre syndicat, s'infiltrer… Moi, je ne peux pas le faire.

Leta leva les mains en signe d'impuissance.

— Ne me regarde pas. Je ne sais même pas tricher au gin-rummy !

— Je vais appeler Colby, décida soudain Cecily en se levant. S'il est chez lui, il acceptera sûrement de m'aider.

Se dirigeant vers le téléphone que Tate avait fait installer plusieurs années auparavant, et dont il payait l'abonnement, elle composa le numéro de Colby Lane puis écouta s'égrener les sonneries.

Elle allait raccrocher quand une voix rocailleuse lui répondit.

— Lane, j'écoute.

— Ah, tu es là…, dit-elle sans s'annoncer. J'avais peur que tu sois encore en voyage. Tout va bien ?

— Oui, à part quelques nouvelles cicatrices. Ça te dirait de manger une pizza ? Je passe te chercher.

— Je suis à Wapiti Ridge.

— Quoi ?

— C'est une longue histoire. Est-ce que tu peux venir me rejoindre tout de suite ?

— Dis donc, si je te manque à ce point, on ferait peut-être bien de se marier.

— Je ne vais sûrement pas épouser un espion qui est toujours par monts et par vaux.

— Peut-être, mais j'ai des talents cachés, ma petite.

— Voyez-vous ça ! Je me demande si je ne vais pas me laisser tenter.

Colby rit de bon cœur.

— Le ciel nous tombera sur la tête le jour où tu me diras oui. Mais soyons sérieux. Qu'est-ce que tu trafiques à la réserve ?

— Rien de spécial. Je suis juste venue faire des achats pour le musée. Mais j'ai besoin de toi.

— Dans ce cas, je pars immédiatement. Je louerai une voiture à l'aéroport. A bientôt.

*
* *

Colby arriva le lendemain soir, avec des points de suture sur la joue et une nouvelle prothèse. Il l'agita tandis que Cecily venait à sa rencontre.

— Elle est chouette, non ? N'est-elle pas plus réaliste que la précédente ?

— Qu'est-il arrivé à l'autre ?

— Elle s'est cassée. Ne me demande pas où ni comment.

— Je ne sais rien. Viens, Leta a fait des sandwichs.

Leta avait rencontré Colby une fois, alors qu'il était venu en visite avec Tate. Elle se montra polie, mais un peu distante.

— Elle ne m'aime pas, fit remarquer Colby un peu plus tard, alors qu'ils prenaient le frais sur les marches de la véranda.

— Elle croit que j'ai une aventure avec toi. Et Tate aussi, d'ailleurs.

— Pourquoi ?

— Parce que je le leur ai laissé croire.

Il lui lança un regard de reproche.

— C'est vraiment stupide.

— Je sais, mais je n'avais pas envie qu'il s'imagine que je l'attendais sagement. Il est déjà convaincu que je suis amoureuse de lui, et c'est assez humiliant comme ça. Je ne veux pas qu'il sache que je suis… enfin, tu comprends. J'ai ma fierté…

— Si ça peut te rendre service, je ne suis pas contre, répliqua Colby sur le ton de la plaisanterie.

Elle éclata de rire et se pressa affectueusement contre lui.

— Je t'adore. Vraiment… Mais j'ai eu une mauvaise expérience quand j'étais plus jeune. J'ai suivi une thérapie, mais j'ai encore un peu de mal à accepter l'idée d'une véritable intimité.

— Même avec Tate ?

— Qu'est-ce que ça change puisqu'il ne veut pas de moi ?

— C'est là que tu te trompes.

— Je ne comprends pas.

— Tate est passé me voir hier soir, après ton coup de fil, dit-il en caressant sa blessure à la joue.

Cecily écarquilla les yeux.

— Je croyais que tu t'étais fait ça en mission.

— Tate porte une grosse bague en turquoise à l'annulaire droit, et ça fait des dégâts quand il frappe quelqu'un avec.

— Il t'a frappé ? Mais pourquoi ?

— Parce que tu lui as dit que nous couchions ensemble, pardi ! Franchement, Cecily, j'aimerais bien que tu me préviennes quand tu montes des scénarios de ce genre. J'ai été pris au dépourvu.

— Qu'a-t-il fait ensuite ?

— Je lui ai rendu son coup et, une chose en entraînant une autre… je n'ai plus de table basse.

— Je suis désolée.

— Oh, ça va… Je sais encore me défendre. En tout cas, ça prouve bien qu'il tient à toi.

— C'est son côté macho. Il croit que tu n'es pas assez bien pour moi, dit-elle avec un petit rire amer.

— Et il a raison.

— Mais je t'apprécie beaucoup comme ami.

— Moi aussi. Il n'y a plus grand monde qui se risque à me fréquenter ces derniers temps. Quand Maureen est partie, je suis devenu fou. Comme je ne supportais pas son absence, j'ai cherché un moyen d'oublier. Je crois que je ne m'en serais jamais sorti si tu ne m'avais pas envoyé consulter cette thérapeute. Tu sais qu'elle a des serpents vivants dans son cabinet ?

— Tout le monde a ses petites manies.

— Bref, elle m'a convaincu qu'on ne peut pas retenir les gens contre leur gré. Maureen ne supportait plus l'homme que j'étais devenu, mais elle est heureuse maintenant. Son nouveau mari est fondé de pouvoir d'une grande banque et il a deux enfants. On peut dire qu'elle est bien installée…

— Je suis désolé, Colby.

Il se pencha en avant, les avant-bras sur ses genoux.

— Je l'aimais tellement…

— Au moins, tu as la consolation d'avoir vécu une belle histoire avec elle. Moi, je n'aurai jamais ça avec Tate.

— C'est mieux comme ça. Tate a un gros problème d'identité.

Cette remarque fit sursauter Cecily. Se pouvait-il que Colby soit déjà au courant de quelque chose ?

— Comment cela ?

— Sa passion pour son héritage amérindien tourne à l'obsession. C'est bien de ne pas oublier ses racines, mais il faut savoir s'adapter et ne pas s'en servir pour se créer une image. Tate vit dans un monde de Blancs, il travaille dans un monde de Blancs. Tu ne t'es jamais demandé pourquoi un homme tellement attaché à ses origines ne vivait pas avec les siens ?

Cecily réfléchit un instant.

— Je dois avouer que non. Mais maintenant que tu le dis, c'est un peu étrange en effet qu'il ait choisi de vivre en dehors de la réserve.

— Exactement. Les gens qu'il fréquente lui ont fait prendre conscience de ses origines. Ils l'ont mis mal à l'aise en lui rappelant qu'il appartenait à une culture minoritaire, en sous-entendant qu'il valait moins qu'eux. Du coup, il en fait des tonnes pour s'affirmer en tant que Lakota.

— Mais ce sont des imbéciles ! Tate est beaucoup trop intelligent pour se laisser abattre par les propos de quelques racistes.

— Tu es blanche, Cecily, tu n'as aucune idée de ce que c'est d'appartenir à une minorité, d'être traité comme un sous-homme. Et tu ne le sauras jamais, même si tu comprends et admires la culture de Tate. Même si tu défends les droits des Amérindiens.

Ce constat avait quelque chose de très dérangeant pour Cecily. Jamais Tate ne lui avait parlé ainsi.

Elle ouvrait la bouche pour poser une question quand Colby reprit la parole.

— Tu te demandes comment je le sais, n'est-ce pas ? Eh bien parce que je suis apache, Cecily.

Surprenant son regard étonné, il poursuivit :

— Je sais que ça ne se voit pas parce que j'ai la peau claire, grâce à l'addition d'un peu de sang écossais et allemand par le passé, mais ma lignée me permet de me réclamer du statut d'Apache. Je pourrais même vivre sur la réserve de White Mountain, si je le voulais.

— Tu ne me l'avais jamais dit, murmura-t-elle, médusée.

— Ce n'est pas quelque chose dont j'aime parler. C'est bizarre, non ? Tate est fanatique à propos de ses origines, et moi j'en ai honte. D'ailleurs, je ne rends jamais visite à ma famille. Je déteste la façon dont ils vivent.

Cette confession mettait Cecily très mal à l'aise. Elle ne savait même plus comment lui parler. Le Colby qu'elle connaissait avait disparu.

— C'est la vraie raison du départ de Maureen, dit-il entre ses dents. Ce n'était pas à cause de mon travail, de mes absences… Elle m'a quitté parce qu'elle ne voulait pas d'enfants métissés. Mais je devais m'en douter inconsciemment, car je ne le lui ai dit qu'après un an de mariage. Elle a été horrifiée.

La bonne opinion que Cecily avait de Maureen s'évanouit instantanément. Comment pouvait-on avoir honte d'un si merveilleux héritage ?

Il lui jeta un coup d'œil.

— Je te vois bouillir à l'intérieur… Je sais bien que tu n'aurais pas eu honte d'être mariée avec moi, mais tu es unique, Cecily. Tu aides ton prochain autant que tu le peux. Tu vois la pauvreté autour de toi et tu ne détournes pas les yeux d'un air méprisant. Tu remontes tes manches et tu fais quelque chose pour résoudre le problème. Tu sais quoi ? Ton exemple me donne envie de me bouger. J'ai pas mal d'argent dans une banque à l'étranger, et je crois que je vais l'utiliser pour quelque chose d'utile. La volonté d'une seule personne suffit à faire bouger des montagnes, ça, c'est toi qui me l'as appris…

Elle lui sourit et posa une main sur son bras.

— J'en suis heureuse.

— Tu pourrais m'épouser…, dit-il tout à coup. Je ne suis pas un très bon parti, mais je serai gentil avec toi. Et je te promets de ne plus boire.

Au fil des mois, c'était devenu une plaisanterie entre eux, mais cette fois, elle comprit qu'il était sérieux.

— Tu as besoin de quelqu'un qui t'aime, Colby. Moi, je ne peux pas.

— Je pourrais te dire la même chose… Mais je suis sûr que nous finirons par nous aimer, avec le temps.

Elle secoua doucement la tête, sincèrement désolée pour lui.

— Tu ne remplaceras jamais Tate.

Il soupira.

— La vie est tellement compliquée… C'est comme un puzzle. Juste au moment où on croit avoir trouvé la pièce manquante, on renverse tout le plateau et il faut recommencer.

— Quand tu te mets à philosopher comme ça, c'est qu'il est temps d'aller se coucher, dit Cecily en se levant. Demain, il faudra que nous parlions de ce qui se trame ici. La réserve risque de tomber sous la coupe de personnes très malfaisantes, et j'ai besoin de toi pour m'aider à les neutraliser.

— N'est-ce pas à ça que servent les amis ? dit-il avec une tendresse évidente.

— Je ferai la même chose pour toi, un jour.

⁂

Deux jours plus tard, Tate Winthrop débarquait au musée pour connaître la vraie raison du départ de Cecily.

Il savait qu'il n'avait rien à voir avec l'achat d'objets anciens, que quelque chose se préparait. Elle agissait de manière étrange — exactement comme son fichu chevalier servant, Colby Lane — et il avait bien l'intention de découvrir de quoi il s'agissait.

Il eut une conversation avec le Pr Phillips, qui ne lui apprit rien qu'il ne savait déjà et le renvoya vers le sénateur Holden, lequel semblait tellement fasciné par le projet qu'il avait lui-même payé le billet d'avion de Cecily.

Muni de cette information, Tate s'engouffra comme une tornade dans le bureau de Matt Holden, ignorant les protestations d'une secrétaire effarée.

— Tout va bien, Katy, dit le sénateur à la jeune femme. Fermez la porte, voulez-vous ?

Elle obéit, avec une appréhension visible, et Tate prit conscience qu'il devait avoir l'air d'un fou.

C'était la première fois qu'ils se retrouvaient face à face depuis que Matt Holden avait appris que l'homme qui se trouvait de l'autre côté du bureau était son fils.

Plus attendri qu'il ne l'aurait cru, Matt scruta le visage de Tate, découvrant des ressemblances, retrouvant la marque de ses ancêtres dans les yeux noirs, la mâchoire ferme, la silhouette racée. Sa grand-mère était une aristocrate française, son grand-père était apparenté à la famille royale du Maroc, mais Tate l'ignorait. Il ne saurait jamais qu'il représentait le prolongement d'une fière lignée si tout se passait comme Matt l'espérait dans le Sud Dakota. Cette pensée l'attristait. Il avait fait tellement d'erreurs.

— Eh bien ? demanda-t-il, ému, mais en essayant de se montrer aussi hostile qu'il l'était autrefois.

— Pourquoi avez-vous envoyé Cecily à Wapiti Ridge ? demanda Tate d'un ton agressif.

— Je ne peux pas vous dire grand-chose… C'est compliqué et des personnes innocentes sont impliquées.

— Dites-moi ce que vous pouvez.

Holden se cala au fond de son fauteuil de cuir bordeaux et regarda son fils.

— Il se passe des choses étranges à la réserve, et j'ai demandé à Cecily de récolter discrètement des informations pour mon compte.

— En quoi les problèmes de la tribu vous concernent-ils ? Vous n'avez aucune influence là-bas.

— C'est une histoire personnelle. Une histoire très délicate… Cecily surveille des personnes pour moi. Rien de dangereux.

Les mains à plat sur le bureau, Tate se pencha vers lui.

— Pourquoi ne pas avoir fait appel à moi ? J'ai des contacts partout. J'aurais pu faire une enquête pour vous sans y mêler Cecily.

— Vous ne comprenez pas. Je ne voulais pas vous impliquer.

— Mais pour quelle raison ?

— Je ne peux rien vous dire, mais vous devez rester en dehors de tout ça.

— J'aimerais bien, mais il faudrait déjà que je sache de quoi il s'agit.

— Bon sang !

Holden se passa la main dans les cheveux, conscient de s'enferrer, mais ne sachant pas comment se sortir de cette situation.

— D'accord... Il s'agit d'une menace politique. Il y a quelque chose dans mon passé que je veux garder secret. Cela concerne une femme innocente dont la vie pourrait être détruite par des gens qui menacent de tout révéler si je ne fais pas ce qu'ils me demandent.

— Je peux me montrer discret.

— Je sais, dit Holden avec un soupir. Mais je ne veux pas vous impliquer. C'est impossible. Si vous avez un peu de respect pour moi, faites ce que je vous demande. Restez en dehors de tout ça.

Depuis un moment, Tate trouvait l'attitude du sénateur pour le moins étrange. Son hostilité légendaire à son égard avait disparu et il semblait mal à l'aise, presque effrayé.

Et pourquoi cette insistance à le tenir à l'écart alors que son peuple était menacé ? On aurait dit que Holden cherchait à le protéger. Mais de quoi ?

— J'ai travaillé pour la CIA, dit-il. Je sais comment me préserver.

— Je n'en doute pas. Mais ça n'a rien à voir avec vos compétences en matière de survie... Je ne me suis jamais trouvé dans une situation comme celle-ci, ajouta Holden qui se passa la main sur le visage, l'air soudain épuisé.

J'ai les mains liées. Mais je mérite ce qui m'arrive. Je me suis mis tout seul dans cette situation. Seulement, je ne peux pas la laisser payer pour mes fautes. Il faut que je la protège, quoi qu'il m'en coûte.

Tate n'avait jamais imaginé que le coriace sénateur pouvait être un homme sensible. Sa voix vibrait de chagrin, de regrets.

— Vous l'aimez encore.

— Bien sûr que je l'aime encore ! dit-il en relevant la tête. Je l'ai toujours aimée. Mais j'étais tellement ambitieux… Je voulais la puissance, l'argent… dévorer le monde à pleines dents. J'ai épousé une femme riche, et j'ai tout sacrifié pour être dans ce bureau. Et maintenant, j'attends que le couperet s'abatte. Je n'ai personne à blâmer à part moi.

— Est-ce pour la même raison que vous avez changé d'avis au sujet de notre collaboration ?

Sans le regarder, Holden hocha la tête.

— Ça n'a aucun sens, murmura Tate, presque pour lui-même.

— C'est aussi bien ainsi, croyez-moi.

Holden se laissa aller contre son dossier, les doigts tellement serrés sur les accoudoirs que ses jointures étaient devenues blanches.

— Cecily n'est pas en danger, je vous le promets, reprit-il. J'ai des amis là-bas qui la surveillent.

Voilà qui était tout à fait surprenant, songea une fois de plus Tate.

— Vous avez des amis à Wapiti ?

Le regard du sénateur se détourna de nouveau.

— Ma mère était enseignante là-bas. J'ai grandi dans la réserve.

Il y avait quelque chose… C'était encore un peu confus, mais ça allait lui revenir. Tate se souvenait d'avoir entendu dire quelque chose…

Holden se leva soudain, interrompant le cours de ses pensées.

— N'allez pas là-bas. Ne vous en mêlez pas car vous pourriez causer des dommages irrémédiables si vous le faisiez. C'est une situation très délicate.

Tate se leva à son tour, mais il n'alla pas vers la porte.

— C'était une femme de la réserve… Vous aviez honte d'elle ? ajouta-t-il comme Holden ne répondait pas. C'est pour ça que vous avez gardé le secret ?

Cette fois, Holden croisa son regard, et le soutint sans faillir.

— Ce n'est pas le genre de femme dont on peut avoir honte, bien au contraire… Mais j'ai fait le mauvais choix et je l'ai perdue.

Tate était surpris qu'un homme tel que le sénateur se confie à lui. Cela n'avait aucun sens. Il est vrai que rien de ce que disait Holden aujourd'hui n'avait de sens.

Machinalement, il leva la main à son front et vit les yeux du sénateur se poser sur sa bague en turquoise.

Bizarre ! C'était comme s'il la reconnaissait.

— Ma mère me l'a donnée après la mort de mon père, expliqua-t-il malgré lui. Elle m'a dit qu'elle appartenait à mon père. Elle la lui avait donnée quand ils ont commencé à sortir ensemble. Je le détestais, mais je la porte en l'honneur de ma mère. Apparemment, elle était très attachée à ce bijou.

Revoir cette bague était un choc pour Holden. Leta la lui avait donnée la veille du jour où il l'avait quittée. Après lui avoir avoué qu'il ne pourrait jamais l'épouser, il la lui avait rendue, et aujourd'hui, elle était au doigt de son fils. Leur fils.

Accablé de remords et de chagrin, il ne parvint à donner le change qu'au prix d'un terrible effort de volonté.

— Mais peut-être connaissez-vous ma mère ? reprit Tate.

Holden lui opposa un regard vide d'expression.

— Je connais beaucoup de monde à la réserve. Mais à mon âge, les noms et les visages commencent à se mélanger.

D'un pas décidé, il se dirigea vers la porte, et Tate comprit que l'entretien était terminé.

— Faites revenir Cecily, ajouta Tate d'un ton plus courtois qu'à l'accoutumée. Je ne veux pas qu'elle coure le moindre risque.

— Vous feriez mieux de la laisser vivre sa vie. Vous savez bien qu'elle sera mille fois mieux sans vous.

Les yeux de Tate s'arrondirent.

— Je vous demande pardon ?

— Vous savez très bien ce que je veux dire. Laissez-la guérir. Elle est trop jeune pour se contraindre au célibat à cause d'un homme qui ne veut pas d'elle.

— Ce n'est pas aussi simple… Mélanger deux cultures dont l'une est presque éteinte est un acte égoïste. Cela n'a rien à voir avec les sentiments personnels. C'est une question de nécessité.

Holden se leva et vint se planter devant lui.

— Si j'avais un fils, dit-il, conscient de la manière étrange dont le mot résonnait à ses oreilles, je lui dirais que les principes ne servent à rien s'ils nous rendent malheureux. Je lui dirais… que l'amour est une chose rare et précieuse et que tout le reste n'est que futilité.

— Vous êtes mal placé pour en parler, monsieur le sénateur.

— Au contraire ! Je sais ce qu'il en coûte de renoncer à la femme qu'on aime.

— Je n'y peux rien si je suis attaché à ma culture, protesta Tate.

— Et si cette question ne se posait pas, que ressentiriez-vous pour Cecily ?

— Je crois que cela ne changerait rien… Elle a été sous ma responsabilité pendant des années. J'ai pris soin d'elle… Je me demanderais toujours si elle ne confond pas la gratitude et l'amour. Je ne veux pas profiter d'elle.

Holden secoua la tête.

— Ça fait un petit peu trop d'excuses, tout ça. La vérité, c'est que vous avez peur.

Tate le fixait intensément, la joue tiraillée par un tic nerveux, mais il ne dit rien.

— Faites attention, Tate ! Vous pourriez bien finir par la perdre. Colby n'est jamais loin d'elle et elle l'apprécie énormément. Un jour, elle pourrait l'épouser par lassitude ou désespoir. Et alors, que ferez-vous ? Est-ce que vos nobles excuses vous serviront encore à quelque chose ce jour-là ?

Tate ouvrit la porte, bouillonnant de colère, et la franchit sans un regard en arrière. Cette conversation avec le sénateur avait été étrange de bout en bout, mais il avait vraiment dépassé les bornes en l'attaquant sur sa vie privée.

Ce ne fut qu'une fois arrivé à sa voiture qu'il se rappela que Matt Holden l'avait appelé par son prénom.

Chapitre 7

— Je vois que tu ne manques pas de compagnie en ce moment, fit gentiment remarquer Tom Black Knife à sa cousine Leta.

— Ces deux-là sont très proches, dit Leta, tout en adressant un sourire au couple qui se tenait près d'elle. Colby est entre deux emplois et il en profite pour passer un peu de temps avec Cecily quand mon fils n'est pas là pour les voir ensemble. Tu sais bien comment il est, toujours à jouer les grands frères protecteurs, ajouta-t-elle avec une petite moue entendue. On ne le changera pas.

— Je connais Tate…, répondit Tom Black Knife. Et alors, qu'est-ce que vous faites comme travail ? ajouta-t-il à l'intention de Colby.

— Je suis croupier. Je travaillais dans un casino cherokee en Caroline du Nord.

Tom Black Knife parut mal à l'aise.

— Ah, je vois…

— Il paraît qu'un casino va se monter par ici, reprit Colby, d'un ton détaché. Je me demandais si je ne pourrais pas poser ma candidature. Ce serait formidable d'avoir un travail dans un endroit où Cecily passe beaucoup de temps.

— C'est-à-dire que le casino n'est pas encore construit, répondit son interlocuteur en se mordillant les lèvres. Et de toute façon, nous n'engagerons pas de personnes de l'extérieur. Mais vous feriez mieux de partir…, ajouta-t-il plus bas après avoir jeté un coup d'œil autour de lui. Vous pourriez être en danger.

Colby plissa les paupières.

— Comment cela ?

— Je ne peux rien dire, dit le vieil homme d'un ton misérable. Je prie les ancêtres pour qu'ils m'indiquent la voie, mais je n'entends rien. J'ai l'impression que tout le monde m'a abandonné.

Soudain, Colby attira le chef à l'écart et s'adressa à lui en dialecte lakota.

— Vous parlez ma langue ? demanda Tom Black Knife, les yeux écarquillés par la surprise.

— Et aussi la langue apache. Je suis des vôtres. Ecoutez, je ne dirai rien à Cecily ou à Tate, vous avez ma parole. Alors, vous pouvez me parler…

Paraissant soulagé d'avoir enfin trouvé quelqu'un à qui se confier, Tom Black Knife expliqua rapidement la situation.

La mafia avait eu connaissance d'un meurtre commis dans les années soixante-dix. Il s'agissait en réalité d'une bagarre entre un groupe d'Amérindiens et une faction de militants racistes. Comme Tom avait tué accidentellement l'un des opposants, il risquait la prison. Cette organisation criminelle avait des preuves contre lui, fournies par son propre petit-fils pour sauver sa vie car celui-ci leur devait en effet une grosse somme d'argent. Il leur avait donc parlé du passé de son grand-père, et de l'emplacement idéal de la réserve pour y implanter un casino. Ceux-ci n'avaient pas tardé à débarquer, et avaient fait main basse sur les subventions.

— Leurs noms..., demanda Colby.

— Je ne les connais pas.

— Dites-moi au moins quand ils doivent revenir.

— Je ne peux pas. C'est trop dangereux. Vous devriez partir.

— Ne leur dites rien surtout. Et n'ayez pas peur, je vais trouver une solution.

— Vous êtes un homme bon.

Colby eut un petit rire amer.

— Pas vraiment, mais j'y travaille.

— Raconte-moi, insista Cecily, un moment plus tard, en secouant Colby par les deux bras.

— Arrête ! Tu vas tout démanteler..., protesta-t-il avec un petit rire.

Lâchant le bras muni d'une main artificielle, Cecily s'agrippa à l'autre de toutes ses forces.

— Je veux savoir. Et puis d'abord, c'est ma mission. Tu n'es qu'un exécutant.

— J'ai promis de ne rien dire.

— S'il te plaît...

— Bon, d'accord. Mais il n'y a pas grand-chose à savoir.

Les hommes dont tu m'as parlé devraient bientôt venir rendre visite au chef.

Tournant la tête à cet instant, il vit un nuage de poussière s'élever sur le chemin.

— Oh, merde ! s'écria-t-il.

— Quoi ?

Suivant la direction de son regard, Cecily vit un gros 4x4 s'arrêter devant la maison.

Tate Winthrop en jaillit, vêtu d'un jean, d'une veste de daim frangé et de lunettes de soleil, son épaisse chevelure noire cascadant jusqu'à sa taille.

— Tu as oublié les peintures de guerre, commenta Colby d'un ton sarcastique.

Otant ses lunettes, Tate plongea son regard implacable dans celui de Cecily.

— Holden n'a rien voulu me dire. J'exige des explications !

— Entrons, dit-elle. Tout le monde nous regarde.

Il la suivit dans la maison qui était vide.

— Où est ma mère ? demanda Tate.

— A son atelier d'artisanat, en train de donner ses instructions aux autres femmes. Elles me font une tenue de cérémonie pour mon exposition.

Comme Tate, les poings sur les hanches, la toisait, Colby toussota.

— Bon, eh bien moi, je vais aller faire un tour à la boutique de Red Elk, dit-il avec un enthousiasme qui manquait de naturel. Il faut que j'achète du soda. Quelqu'un a besoin de quelque chose ?

Tate secoua la tête.

— Cecily ?

— Non, merci.

— J'en ai au moins pour une heure.

— Je veux une réponse, reprit Tate quand Colby eut quitté la maison dans l'indifférence générale.

Cecily traversa le salon, en prenant soin d'éviter son regard, et alla se percher sur le bord du canapé.

— Il faudra que tu demandes à Matt Holden. Je sais très peu de choses.

Après avoir posé ses lunettes sur la table basse, il vint s'asseoir à côté d'elle.

— Qu'est-ce que Colby fait ici ?

— Je lui ai demandé de venir pour m'aider à enquêter. Pourquoi est-ce que tu as lâché tes cheveux ?

— Aucune importance. Enquêter sur quoi ?

— Sur un syndicat du jeu qui essaierait de prendre le contrôle du futur casino. Tom Black Knife a l'air de savoir quelque chose, et j'ai pensé qu'il se confierait plus facilement à un homme.

— Et tu as appelé Colby plutôt que moi ?

— Eh bien oui, ne t'en déplaise !

Sans répondre, il se rapprocha d'elle et détacha la grosse barrette d'écaille qui lui tenait ses cheveux relevés en torsade.

— Mais enfin, Tate…

— Ne lutte pas contre moi, murmura-t-il.

Glissant les doigts dans sa chevelure, il la disposa autour de son visage et sur ses épaules. Puis il lui ôta délicatement ses lunettes de vue et les plaça à côté des siennes sur la table.

— Ma mère s'est absentée pour combien de temps ?

Etrangement embarrassée, la bouche sèche, le cœur battant à tout rompre, Cecily eut du mal à trouver ses mots.

— Euh… Elle est partie, il y a à peine quelques minutes, et elle doit déjeuner avec son groupe.

— Parfait. Colby ne reviendra pas avant un moment non plus.

Il se leva pour aller fermer la porte à clé puis il revint vers elle, le regard rivé au sien. Dans les profondeurs de ses yeux, brillait une flamme qui ne laissait aucun doute sur ses intentions, même pour quelqu'un d'aussi inexpérimenté qu'elle.

Elle se redressa et tenta de s'esquiver, mais il fut plus rapide. Passant un bras autour de sa taille, il l'attira contre lui.

— Qu'est-ce qu'il y a ? Tu as peur ?

Elle baissa la tête.

— Je ne sais pas.

Sous la veste de cuir, la chemise de Tate était entrouverte, découvrant la peau hâlée de son torse. Jamais elle ne se serait doutée qu'une vision aussi anodine puisse lui éveiller une sensation aussi folle au creux des reins.

Il lui effleura le menton de l'index.

— Je ne te ferai jamais de mal, tu le sais.

Elle relâcha doucement son souffle. Puis, timidement, elle tendit la main et lui caressa les cheveux.

Tate ne bougea pas, ne voulant pas la priver de ces premiers gestes d'intimité qu'elle découvrait, car il était certain à présent qu'elle était vierge. Sa peur et sa maladresse parlaient pour elle.

— Pourquoi m'as-tu fait croire que tu avais couché avec Colby ? demanda-t-il.

— Alors là, écoute…, commença-t-elle d'un ton irrité, mais il posa un doigt sur ses lèvres.

— Je lui ai donné une bonne raclée à cause de toi. Il te l'a dit ?

— Pas à cause de moi, Tate… Je ne suis pas assez importante pour toi.

— Tu te trompes.

— Et Audrey ? Qu'est-ce qu'elle devient ?

— Aucune idée. Je ne la vois plus.

— Tu mens.

— Je te jure que c'est la vérité.

— Tu avais pourtant l'air très amoureux d'elle.

— Tu as déjà pris le temps de vraiment bien la regarder ? Elle est mince, blonde, elle a des yeux clairs… J'avais un peu l'impression d'être avec toi. Et puis, quand tu m'as fait comprendre que tu n'étais plus vierge, j'ai pensé que je pouvais enfin t'avoir, sans complications, sans… culpabilité.

Soupirant, il la lâcha pour se diriger vers la fenêtre.

— Je devais avoir perdu l'esprit… J'aurais dû concevoir que ce qui t'était arrivé avait dû te laisser des séquelles et que tu n'aurais pas pu faire l'amour comme ça avec le premier venu.

— Tu as raison, dit-elle, embarrassée. Je ne sais pas si je peux fonctionner sexuellement. Même avec toi…

Lorsqu'il se tourna vers elle, son regard était bouleversé.

— Tu aurais dû me dire ça plus tôt, au lieu d'essayer de me rendre jaloux, Cecily.

— Ce n'est pas vraiment facile à dire. Et puis, cela n'aurait rien changé.

— Peut-être pas, mais parler de ses blessures aide à guérir.

— Toi non plus, tu ne parles pas des tiennes.

— Mais si. Je t'ai confié des choses à propos de mon père que je n'ai jamais dites à personne. C'est quelque chose de très personnel et tu es la seule à pouvoir les entendre.

— Je fais partie de ta vie, Tate, personne ne peut rien contre ça. Tu m'as réconfortée quand maman est morte, tu as été mon sauveur quand mon beau-père m'a agressée. Mais je ne veux plus que tu t'obliges à prendre soin de moi. J'ai vingt-cinq ans, Tate, il est temps que je m'assume et que je te libère de moi.

— Et moi, je ne veux pas.

Il la prit par le poignet et l'attira à lui, plus solennel que jamais.

— J'en ai assez de lutter contre mes sentiments. Laisse-moi te faire l'amour, Cecily. J'ai assez d'expérience pour faire en sorte que ça se passe bien pour toi.

Elle lui toucha la joue d'un geste hésitant.

— Tate… Cela ne ferait qu'aggraver les choses.

— Tu as envie de moi, je le sais. Débarrassons-nous des fantômes. Si tu parviens à dépasser ta peur, je n'aurai plus d'autre femme dans ma vie que toi. Je ferai de toi ma princesse, je te chérirai…

— Mais tu prendras bien soin de ne jamais me mettre enceinte.

Le visage de Tate se crispa.

— Tu sais ce que j'en pense. Je ne m'en suis jamais caché. Je ne ferai aucun compromis sur ce sujet. Jamais…

Cecily prit une mèche de ses magnifiques cheveux lustrés entre ses doigts, en songeant qu'elle n'avait jamais vu d'homme plus beau que lui, et qu'elle ne pourrait jamais aimer personne comme elle l'aimait.

Pourrait-elle se contenter des miettes qu'il lui offrait ?

Serait-elle capable de le voir partir un jour pour épouser une autre femme ?

Et dire qu'elle détenait un secret qui pourrait tout changer… Mais elle ne pouvait pas lui parler de son vrai père, même pour assurer son propre bonheur.

— Je serai doux et prudent, reprit-il. Je ferai tout pour que tu aies le moins mal possible.

Elle jeta un coup d'œil inquiet vers la porte.

— Colby pourrait revenir.

— Non. Il ne reviendra pas.

Glissant un doigt sous son menton, il leva son visage vers lui.

— Je n'exigerai pas plus que tu ne peux donner. Si tu veux seulement que je te tienne dans mes bras et que je t'embrasse, je n'irai pas plus loin.

Elle plongea les yeux dans ses magnifiques yeux d'ébène et soupira.

— Je donnerai n'importe quoi pour être à toi. Ça fait si longtemps que j'attends.

Incapable de résister plus longtemps, Tate se pencha sur elle et lui effleura les lèvres. C'était un baiser léger, à peine ébauché, mais à la seconde où leurs bouches se frôlèrent, il la sentit frémir contre lui et se réjouit de cette réaction.

Il s'était souvent demandé si elle serait capable un jour d'avoir une complète intimité avec un homme. Cette question l'avait taraudé car il savait que beaucoup d'hommes manquaient de sensibilité avec les femmes, et l'expérience aurait pu se révéler épouvantable pour Cecily.

Avec lui, ce serait différent. Et même si elle n'était pas capable de se donner complètement, il ferait en sorte que ce soit agréable pour elle.

Il sourit en sentant sa bouche s'ouvrir sous la sienne avec plus d'enthousiasme que de technique.

Oui, elle avait envie de lui. Et c'était un bon début.

Elle dut le sentir sourire car elle s'écarta, cherchant son regard avec anxiété.

— Ne t'inquiète pas, dit-il avec gentillesse. Nous avons tous commencé un jour.

Se penchant de nouveau sur elle, il prit doucement sa lèvre inférieure entre ses dents puis taquina longuement sa bouche délicate.

Quand il sentit Cecily se détendre enfin, et ses dernières résistances s'évanouir, il l'embrassa fougueusement, cueillant avec passion son souffle frais.

Quittant son visage, ses mains se posèrent sur les frêles épaules, glissèrent dans son dos, la guidant lentement vers son corps. Le contact de ses hanches contre les siennes eut un effet prévisible, et il retint un instant son souffle, inquiet de sa réaction.

Cecily rejeta la tête en arrière pour scruter le visage de Tate et vit la flamme d'un désir sauvage assombrir ses yeux encore davantage.

Cette fois, il ne plaisantait pas.

Elle sentit son corps puissant frémir contre le sien tandis qu'il s'inclinait de nouveau au-dessus d'elle. Ses mains s'agrippèrent farouchement à ses hanches, les plaquant contre son sexe érigé, tandis que sa bouche lui communiquait une vibrante exigence.

C'était terriblement excitant, songea-t-elle, tandis qu'un déluge de sensations envahissait son corps qu'aucun homme n'avait encore touché.

Se haussant sur la pointe des pieds, elle noua les bras autour de cou de Tate, se pressant un peu plus contre lui pour prolonger le contact, et bientôt, elle ne fut plus que soupirs et gémissements sous l'assaut voluptueux de sa bouche.

Emprisonnée dans le cocon de sensualité qu'il tissait autour d'elle, elle revint péniblement à la réalité quand il se recula un peu pour chercher son regard.

— Si tu veux que j'arrête, dis-le-moi maintenant.

Elle était incapable de penser, pouvait à peine respirer. La seule chose qu'elle savait, c'était qu'il ne devait pas s'arrêter.

— Non. Ne… Ne t'arrête pas, balbutia-t-elle. Je t'aime.

Avec un grognement sourd, il la souleva dans ses bras

et l'emporta dans la chambre d'amis qu'elle occupait, refermant la porte derrière lui d'un coup de pied.

Là, il lui déboutonna lentement son chemisier, découvrant sa poitrine ferme et ronde sous le soutien-gorge de dentelle blanche, et le fit glisser le long de ses bras en s'inclinant sur elle pour respirer son parfum. Tout en couvrant de baisers chaque parcelle de peau douce qu'il dénudait, il la débarrassa de son soutien-gorge, défit la boucle de sa ceinture, ouvrit son jean et le fit descendre le long de ses cuisses chaudes et soyeuses.

La soulevant de nouveau dans ses bras, il marcha jusqu'au lit où il l'allongea avec douceur. Ses yeux brillants d'un désir fou ne la quittaient pas tandis qu'il commençait à se déshabiller.

Cecily sentit sa température monter d'un cran lorsqu'il ôta sa chemise. En appui sur les coudes, elle contempla ses pectoraux saillants et son estomac aux reliefs superbement dessinés, anticipant avec un mélange de joie et d'angoisse cette plongée dans un univers qu'elle n'avait fait qu'imaginer.

Depuis qu'elle le connaissait, elle avait si souvent rêvé de cet instant. Peut-être était-ce grâce à cela d'ailleurs qu'elle se sentait prête aujourd'hui à franchir cette étape.

Pourtant, lorsqu'il ôta son jean et son caleçon, elle ne put retenir un mouvement de recul devant cette virilité triomphante et si réelle.

— Tu as bien dû voir des photos d'hommes nus, dit-il, étonné de sa réaction.

— Pas comme toi. C'est vraiment… très impressionnant.

Loin d'être gêné par son examen plein de curiosité et flatté peut-être de l'effet qu'il avait sur elle, il s'avança lentement et mit un genou sur le bord du lit, faisant grincer le matelas sous son poids.

— Pas de réserves de dernière minute ? demanda-t-il doucement.

— Non.

Elle le regarda se pencher vers elle et lui effleurer le ventre de ses lèvres, provoquant en elle une sensation époustouflante, avant de lui ôter sa sobre petite culotte de coton.

Ce n'était pas du tout embarrassant, songea-t-elle tandis que Tate contemplait sa nudité avec un regard de profonde vénération. Au contraire, c'était... terriblement excitant.

Au fond de ses yeux sombres dansait une lumière de feu, et elle éprouvait une étonnante impression de triomphe à l'idée du pouvoir qu'elle avait tout à coup sur lui. Pour la première fois, elle se sentait belle, elle qui avait toujours été tellement complexée.

Le temps se suspendit lorsqu'elle sentit les paumes brûlantes de Tate frôler ses seins aux pointes durcies, puis se refermer dessus. Et, quand ses lèvres chaudes et insistantes prirent le relais, elle crut défaillir de plaisir.

La tête rejetée en arrière, haletante, elle crispa les mains dans sa longue chevelure de guerrier, emmêlant les mèches soyeuses autour de ses doigts, épouvantée à l'idée qu'il s'arrête.

Tandis qu'il s'appliquait à embraser son corps par de troublantes caresses, Tate eut un sourire victorieux. Il n'était plus inquiet à présent. Elle avait envie de lui. Tout irait bien.

Lorsqu'il s'étendit sur elle, frôlant de son sexe brûlant le seuil de son innocence, il la sentit se raidir et vit ses yeux s'agrandirent de crainte.

— C'est un rite de passage, murmura-t-il. Tu ne dois pas avoir peur. D'accord ?

Hochant la tête, Cecily retint son souffle tandis qu'elle l'accueillait en elle, guettant avec inquiétude les réponses de son propre corps. Contre toute attente, elle ne souffrait pas, n'éprouvant qu'une petite sensation de brûlure, mais la joie exaltante que la lente et brûlante invasion de Tate faisait naître en elle effaçait tout inconfort.

Le regard rivé au sien, il s'immobilisa soudain, attentif à ses réactions.

— Ça va ?

— Oui…, dit-elle dans un souffle. Continue, s'il te plaît.

Les doigts crispés dans son dos, elle gémit tandis qu'il s'enfonçait plus profondément en elle, et s'émerveilla de la capacité de son corps à s'ouvrir pour l'accueillir tout entier.

Oubliant alors sa peur, elle se laissa entraîner dans une danse sauvage, portée par les sensations qui déferlaient.

Le plaisir montait en elle, irrésistible, l'embrasait comme une torche. Bouleversée, le corps agité de longs frissons, elle cria le nom de celui qu'elle aimait plus que tout au monde.

Cabré au-dessus d'elle, le front moite, les yeux clos, Tate

ne s'était jamais senti aussi vulnérable. C'était incroyable. Complètement irréel.

Parcouru de la tête aux pieds par des spasmes d'une force encore jamais atteinte, perdant toute notion du temps et de l'espace, il poussa un cri rauque. Longtemps, dans un état second, il attendit que s'apaisent les derniers frémissements qui agitaient son corps, fixant Cecily sans la voir, momentanément sans défense entre ses bras tendres.

Puis il roula à son côté.

Tendrement, elle lui caressa la joue.

— Tu te sens bien ?

Encore sous le choc, il se contenta de hocher la tête et l'attira contre lui.

La joue pressée contre le torse de Tate, Cecily écoutait les battements de son cœur reprendre un rythme normal et sa respiration décroître. Soudain, elle songea qu'ils avaient peut-être conçu un bébé.

Il ne lui avait pas demandé si elle avait une contraception et il n'avait pris aucune précaution. Etrangement, cette perspective ne l'inquiétait pas. Elle n'en était au contraire que plus émue. Elle savait qu'il ne voudrait pas de cet enfant, mais elle ne lui dirait rien. Il n'aurait pas à le savoir.

Tate s'étira lentement, conscient de la chaleur de Cecily qui reposait contre lui, sensible aux réminiscences du plaisir qui s'imprimaient à son corps.

Sa main courut paresseusement sur la courbe de ses

hanches, effleurant sa peau douce. Pour une première fois, pensa-t-il, cela avait été plutôt volcanique.

Il était comblé, et il n'éprouvait aucune culpabilité.

Surpris de la fierté qui l'habitait, il laissa échapper un long soupir. Parmi tous les hommes sur cette terre, c'était lui qu'elle avait choisi. Considérant son passé traumatique, le cadeau était exceptionnel.

— Tu as des remords ? demanda tout à coup Cecily, la bouche contre son torse.

— J'essaie..., di-il avec un petit rire gêné. Mais tout ce que je ressens, c'est de la fierté. J'ai su te satisfaire, n'est-ce pas ?

— Au-delà de tout ce que je pouvais imaginer. Et toi ?

— J'ai eu l'impression que nos âmes s'étaient réunies, dit-il solennellement. J'étais en toi, mais tu étais en moi aussi.

Tendrement, il frotta son nez contre le sien.

— Je me rappelle m'être demandé un jour si on pouvait mourir de plaisir. Eh bien, tu vois, c'était tellement bon et fort que ça faisait presque mal.

Eprouvant exactement la même chose, Cecily sourit en entendant cet aveu.

— Je t'aime.

Comme il détournait les yeux sans rien dire, elle ajouta :

— Pardon... Je sais que tu ne veux pas entendre ça. Mais c'est ainsi, je ne peux pas m'en empêcher. Et puis, de toute façon, tu le sais déjà. Je n'aurais pas pu faire l'amour avec toi si je ne t'avais pas aimé.

Tate le savait. Et c'était bien ce qui l'effrayait. Il était bouleversé et effrayé par la passion qu'ils avaient partagée. C'était une expérience dangereuse, qui pouvait causer un phénomène de dépendance, et pour la première fois de sa vie, il n'était plus sûr de rien.

Se levant d'un bond, il alla ramasser ses vêtements et enfila rapidement son caleçon et son jean.

— Où vas-tu ? demanda Cecily, inquiète.

— Colby risque de revenir.

— Mais il vient à peine de partir.

— Ça fait une heure, dit-il avec un signe de tête vers la pendulette posée sur la table de chevet.

Elle se redressa, les yeux écarquillés par la surprise.

— J'ai pris mon temps avec toi, dit-il, amusé. Tu n'avais pas remarqué ?

Elle se mit à rire.

— Eh bien, si, mais je n'ai pas vu le temps passer.

— Ça valait la peine de m'attendre, alors ?

— Quelle question idiote ! Je n'aurais jamais pu faire ça avec personne d'autre. C'était encore plus beau que dans mes rêves.

— J'ai quand même l'impression que je t'ai un peu forcé la main.

— Pas du tout, Tate. J'ai fait mon choix de façon consciente. Je devais savoir si ce que j'avais vécu m'avait détruite en tant que femme, et j'ai découvert de la plus merveilleuse des façons que ce n'était pas le cas. Je n'ai pas honte de ce que nous avons fait ensemble.

— Moi non plus. Mais je n'avais pas le droit…

— Le droit de quoi ? coupa-t-elle d'une voix douce.

D'être le premier ? Mais je te l'ai dit : je ne veux que toi. C'était vrai, il y a huit ans, et ça le sera encore dans huit ans.

Il fronça les sourcils.

— Cecily…

— Je ne te demande rien. Je ne m'accrocherai pas, ce n'est pas mon genre. D'ailleurs, il vaut mieux que tu partes, maintenant.

— Tu me chasses ?

— Bien sûr que non. Si je dis ça, c'est parce que tu cours un danger ici.

— C'est aussi ce que Holden m'a dit… Mais pourquoi tous ces mystères ? Je peux me montrer discret quand c'est nécessaire. S'il se passe quelque chose ici, je suis quand même le mieux placé pour essayer de régler le problème. Tu connais ma position à propos du casino. Qui te dit que Holden n'a pas inventé une histoire rocambolesque pour justifier son refus ?

— Je suis sûre que ce n'est pas le cas, répliqua Cecily. Mais, de toute façon, je ne peux pas t'en dire plus car il est resté très vague sur ce qui se passe ici. Tout ce que je sais, c'est que ta présence pourrait poser un problème.

Le front barré par un pli soucieux, Tate semblait penser à autre chose.

— Cecily, je veux que tu viennes t'installer avec moi quand tu rentreras à Washington, dit-il soudain d'un ton décidé.

Son cœur fit un bond dans sa poitrine, mais elle secoua la tête.

— Pourquoi non ?

— J'ai dépendu de toi pendant trop longtemps. A présent, j'ai réussi à gagner mon indépendance. Je peux prendre soin de moi, et j'apprécie ma solitude.

— Ne me dis pas qu'une seule fois avec moi t'a suffi.

Cette réaction de vanité masculine la fit sourire.

— Ce ne serait jamais suffisant, même si nous le faisions quatre fois par jour jusqu'à la fin de notre vie, et tu le sais. Mais je ne serai pas ta maîtresse.

—Cecily…

— Rentre chez toi, Tate, et arrête de te sentir coupable pour quelque chose que nous avons désiré tous les deux. Je ne m'immiscerai pas dans ta vie. Je ne t'ai jamais rien demandé, et je ne te demanderai jamais rien. Et si tu t'inquiètes pour les conséquences, c'est inutile. Il n'y en aura pas.

Soudain abattu, Tate finit de s'habiller tandis que Cecily rassemblait à son tour ses affaires.

Il l'avait forcée à prendre cette décision avec son opposition farouche au métissage, mais il savait qu'elle la regretterait toute sa vie. Il s'était montré incroyablement irresponsable. Il n'avait pris aucune précaution. Il ne lui avait même pas demandé si elle prenait la pilule.

Etonnante distraction, songea-t-il, pour un fanatique du contrôle des naissances tel que lui.

Il n'en parla pas, mais réfléchissait, inquiet.

Lorsqu'ils eurent regagné le salon, il hésitait encore.

— Ecoute, ce n'est pas la peine que tu fasses quoi que ce soit, dit-il brusquement.

Cecily le dévisagea avec incompréhension.

— Pardon ?

— Si jamais nous avions…

Il soupira. C'était tellement difficile…

Mais après tout, c'était lui qui s'était mis dans cette situation, et il devait assumer.

— Si un bébé avait été conçu…

— Oh, ne t'inquiète pas pour ça, coupa Cecily, avec toute la désinvolture dont elle était capable en pareille circonstance. Il existe une pilule du lendemain. J'irai en ville demain matin, et je me procurerai ce qu'il faut.

Elle n'en avait évidemment aucune intention, mais elle savait que cela le rassurerait.

— Ça peut être dangereux, marmonna-t-il.

— Mais non, pas du tout.

Elle était secrètement ravie qu'il se soucie ainsi pour elle et elle se demanda s'il faisait l'amour de cette façon à toutes les femmes. Si seulement elle connaissait mieux les hommes ! L'expérience avait été incroyable pour elle, la plus belle de toute sa vie. Elle se sentait comblée, entière, alors que jusqu'alors une douloureuse sensation de vide l'avait accompagnée. Mais elle ne voulait pas que Tate se doute qu'elle avait, le cas échéant, l'intention de garder l'enfant.

— Ecoute, ne t'inquiète de rien, dit-elle d'un ton apaisant, et rentre chez toi.

Elle lui prit la main, ouvrit la porte et l'entraîna d'un pas décidé vers son 4x4 de location.

— Tout va bien, je t'assure, insista-t-elle.

— Arrête de me pousser à partir, bon sang ! explosa Tate.

— Je ne te pousse pas. Je te suggère seulement ce qui est mieux pour toi. Pour nous deux.

— Je ne veux pas m'en aller.

— Parfois, nous devons faire des choses dont nous n'avons pas envie, Tate. Et, en ce qui me concerne, il n'y a aucun risque.

Affichant un sourire confiant, elle mentit avec un aplomb dont elle ne se serait pas crue capable.

— C'est la mauvaise période du mois pour ce genre d'incident.

— Tu es sûre ?

Elle hocha la tête.

— Certaine. Rentre bien.

Tate céda enfin et se glissa au volant.

— Si c'est le mauvais moment, tu n'auras pas à mettre ta santé en danger avec de produits chimiques, alors ?

— Non.

— Ou d'une autre manière encore plus affreuse ?

— Je te promets que non.

Tate lui sourit, enregistrant dans sa mémoire la vision de ses longs cheveux qui encadraient l'ovale régulier de son visage. Elle n'avait pas remis ses lunettes, et il se demanda si elle pouvait le voir clairement.

— Si tu as besoin de moi, je reviendrai, dit-il. Tout ce que tu as à faire, c'est de m'appeler.

— Je sais.

Elle se rapprocha pour mieux voir ses beaux yeux sombres. Il y avait quelque chose de changé dans la façon dont il la regardait. Son regard exprimait toujours de la possessivité, mais plus de la même manière qu'auparavant.

Il tendit la main pour effleurer le col de son chemisier où était fixée la broche en forme de crabe.

— Elle te plaît ? demanda-t-il.

Elle sourit.

— Oui, merci. Il est magnifique. Je suis… euh… désolée d'avoir renversé cette assiette sur toi.

Amusée malgré elle, elle finit sa phrase dans un éclat de rire.

— Comme tu as pu le constater, cela n'a provoqué aucun dommage sur la zone touchée, répliqua Tate avec un clin d'œil coquin.

Elle rougit, ce qui le fit rire.

— Bon, je suppose que je dois y aller. Viens m'embrasser.

Elle se hissa sur le marchepied du 4x4 et se pencha à la vitre pour caresser doucement le visage de Tate, plongeant les doigts dans sa longue chevelure brillante.

Un frôlement léger, doux, tiède : ce fut la première sensation de Tate quand Cecily inclina enfin son visage vers le sien pour lui effleurer délicatement les lèvres, et il ne voulut pas gâcher la magie de cet instant par un baiser trop passionné.

Ils s'embrassèrent longuement, avec une émotion mêlée de désespoir, conscients qu'ils étaient peut-être en train de vivre leurs derniers instants ensemble.

Lorsque la bouche de Tate quitta la sienne, Cecily lui sourit avec tendresse.

— Pourquoi as-tu détaché tes cheveux ? demanda-t-elle, le souffle court.

— Tu ne sais pas ? Demande à ma mère. Ou plutôt,

non, ajouta-t-il avec une petite grimace. Demande à Colby. Il a compris à la seconde où il m'a vu arriver ici. C'est pour ça qu'il a filé sans demander son reste.

Le regard de Tate s'assombrit soudain, se fit menaçant.

— S'il te touche, ça lui coûtera plus que quelques points de suture, la prochaine fois. Tu m'appartiens.

Quand il tourna la clé de contact, Cecily s'écarta puis il démarra en lui faisant un petit signe de la main avant qu'elle ait eu le temps de lui dire que l'on ne pouvait pas posséder les gens comme des objets.

Elle le regarda s'éloigner, le corps encore marqué par les vestiges du plaisir.

Elle aurait tellement voulu l'accompagner, mais elle savait qu'il avait besoin de temps pour réfléchir. Et c'était un pari risqué. Soit il s'enferrerait dans sa certitude d'avoir profité de son inexpérience, soit il se rendrait compte qu'il ne pouvait pas vivre sans elle. Après tout, il lui avait quand même demandé de vivre avec lui.

Elle suivit des yeux la voiture jusqu'à ce qu'elle ait disparu au bout du chemin puis regagna la maison en soupirant.

Elle n'avait pas envie de vivre avec lui sans être mariée. La société avait peut-être changé, mais elle s'enorgueillissait de ne pas être une femme moderne. Or, il ne l'épouserait jamais, elle en était certaine.

Il ne l'épouserait pas car il n'y aurait pas d'enfant, donc pas de faute à réparer. Ou, en tout cas, il n'en saurait jamais rien.

Tandis qu'elle montait lentement les marches du

perron, elle se souvint tout à coup de la signification des cheveux lâchés. Autrefois, juste avant de partir au combat, les guerriers des plaines détachaient leurs cheveux et se peignaient le visage pour se protéger des blessures.

Elle eut un sourire attendri lorsqu'elle prit conscience la signification profonde du geste de Tate.

Sans avoir à parler, il avait fait comprendre à Colby qu'il était prêt pour un combat à mort.

Chapitre 8

Cecily offrait toutes les apparences de la sérénité lorsque Colby revint un peu plus tard.

— Comment as-tu fait pour t'en débarrasser ? demanda-t-il, amusé.

— Sers-toi de ton imagination.

— Etant donné la coiffure de guerre, je n'ai pas trop de mal à deviner. C'était sympa de sa part de prévenir de ses intentions… Je suppose que tu es intouchable, maintenant.

Cecily eut un petit rire forcé.

— C'est ce qu'il espère. Mais il oublie que c'est à moi d'en décider.

Colby la connaissait assez bien pour savoir qu'il n'y aurait jamais personne d'autre que Tate, et il le comprenait sans difficulté. Il avait ses propres démons. Cependant, il appréciait que Tate ait enfin reconnu et accepté l'importance de Cecily dans sa vie.

Elle lui fit signe de prendre place sur le canapé.

— Je dois savoir ce que Tom t'a dit. C'est vraiment important pour moi.

— Je lui ai donné ma parole de ne rien répéter. Tout ce que je peux dire, c'est qu'il fait l'objet d'une menace sérieuse. Il risque de tout perdre s'il est exposé.

Tom, le sénateur Holden, Leta, Tate… tout le monde risquait gros dans cette histoire, songea Cecily avec un insupportable sentiment d'impuissance.

— Je déteste le chantage, dit-elle entre ses dents. Il y a sûrement un moyen de faire quelque chose.

— Je m'en occupe, déclara Colby avec fermeté. Ne me demande pas comment je vais procéder, mais je serai en mesure de te donner un nom dès demain. Et peut-être même une localisation. Ça te va ?

Le visage de Cecily s'éclaira.

— Oh oui ! Ça me va très bien.

Deux jours après son retour de Wapiti Ridge, Tate eut un rendez-vous avec son employeur, Pierce Hutton. Les idées tourbillonnaient dans sa tête et il se sentait coupable d'avoir profité des sentiments que Cecily avait pour lui — quand il ne rêvait d'elle tout éveillé.

— J'ai l'impression que vous avez l'esprit ailleurs, remarqua Pierce après avoir posé deux fois la même question.

— Excusez-moi. J'ai eu… une sorte de diversion, ces derniers temps.

— C'est bien ce que j'avais cru comprendre, dit Pierce, moqueur. Je crois savoir qu'elle réside chez votre mère et recherche des pièces anciennes pour le musée.

Tate écarquilla les yeux. Il avait beau entretenir des

relations d'amitié avec Pierce, jamais il ne s'était confié à lui. Mais il était vrai que ce dernier ne manquait pas d'informateurs.

— Prenez donc quelques jours de congé pour aller la rejoindre, ajouta-t-il.

— J'y suis allé, mais elle m'a presque mis de force dans ma voiture et m'a renvoyé chez moi.

— On dirait que c'est une femme de caractère.

Tate grimaça.

— Un peu trop à mon goût. Je sens que quelque chose se trame là-bas, mais personne ne veut rien me dire.

— Oh, ne cherchez pas… Elle est sûrement en train de vous préparer une surprise. Brianne m'a fait le même coup pour mon anniversaire. J'ai eu droit à un chanteur d'opéra mondialement connu, une star du basket, un orchestre symphonique et un chef français.

— Complètement décadent, commenta Tate, railleur.

— Je vous inviterai, la prochaine fois. Vous n'aurez qu'à venir avec Cecily.

Cette perspective réchauffa étrangement le cœur de Tate. Ils avaient rarement l'occasion de sortir ensemble. Comme l'avait une fois fait remarquer Cecily, son idée d'une soirée réussie était de manger une pizza devant la télévision. A bien y réfléchir, sa vie avait été incroyablement solitaire, et aujourd'hui, c'était pire. Le souvenir de leur étreinte le tourmentait. Elle lui manquait terriblement.

— Hum, hum…

Le toussotement vaguement agacé de Hutton le ramena à des préoccupations plus immédiates.

— Si vous pouviez m'écouter deux minutes, j'aimerais en terminer avec ça.

Tate pencha la tête vers le dossier, offrant toutes les apparences d'une écoute attentive.

— Oui, bien sûr. Allez-y.

Lorsqu'il rentra chez lui, Tate eut la surprise de trouver sa porte déverrouillée. Vaguement inquiet, il entra dans l'appartement et constata que tout était en ordre.

A ceci près qu'Audrey avait pris possession de sa cuisine…

Sortant un plat du four, elle se retourna pour l'accueillir avec un large sourire.

— Ah, te voilà ! dit-elle avec enthousiasme, comme s'il ne lui avait jamais dit que leur relation était terminée.

— Comment es-tu entrée ? demanda-t-il sèchement.

Elle avait pris l'habitude d'entrer chez lui comme dans un moulin, et il venait tout juste de faire changer les serrures.

Audrey haussa les épaules.

— Le gardien m'a ouvert. Tu arrives juste à temps pour le dîner.

— J'ai déjà dîné avec mon patron. Tu peux t'en aller.

Elle parut tout d'abord choquée, puis une lueur de rébellion s'alluma dans son regard.

— Mais pourquoi, Tate ? Je suis cultivée, assez belle, et j'ai toujours fait tout ce que tu voulais au lit.

Il la toisa avec froideur.

— Je n'ai rien contre l'idée que nous restions amis, mais ça ne t'autorise pas à envahir mon espace privé sans y être invitée.

Avec un effort visible pour se contrôler, elle ôta le gant de protection matelassée puis se tourna pour éteindre le four. Quelques secondes plus tard, son visage était baigné de larmes.

— Oh, chéri, pourquoi es-tu si cruel avec moi ?

Sa lèvre inférieure se mit à trembler, et elle esquissa un petit sourire courageux.

— Je t'aime tellement.

Tate alla ouvrir la porte et attendit qu'elle sorte. Après ce qu'il avait partagé avec Cecily, il ne pouvait pas envisager un instant de la toucher, même de façon innocente.

Comprenant sans doute qu'elle avait perdu la partie, Audrey essuya ses larmes et le toisa.

— Très bien, je pars. Mais ne crois pas que je vais renoncer à toi aussi facilement.

Décrochant son manteau de la patère, elle s'arrangea pour le frôler au passage, les yeux levés vers lui d'un air aguicheur.

— Imagine le nombre d'hommes qui aimeraient être à ta place… Je suis riche.

Grâce à l'argent de son ex-mari, pensa Tate, sans toutefois le faire remarquer.

— Qu'est-ce que tu veux que ça me fasse ? Bonsoir, Audrey.

L'expression angélique d'Audrey changea et son séduisant visage fut bientôt déformé par la colère.

— Pour qui tu te prends ? Tu crois peut-être que je

vais me laisser humilier par un type de ton espèce ? Il ne faudrait pas me confondre avec ta minable petite archéologue que tu peux siffler quand ça te chante.

Tate n'en croyait pas ses oreilles. Comment avait-il pu être assez stupide pour se laisser abuser par cette femme ?

— Tu n'arriveras jamais à la cheville de Cecily, dit-il avec mépris.

Pour toute réponse, elle lui adressa un sourire froid.

Il l'ignorait, mais Cecily avait appelé un peu avant qu'il ne rentre, et c'était elle, Audrey, qui avait décroché. Elle avait finement joué en lui parlant sur le ton de la confidence de la merveilleuse robe de mariée qu'elle faisait faire chez un couturier de renom, lui vantant les incomparables talents de Tate au lit… Et il n'en saurait jamais rien, car Cecily était bien trop fière pour mentionner cette conversation.

Tate lui appartenait, et elle ne laisserait pas cette gamine le lui prendre.

« Je ne serai jamais loin de toi, chéri, songea-t-elle. Viens me rejoindre dès que tu auras recouvré tes esprits. De toute façon, je sais que tu reviendras. Ils reviennent toujours. »

La porte refermée sur elle avec un immense soulagement, Tate se promit de faire de nouveau changer la serrure et d'avoir une explication d'homme à homme avec le gardien. Le comportement d'Audrey, qui semblait faire une fixation sur lui, le laissait perplexe.

Il avait été confronté une fois à un cas semblable, lors d'une mission. Une psychopathe avait harcelé un brave père de famille qui la connaissait à peine, allant jusqu'à essayer de tuer sa femme. Evidemment, Audrey n'était pas déséquilibrée à ce point, du moins l'espérait-il.

Il se dirigea vers le téléphone, taraudé par l'envie d'appeler Cecily, mais y renonça. Il avait trop de travail en ce moment, et il n'avait pas assez pris le temps de réfléchir à leur relation. Il verrait cela plus tard, quand il se sentirait un peu moins mal à l'aise par rapport à ce qui s'était passé entre eux.

Cecily était beaucoup plus calme que d'ordinaire, ce soir-là, tandis qu'elle dînait avec Leta. Colby était parti sans dire où il allait, et elle ne savait même pas s'il allait revenir.

Prenant conscience du regard intrigué de Leta posé sur elle avec instance, elle sortit de sa rêverie et lui adressa un sourire gêné.

— Quelqu'un m'a dit que Tate était passé, hier. Tu ne m'en as pas parlé…

— Je lui ai demandé de partir.

— Mais pourquoi ne pouvait-il pas rester ?

— Parce que le sénateur Holden ne veut pas qu'il soit impliqué d'une façon ou d'une autre. Il a peur qu'il découvre quelque chose s'il se met à fouiner.

— C'est vrai, dit Leta avec tristesse. Mais j'aurais bien aimé le voir.

Elle enveloppa Cecily d'un regard songeur.

— Tu es très calme, ce soir. Quelque chose ne va pas ?

— Rien de spécial. J'ai téléphoné pour savoir si Tate était bien rentré, et j'ai eu Audrey.

— Alors, c'est qu'elle doit vivre avec lui. Ça ne me plaît pas du tout.

— Que veux-tu que nous y fassions ? répliqua Cecily.

Elle était tellement écœurée que cela lui avait coupé l'appétit.

Tate lui avait pourtant juré qu'il ne voyait plus cette fille. Pourquoi lui avait-il menti ? Etait-ce seulement pour coucher avec elle ? Les hommes étaient capables de tout quand ils voulaient une femme. Il avait dit qu'il se sentait coupable à propos de ce qui s'était passé entre eux, et c'était sans doute vrai car il s'en voulait d'avoir trompé Audrey.

Dieu que ça faisait mal ! Elle n'avait jamais été aussi malheureuse de sa vie.

— Qu'est-ce qu'elle t'a raconté ? demanda Leta.

— Qu'il est bien rentré, que c'est un merveilleux amant, et qu'elle se fait faire une robe de mariée.

Elle releva la tête pour adresser un sourire crispé à Leta.

— Tu en as de la chance ! Quelle formidable belle-fille tu vas avoir.

— Il ne l'épousera pas, répondit Leta. Et tu le sais très bien.

— En tout cas, Audrey en est persuadée. Et je pense qu'il le fera quand il aura appris la vérité.

Elle posa gentiment la main sur le bras de Leta et ajouta :

— Je suis désolée, mais il faut que tu saches que cela finira par sortir un jour ou l'autre.

— Je n'ai pas envie d'y penser, Cecily.

— Je sais.

— Il va me détester.

— Mais, non. Il sera perturbé, fâché, et il partira ruminer dans son coin pendant quelques jours. Puis il acceptera la situation et il reviendra à la maison. Tu sais bien comme il est.

— Oui, je sais.

Elle observa le visage morose de Cecily.

— Tu devrais lui dire ce que tu ressens.

— Il le sait déjà, mais ça ne changera rien. Il continue à dire qu'il ne veut pas épouser une Blanche. Je suppose qu'Audrey a su trouver les arguments pour le convaincre. Mais nous n'avons pas le temps de nous occuper de mes problèmes pour le moment. Nous devons protéger le sénateur Holden. Il va m'en vouloir quand il saura que je t'ai tout raconté, ajouta-t-elle avec un sourire triste. Il m'avait fait promettre de garder le secret.

— Nous verrons cela le moment venu. Mange ton dessert. Tu es beaucoup trop maigre.

Il ne fallut pas longtemps à Colby pour forcer la serrure du bureau de Tom Black Knife et trouver tout ce qu'il voulait. Il photographia tous les documents qui l'intéressaient, puis remit tout en place, avant de disparaître dans la nuit.

— Voilà…, dit-il à Cecily le lendemain matin, en lui tendant une carte mémoire. Donne ça à ton contact à Washington, avec mes compliments. Avec ça, vous trouverez les personnes que vous cherchez.

— Tu es vraiment incroyable, Colby… Tu rentres avec moi ?

— Je préfère attendre que Tate se calme un peu. Je crois que je vais aller faire un tour en Arizona pour voir mes cousins.

Elle lui sourit.

— C'est bien. Je suis contente que tu renoues avec ta famille. Et merci, ajouta-t-elle avec sincérité. Nous n'aurions rien pu faire sans ton aide.

— Tout le plaisir était pour moi.

Cecily serra longuement Leta dans ses bras avant de partir puis elle quitta la réserve le cœur lourd.

Elle s'apprêtait à s'engager sur l'autoroute quand elle s'aperçut qu'elle avait oublié l'inestimable relique promise au Pr Phillips.

Les objets anciens étant sacrés, elle ne pouvait rien demander à la tribu car cela aurait été comme demander à une personne de donner un de ses organes vitaux.

Puis une idée la traversa. Red Elk, le propriétaire de la supérette locale, allait sûrement pouvoir l'aider. Elle le connaissait bien et elle savait qu'il avait de l'affection pour elle.

Red Elk était un Sioux sans famille, si vieux que personne ne savait exactement son âge. Ils se serrèrent la main comme les vieux amis qu'ils étaient.

— J'ai besoin de quelque chose de spécial, lui dit Cecily, tout en jetant un coup d'œil distrait à un couple de touristes qui descendait de leur monospace poussiéreux. Je cherche une relique pour notre musée car nous allons exposer des objets d'artisanat lakota, mais je ne peux rien demander de sacré à la tribu. Auriez-vous quelque chose à me vendre qui ne fasse offense à personne ?

Les lèvres parcheminées du vieillard s'étirèrent en un sourire qui révéla sa bouche édentée.

— J'ai ce qu'il te faut, ma jolie.

Disparaissant vers l'arrière de la boutique, il revint avec un carquois taché et déchiré qu'il lui tendit avec solennité. Le couple de touristes qui se trouvait non loin de là s'approcha et l'homme se pencha pour mieux voir de quoi il s'agissait.

— Cet étui appartenait à Crow Shield, mon grand-père, expliqua Red Elk. Je n'ai plus de famille à qui le transmettre et j'aimerais autant qu'il soit en lieu sûr. Il a sauvé la vie de Crow Shield à la bataille de Greasy Grass. Il y avait placé un calumet de cérémonie aux pouvoirs extraordinaires. La balle d'un soldat a troué le cuir, mais elle a ricoché sur le calumet au lieu de pénétrer dans la poitrine de mon grand-père.

Cecily caressa l'étui avec déférence.

— Je peux l'ouvrir ? demanda-t-elle.

Red Elk hocha la tête.

Les mains tremblantes, elle souleva le rabat frangé et découvrit à l'intérieur les restes d'un calumet sculpté.

— Ça dépasse toutes mes espérances, murmura-t-elle. Combien en voulez-vous ?

Le vieil homme balaya la question d'un geste.

— Je ne le vends pas, ça en amoindrirait la valeur. Prends-le pour ton musée, je serai content que des gens le voient. Et je voudrais qu'il y ait le nom de mon grand-père sur une jolie plaque.

— Ce sera fait, promit Cecily.

Puis, sachant que la coutume était d'offrir un cadeau de valeur égale à celui reçu, elle ajouta :

— Y a-t-il quelque chose que je puisse vous donner en retour ?

Le vieil homme hocha la tête avec enthousiasme.

— Je voudrais une pipe allemande… un énorme fourneau et un long tuyau courbé. J'ai vu un homme qui en avait une. C'est magnifique.

Cecily comprit très bien de quoi il voulait parler. Elle en avait vu dans la vitrine d'un bureau de tabac à côté de chez elle.

— Je vois ce que vous voulez. Je vais l'envoyer à Leta Winthrop et elle viendra vous l'apporter.

— Je connais Leta. C'est une bonne personne et la fille d'une famille courageuse.

Quand elle le remercia en dialecte lakota, il la félicita pour son accent, puis ils échangèrent une poignée de main.

Comme elle quittait la boutique, le touriste lui emboîta le pas et l'interpella à l'extérieur.

— Excusez-moi, je suis passionné d'histoire amérindienne, mais je n'ai pas bien compris de quoi il parlait. Il a fait allusion à la bataille de Greasy Grass, mais je n'avais jamais entendu ce nom avant.

Cecily lui sourit gentiment, ravie de pouvoir discuter d'un sujet qui la passionnait.

— Greasy Grass est le nom que les Sioux donnent à la région de Little Big Horn. Le terme de Sioux n'est d'ailleurs pas approprié, car on parle plutôt de Lakota dans la région. Il existe plusieurs tribus, comme les Minneconjou, les Hunkpapa ou les Oglala.

— Donneriez-vous des cours d'histoire, par hasard ? demanda l'homme avec un intérêt visible.

— Non, pas du tout… Je suis conservateur adjoint, en charge des acquisitions pour un nouveau musée qui vient de s'ouvrir à Washington. C'est un musée d'art amérindien et j'espère que vous vous y arrêterez si vous visitez la capitale.

— Je n'y manquerai pas. Vous avez de la chance de pouvoir manipuler de tels objets, ajouta l'homme en désignant le carquois d'un air envieux. Ce n'est pas la même chose de les regarder dans une vitrine, ou de visionner des livres sur microfilms parce qu'il est interdit de les manipuler…

— Je sais. Mais protéger l'héritage du passé est une énorme responsabilité. Si tout le monde touchait les objets, ils ne dureraient pas longtemps.

— Je comprends. Eh bien, merci. Et bon retour au musée, alors.

*
* *

A peine arrivée, Cecily s'empressa d'aller montrer sa trouvaille au Pr Phillips qui ne manqua pas de s'extasier.

— Notre première antiquité, Cecily... Et quel objet ! Peut-être pourrions-nous faire venir Red Elk pour le vernissage de l'exposition ?

— C'est une excellente idée. Et j'ai pensé à quelque chose. Pourquoi ne pas faire une copie du carquois que les visiteurs pourraient toucher afin de mieux comprendre comment il est fait ?

— Formidable ! Pouvez-vous le faire réaliser pour nous ?

— Bien sûr. Je vais demander à ma mère adoptive de s'en occuper.

Mais avant d'appeler Leta, elle alla porter la carte mémoire au sénateur Holden et la lui tendit sans un mot.

Il eut un signe de tête entendu.

— Ce sont des photos de la réserve, je suppose ?

— Oui, j'ai pris quelques clichés d'un objet que j'ai acquis pour le musée. Il s'agit d'un carquois ayant sauvé la vie d'un guerrier à Little Big Horn grâce à la présence à l'intérieur d'un calumet sacré.

— Il va falloir que je vienne voir ça *de visu*.

— Venez quand vous voulez. Vous savez que nous sommes toujours contents de vous voir.

*
* *

Cecily venait à peine de regagner son bureau quand le téléphone sonna.

— Leta vient de m'apprendre que tu avais quitté subitement la réserve, dit Tate, sans même prendre la peine de s'annoncer. Qu'est-ce que tu as trouvé ?

— La ligne n'est pas sécurisée, répondit-elle d'un ton sec.

Le simple fait d'entendre sa voix lui faisait mal après ce qu'Audrey lui avait raconté.

Tate eut un petit rire surpris.

— Qu'est-ce qui te prend de parler comme un agent secret ?

— Si tu veux me parler, retrouve-moi à ton salon de thé préféré.

— Quel salon de thé ?

— Celui où tu vas toujours avec Audrey, bien sûr.

— Nous n'y sommes allés qu'une seule fois, le jour où tu es tombée sur nous.

— Dans dix minutes, dit-elle avant de raccrocher.

Il l'avait trahie et elle appréhendait de le revoir, mais elle espérait garder la tête haute pour qu'il n'y voie que du feu.

— Pourquoi ici ? demanda Tate, tandis qu'ils s'installaient à une petite table près de la fenêtre.

Cecily prit le temps de boire une gorgée de café avant de répondre, l'observant à la dérobée par-dessus le rebord de sa tasse. Ses cheveux étaient enroulés sur eux-mêmes, et fixés en une sorte de petit chignon sur la nuque, et il portait un costume sombre très élégant. Aujourd'hui, il ressemblait à l'homme de son adolescence car il ne souriait pas.

— Je croyais que tu aimais le bon café, répondit-elle enfin. Ils ont du Blue Mountain de la Jamaïque. Il est délicieux.

— J'aime le café assez fort pour que la cuillère tienne debout, mais je moque de la marque.

Tate porta sa tasse à ses lèvres, s'étonnant du changement d'attitude de Cecily. Personne n'aurait pu deviner en les voyant qu'ils avaient été intimes. Elle était lointaine, presque hostile.

— Je veux savoir ce qui se passe, Cecily.

— Tu le sais très bien.

Il secoua la tête.

— Insinuations, rumeurs… Personne ne veut rien me dire. C'est la loi du silence.

— Colby a trouvé quelque chose, dit-elle enfin. J'ai donné l'information à la personne intéressée, et maintenant, nous n'avons plus qu'à attendre, en espérant que ce sera suffisant pour éviter un énorme scandale politique.

— Dans lequel Holden est impliqué…

Elle releva la tête.

— Comment l'as-tu deviné ?

— Tu sais ce qu'ils ont sur lui ?

Elle eut un petit sourire ironique.

— Mais bien sûr ! Comme si j'allais raconter ça à son pire ennemi.

— Ce n'est pas la peine, il me l'a dit lui-même.

Une lueur d'inquiétude passa dans son regard et elle se figea.

— Il t'a dit absolument tout ?

C'était le jeu du chat et de la souris, et Tate y prenait un certain plaisir. Délibérément, il regarda la tasse que tenaient les mains soigneusement manucurées de Cecily.

— Comment se fait-il qu'il t'en ait parlé à toi ? demanda-t-il.

Posant sa tasse avec précaution, elle garda les yeux baissés sur la table de lin blanc, tandis qu'une valse de Vienne jouait en sourdine dans la salle.

— Le sénateur devait tout me dire pour que je sois en mesure de l'aider.

Puis elle le scruta, son regard plongé dans le sien.

— Je te trouve bien calme, remarqua-t-elle. Tu n'es pas en colère contre moi ?

Il eut un haussement d'épaules indifférent.

— Pourquoi le serais-je ?

— Je pensais que ça te ferait un choc plus important que cela, dit-elle.

Remarquant son expression surprise, Cecily se demanda tout à coup si elle n'était pas en train de se faire manipuler.

— Si tu me disais exactement ce qu'Holden t'a confié.

— On le fait chanter à cause d'une femme. Ils ont eu une liaison alors qu'il était déjà marié et cette femme vit à la réserve.

Elle hocha la tête.

— Oui. Et ?

Il fronça les sourcils.

— Et quoi ?

Il ne savait rien !

Mais cela l'étonnait aussi qu'il prenne la nouvelle avec un tel calme. Et dire qu'elle avait failli se faire avoir.

— Si tu veux le savoir, il faudra demander au sénateur. Moi, je n'en dirai pas plus. Et maintenant, explique-moi pourquoi tu voulais me voir.

— Pourquoi ai-je *toujours* envie de te voir ? demanda-t-il d'une voix de velours. Tu fais partie de moi, maintenant, Cecily.

Elle rougit et détourna les yeux. Croyait-il qu'elle ne savait rien pour Audrey ?

— Et tu ne me mentirais pas, dit-elle.

— Pas plus que toi tu ne le ferais, répondit-il d'une voix douce.

Donc, ils mentaient tous les deux.

Ils terminèrent leur café en silence puis, lui adressant un sourire poli, Cecily se leva.

— Je dois retourner au bureau. Je travaille sur une nouvelle exposition, et j'ai plein de coups de téléphone à passer.

L'ai renfrogné, il se leva aussi.

— Quel est le problème entre nous ? demanda-t-il d'un ton brusque.

— Rien du tout.

— Je me rends bien compte qu'il y a quelque chose. Parle-moi.

Cecily prit une profonde inspiration.

— J'ai appelé chez toi pour savoir si tu étais bien rentré,

et je suis tombée sur Audrey, qui m'a dit qu'elle avait commandé sa robe de mariée.

Tate pesta entre ses dents.

— Bon, je te laisse, reprit-elle, non sans avoir noté qu'il n'avait pas démenti.

Complètement abasourdi, Tate avait le plus grand mal à réfléchir. Une fois sur le trottoir, il lui emboîta le pas, bien décidé à régler les choses entre eux.

— Tu te trompes de côté, dit-elle. Les bureaux de Pierce Hutton sont par là.

— Mais le tien est de ce côté, répliqua-t-il. Je ne te laisserai pas partir avant que tu sois allée jusqu'au bout de tes pensées.

Elle se tourna vers lui, resserrant sur elle les pans de sa veste pour se protéger d'un petit vent froid.

— Tu es de nouveau avec elle, dit-elle d'un ton accusateur.

— Mais non !

— Elle était chez toi.

— Elle a demandé au gardien de lui ouvrir la porte, et elle m'attendait quand je suis rentré, mais je l'ai mise dehors. Je ne t'ai menti que pour une seule chose, à propos de tes études, mais à part ça, j'ai toujours été honnête avec toi. Mais si tu ne me crois pas, tant pis.

Cela fit penser à Cecily qu'elle aussi lui avait menti, par omission, à propos de son véritable père.

— Audrey est belle.

Il grimaça.

— Les serpents venimeux aussi, d'une certaine façon.

Elle sourit malgré elle.

Tate soupira.

— Nous avons encore un long chemin à parcourir. Tu es sûre que tu ne veux pas vivre avec moi ?

Elle secoua la tête.

— Et si nous allions dîner ensemble ?

— Ce n'est pas une bonne idée, répondit-elle, fixant le sol.

— Je te veux !

— Moi aussi, Tate.

Puis elle leva vers lui des yeux emplis de tristesse.

— Mais tu ne me veux pas pour toujours… Un jour ou l'autre, tu en auras assez de moi et tu me remplaceras par quelqu'un de mieux. C'est comme ça que ça marche, maintenant. Tu vis avec quelqu'un jusqu'à ce que tu lui trouves tous les défauts de la terre, et tu cherches une autre personne à aimer.

Tate se crispa. A l'entendre, il n'était qu'un séducteur sans scrupules, ce qui était faux.

— Qu'est-ce que tu vas faire ? T'éloigner de moi et prétendre qu'il ne s'est jamais rien passé entre nous ?

— C'est exactement ça, répliqua-t-elle calmement. Parce que je ne supporte pas l'idée de vivre avec un homme qui ne partage pas mes rêves d'avenir.

Il enfonça les mains dans ses poches.

— Tu pourrais essayer.

— Le jour où je vivrai avec un homme, c'est que nous serons mariés.

— Il faut vivre avec son temps, dit-il froidement. Le mariage n'est plus un passage obligé pour vivre ensemble. Et puis, quelle différence ça fait puisque tu as déjà couché avec moi ?

— Si tu ne vois pas la différence, ce n'est pas à moi de te l'expliquer.

Elle se détourna pour s'éloigner.

— Cecily !

— Quoi, encore ? dit-elle en lui jetant un coup d'œil agacé par-dessus son épaule.

— Tu es allée à la clinique ?

Cecily n'était pas dupe. Il voulait savoir s'il y avait un risque qu'elle soit enceinte. C'était certes une possibilité, et elle n'avait pris aucune mesure pour l'empêcher. Mais s'il y avait un bébé, elle l'aurait seule, elle l'aimerait seule. Il n'aurait pas à assumer un enfant non lakota. Sans doute était-ce ce qui l'effrayait le plus.

— Tu n'as absolument aucun souci à te faire, répondit-elle. A bientôt, Tate.

Immobile sur le trottoir, les mains dans les poches, Tate regarda s'éloigner Cecily.

Jamais il n'avait éprouvé une telle sensation de solitude. Il ne voulait pas la perdre, mais elle avait des exigences qu'il ne pouvait pas accepter. Le mariage était tout simplement hors de question, de même que les enfants, et il ne le lui avait jamais caché. Pourquoi essayait-elle de le changer ? Et puis, franchement, qu'y avait-il de mal pour deux adultes consentants à vivre ensemble, surtout quand la passion était aussi forte entre eux ? Pourquoi était-elle aussi bornée, tout à coup ?

Il se demanda soudain ce qu'elle et Colby avaient découvert à Wapiti. L'idée le traversa de téléphoner à sa mère pour essayer d'en savoir plus, mais il y renonça. Si Colby n'avait rien dit à Cecily, pourquoi aurait-il parlé à Leta ?

Il se sentait terriblement frustré… et intrigué aussi. Cecily savait quelque chose au sujet de Holden qu'elle ne lui disait pas, quelque chose qui, apparemment, risquait de le mettre en colère, lui, Tate, contre elle. De quoi pouvait-il s'agir ?

Il se promit de faire quelques recherches de son côté. Quant à son avenir avec Cecily, mieux valait ne rien précipiter. Elle était aussi têtue que lui et elle finirait sans doute par lui revenir quand elle se sentirait trop seule.

Son travail, son héritage culturel, son amour de la liberté s'accordaient mal avec l'idée du mariage. Et même s'il se consumait de passion pour elle, il ne céderait jamais sur ce point.

Chapitre 9

Deux semaines plus tard, Matt Holden vint voir Cecily chez elle.

— Excusez-moi, dit-il tandis qu'elle le faisait entrer dans le salon et lui désignait un fauteuil. Je crois qu'il y a des micros dans mon bureau. J'ai dû faire appel à une société pour renforcer ma sécurité, mais j'ai l'impression que c'est peut-être pire qu'avant. Au moins, nous savons que votre appartement est sûr. Tate aurait tout de suite découvert les micros.

— Pour cela, il faudrait qu'il soit voyant, dit Cecily d'un air morose. Il ne vient plus ici depuis un moment.

Le sénateur soupira, l'air désolé.

— Je suppose que vous avez vu la bague qu'Audrey exhibe partout ?

Cecily déglutit avec peine.

— Quelle bague ?

— Une copie de la chevalière en turquoise qu'il porte.

S'appuyant contre le dossier de son fauteuil, il croisa ses longues jambes, l'air indigné.

— Tout le monde en ville sait que c'est une mangeuse d'hommes. Dès qu'elle sera certaine d'avoir ferré Tate, elle se cherchera une nouvelle proie. En réalité, elle ne l'épousera jamais, vous savez. Avoir une aventure avec un Amérindien, c'est très exotique, mais quand il s'agit de mariage…

— Il m'a dit qu'il n'y avait plus rien entre eux, et que sa présence chez lui la dernière fois que je l'ai appelé était tout à fait innocente, dit-elle avec une grimace en se pelotonnant sur le canapé. Mais il y avait une photo d'eux à un gala de charité dans la presse à scandales d'hier.

— Je sais. Je l'ai vu aussi.

— Ne le prenez pas mal, mais ce n'est quand même pas pour me dire ça que vous êtes venu ?

— J'ai tous les éléments nécessaires pour régler l'affaire qui nous préoccupe, Cecily. Je les ai transmis à un membre de mon équipe dont le frère dirige une agence de détectives, et en qui j'ai toute confiance. Tout sera bientôt terminé, mais je ne pourrai pas empêcher la presse de s'en mêler quand le procès aura lieu.

— Et vous craignez la réaction de Tate et Leta.

— Leta s'en sortira, elle est forte. Mais Tate risque d'en souffrir énormément. Je me suis dit qu'il valait mieux qu'il l'apprenne par sa mère, et c'est pourquoi j'ai appelé Leta d'une cabine publique, tout à l'heure. Après trente-six ans de silence, elle s'est tout à coup montrée très loquace, ne faisant pas mystère de ce qu'elle pensait de moi et de ma carrière, avant de raccrocher. Quand j'ai rappelé, elle n'a pas décroché, ajouta-t-il en se passant une main dans les cheveux. Que dois-je faire ?

— Si je l'invitais à venir pendant quelques jours chez moi ? Vous pourriez me rendre visite à l'improviste pour me dire bonjour…

— Nous n'avons pas le temps, Cecily. Je vais devoir parler moi-même à Tate.

— Je suis désolée.

Le sénateur soupira.

— Et moi, donc ! Il va tous nous détester, y compris Leta. Je le lui ai dit et ça l'a rendue furieuse. C'est pourtant vrai… Nous allons tous devoir affronter la tempête.

— Dites plutôt un ouragan.

— Vous avez sans doute raison, Cecily. Mais, de toute façon, je n'aurais pas pu garder ce secret toute ma vie.

— Il va en souffrir.

— Vous aussi, et vous le savez, n'est-ce pas ? Vous étiez au courant et vous n'avez rien dit. Et comme c'est quelqu'un de terriblement rancunier… Comme sa mère, d'ailleurs.

— Leta n'est pas comme ça.

— Pas avec vous, évidemment. Mais elle me déteste, dit-il avec une petite moue désabusée. Remarquez, elle n'a pas tort. Je me déteste moi-même. J'espère que je saurai trouver les mots pour limiter les dégâts. Elle sera terriblement malheureuse si Tate lui tourne le dos.

Il se leva en soupirant.

— Bien, puisque personne ne veut faire la sale besogne, je vais prendre rendez-vous avec Tate et lui apprendre qui est son père.

— Bonne chance.

— Je crois qu'il va me falloir un peu plus que de la chance…

Tate sirotait une bière en ressassant des idées noires. Il n'avait pas l'habitude de boire, mais depuis quelques jours, il se sentait morose, dégoûté de tout.

Il ne pouvait pas sortir sans tomber sur Audrey, qui s'empressait de se pendre à son bras chaque fois qu'elle était dans le champ d'un appareil photo. Elle avait juré n'avoir rien dit à Cecily, mais il savait bien que cette dernière était incapable d'inventer une chose pareille.

Cela faisait plusieurs jours, maintenant, qu'il n'avait pas eu de nouvelles de Cecily, et il hésitait à renouer le contact. Elle pouvait se montrer tellement obstinée quand elle le voulait. Il avait beau faire des efforts, il ne comprenait pas comment elle pouvait leur refuser à tous deux l'accomplissement d'un désir parfaitement normal uniquement parce qu'il ne voulait pas l'épouser. Elle finirait peut-être par se faire une raison, mais en attendant, cette abstinence forcée le mettait de fort mauvaise humeur.

Le carillon aigrelet de la sonnette l'arracha à ses pensées.

Posant sa bière, il se dirigea pieds nus vers la porte, conscient que son jean et son vieux sweat-shirt n'étaient guère une tenue pour recevoir des visiteurs, mais quelle importance ? S'il s'agissait d'Audrey, il n'ouvrirait pas. Il avait fait changer la serrure et avait menacé le gardien de représailles physiques s'il la laissait de nouveau monter à son appartement.

Mais ce qu'il vit dans le judas lui causa une immense surprise. Il s'agissait du sénateur Holden, vêtu lui aussi d'un jean et d'un sweat-shirt. Après tout, on était dimanche et il était assez logique qu'il ne porte pas de costume le week-end.

Il ouvrit la porte à regret, et non sans une certaine hostilité.

— Vous avez perdu votre chemin ? demanda-t-il. Les bureaux du Sénat se trouvent à quelques blocs d'ici, vers l'est de la ville.

Holden le bouscula presque pour entrer, l'air très agité.

— Il faut que je vous parle. Mon bureau est sur écoute, et le type que j'ai engagé pour assurer ma sécurité ne me dit rien qui vaille.

Pas mécontent au fond que le sénateur se trouve en mauvaise posture, Tate haussa les épaules.

— Si vous n'aviez pas rompu notre contrat, ça ne serait pas arrivé.

— Je sais.

Tandis qu'il entrait dans le salon, le sénateur passa rapidement en revue la pièce décorée d'artisanat indien.

— Joli décor..., commenta-t-il.

— Que voulez-vous ? demanda Tate avec une légère impatience.

— Ecoutez, je suis embarqué dans une situation impossible... Je voulais vous en parler avant que ce soit dans tous les journaux.

— En quoi ça me concerne ? Et je croyais que vous adoriez la publicité ?

Holden se dirigea vers la fenêtre au lieu de prendre place dans le fauteuil que Tate lui indiquait.

Les mains dans les poches arrière de son jean, il contempla un moment les lumières de la ville.

— C'est le genre de publicité que je préférerais éviter, reprit-il en pivotant sur ses talons.

— Je suppose que cela a quelque chose à voir avec ce que Cecily et Colby ont trouvé à Wapiti Ridge ?

Le sénateur hocha la tête.

— Ils ont découvert des preuves de malversations financières et de paris truqués organisés par la mafia. Tout est entre les mains de la justice, et les responsables sont sur le point d'être arrêtés. Mais Tom Black Knife risque d'aller en prison, malgré mes efforts pour le sauver. Dans les années soixante-dix, il a tué un homme accidentellement, et la tribu l'a couvert.

Les sourcils froncés, Tate se percha sur le coin de son bureau.

— Alors, c'est comme ça qu'ils ont obtenu sa coopération…

— Oui, ils l'ont fait chanter. Comme ils ont essayé de le faire avec moi, d'ailleurs. J'ai essayé de convaincre votre mère de vous parler, mais elle m'a raccroché au nez. Cecily n'a pas voulu m'aider non plus. Donc, il ne me reste plus qu'à faire preuve de courage et à vous dire ce que vous devriez savoir depuis des années.

— Que la femme avec qui vous avez eu une liaison était ma mère…, termina Tate à sa place.

Le sénateur écarquilla les yeux.

— Eh bien, oui... Mais comment l'avez-vous deviné ?

— C'était la seule raison qui pouvait expliquer pourquoi vous vouliez m'écarter. Vous vouliez protéger ma mère.

— Je suis content que vous le compreniez.

— Oh, ça ne veut pas dire que je ne vous méprise pas pour la façon dont vous l'avez traitée. Avec tous vos défauts, vous auriez sans doute été un meilleur mari que mon père. Mais bien sûr, vous ne vouliez pas de mésalliance... Epouser une Indienne n'est...

— Vous ne me facilitez pas les choses, le coupa Holden en se passant les doigts dans les cheveux.

— Comment cela ? Je suis en train de vous dire que je peux comprendre, malgré tout. Je n'en veux pas à ma mère. Tout le monde peut faire des erreurs, et je ferai tout ce qu'il faut pour la protéger de la furie des médias.

— Mais c'est vous qui allez avoir besoin de protection, bon sang ! S'il ne s'agissait que d'une liaison, ce ne serait pas grave. Mais il y a eu un enfant. Leta était enceinte quand elle a épousé Jack Winthrop.

Tate crut que toutes ses fonctions vitales s'arrêtaient. Il ne pouvait ni respirer ni faire un geste. Son cœur lui-même semblait s'être arrêté de battre.

Toutes les pièces du puzzle s'assemblaient soudain. Il comprenait désormais pourquoi Jack Winthrop avait sombré dans l'alcoolisme, pourquoi il le détestait autant, pourquoi il battait sa mère.

— Jack Winthrop n'était pas mon père…, dit-il d'une voix étrangement calme.

— Non. Ce salopard n'était pas votre père…

Un muscle joua sur la mâchoire du sénateur.

— Toute ma vie, j'ai pensé que Leta l'avait épousé parce qu'elle l'aimait, reprit-il. Plus tard, quand j'ai appris qu'elle avait eu un enfant, je me suis dit qu'elle s'était construit une belle vie. Elle ne m'a jamais reproché d'avoir fait un mariage d'argent, d'avoir privilégié ma carrière. Et elle m'a laissé partir sans me dire qu'elle était enceinte.

Sa voix s'était brisée sur les derniers mots, et il tourna la tête pour éviter le regard de son fils, le temps qu'il se ressaisisse.

Assommé, Tate ne savait pas quoi dire. Il essayait d'assimiler ce qu'il venait d'entendre et n'y parvenait pas vraiment. Observant à la dérobée son vieil ennemi, il nota l'implantation de ses cheveux, la forme de son nez, ses yeux noirs. La ressemblance était frappante. Mais, comment aurait-il pu imaginer…

— Vous n'êtes pas un Lakota, dit-il soudain.

— Ma mère était française et mon père marocain. Ils se sont installés dans ce pays quand j'avais trois ans, et ont demandé à être naturalisés.

— Ce qui fait de moi un sang-mêlé, commenta Tate avec un air de profond dégoût.

Holden se tourna brusquement vers lui.

— Oh, c'est bien pire que ça, dit-il, agacé. Vous êtes

le fils illégitime d'un sénateur, et la presse ne va faire qu'une bouchée de vous.

— C'est vous qui risquez le plus, répondit froidement Tate. Vos électeurs vont vous lâcher.

— Mais qu'est-ce que vous voulez que ça me fasse ! Je vais peut-être perdre mon travail, et après ? Ce qui m'inquiète le plus, c'est la réaction de Leta. Elle m'a raccroché au nez avant que j'aie eu le temps de faire deux phrases, et elle ne veut plus entendre parler de moi.

— Si seulement elle avait eu la même réaction, il y a trente-six ans !

Le regard du sénateur s'assombrit.

— Je l'aimais. Et je l'aime encore… J'ai commis la plus grosse erreur de ma vie en pensant que l'argent et le pouvoir pouvaient remplacer l'amour.

Le silence retomba entre les deux hommes, tandis que l'esprit de Tate élaborait de nouvelles hypothèses.

— C'est pour cette raison que vous m'avez retiré le contrat…, dit-il. Vous ne vouliez pas qu'on vous accuse de népotisme.

Holden hocha la tête.

— Et ça explique aussi pourquoi vous ne vouliez pas que je reste à Wapiti.

Il acquiesça de nouveau.

— Mais Cecily était au courant. Elle le savait depuis le début, n'est-ce pas ? demanda-t-il, tandis que des bribes de conversation lui revenaient.

Le sénateur se dirigea vers la porte.

— Je voulais que vous sachiez la vérité avant de l'entendre aux informations du soir… Vous ne pouvez pas imaginer ce que j'ai ressenti quand j'ai appris votre existence. Pendant un moment, j'en ai voulu à votre mère. J'avais un enfant que je n'avais jamais vu, j'avais manqué ses premiers pas, ses premiers mots... Et pendant que je vivais dans ma prison dorée, Jack Winthrop faisait vivre l'enfer à ce qui aurait dû être ma famille. Je sais que vous me détestez pour le moment, mais pensez-y. Si j'avais su tout cela plus tôt, j'aurais tout fait pour vous sortir de là tous les deux.

Sur ses mots, il quitta la pièce en claquant violemment la porte derrière lui.

Plus tard, lorsque Tate eut recouvré son calme, il appela sa mère.

— Devine qui vient de me rendre visite ? demanda-t-il d'un ton féroce. Mon cher papa...

Il y eut un long silence au bout de la ligne.

— Ton père ? Alors, il l'a fait.

Jamais Leta n'aurait cru que Matt aurait le courage d'apprendre lui-même la vérité à Tate. Elle se sentait bourrelée de remords à l'idée que son fils connaissait à présent son mensonge. De même qu'elle s'était sentie coupable en entendant la voix adorée de Matt, plus de trente ans après leur merveilleuse histoire d'amour. Elle était beaucoup trop bouleversée pour lui parler et, assez lâchement, elle devait bien le reconnaître, elle avait préféré raccrocher.

— Pourquoi ne m'as-tu rien dit ? Pourquoi ?

Le silence s'éternisa.

— Tu ne peux pas savoir à quel point je suis désolée, Tate, mais ce n'est pas le bon moment pour en parler. Rappelle-moi quand le choc se sera un peu estompé. Pardonne-moi, je t'en prie. Je t'aime.

Puis elle raccrocha.

Tate recomposa aussitôt le numéro, mais il n'y eut pas de réponse.

Furieux, il arracha le cordon de téléphone du mur et jeta l'appareil à travers la pièce.

La seconde suivante, abasourdi par sa réaction, il se demanda si son père avait fait la même chose quand Leta lui avait raccroché au nez.

Son père.

Se laissant tomber dans le canapé, il se prit la tête dans les mains, luttant contre la nausée qui lui tordait l'estomac.

Il s'était cru unique, l'un des derniers représentants d'un peuple en voie d'extinction, et aujourd'hui, il était comme tout le monde, un sang-mêlé. Il ne pouvait plus se réclamer de l'héritage lakota.

Et sans cette histoire de mafia voulant mettre un casino sur des terres sioux, il aurait pu mourir sans connaître la vérité. Sa mère avait gardé le secret pendant trente-six ans. Toute une vie.

Il se remémora les attaques sournoises de Jack Winthrop, son attitude haineuse, et il comprenait maintenant pourquoi l'homme l'avait tellement détesté. Et tout ça à cause de sa mère. Non qu'elle n'ait pas souffert, elle aussi.

Les pensées se bousculaient dans sa tête, mais il n'avait pas envie de faire le tri. Il n'avait pas envie de réfléchir à ce qu'il venait d'apprendre. Pas maintenant. C'était trop pour lui.

C'était un jour comme les autres, long et ennuyeux, et Cecily faisait des efforts surhumains pour se concentrer sur son travail.

Peine perdue ! Ses pensées la ramenaient sans cesse vers Tate. Souvent, les yeux dans le vague, elle se rappelait leur étreinte et les mots de désir qu'il lui avait murmurés à l'oreille. Et, malgré la façon dont ils s'étaient quittés, elle ne cessait d'espérer qu'il l'appellerait. Mais, jusqu'à présent, il ne lui avait pas donné signe de vie.

Soudain, la porte de son bureau s'ouvrit brutalement, et elle sentit la peur la gagner. Sa secrétaire était sortie déjeuner et l'étage était désert.

Puis elle reconnut Tate, mais n'en fut pas pour autant rassurée. Ses yeux lançaient des éclairs, et l'envie le démangeait visiblement de lui tordre le cou.

— Tu pensais que je ne le découvrirais jamais ?

Elle ne savait pas très bien comment gérer cette crise. Il semblait totalement hors de contrôle.

— De quoi parles-tu ? demanda-t-elle, alors qu'elle en avait une assez bonne idée.

— Matt Holden s'est finalement décidé à venir me dire qu'il est mon père.

Cecily soupira.

— Tout ce que nous voulions, c'était te protéger.

— Vous n'aviez pas le droit de garder un tel secret. Aucun d'entre vous. Et surtout pas toi, Cecily !

— J'avais promis au sénateur de ne rien dire.

Elle se leva pour s'approcher de lui mais avec précaution, comme s'il s'agissait d'apprivoiser un animal sauvage.

— Toute ma vie, j'ai su qui j'étais, d'où je venais, expliqua-t-il. Et en l'espace d'une journée, tout ce qui faisait ma vie a volé en éclats. Je suis un étranger parmi mon peuple. Mon héritage ancestral est un mensonge, et ma vie une mascarade !

— Tu sais bien que ce n'est pas vrai, dit-elle doucement.

Les poings serrés, la mâchoire crispée, Tate fit un pas vers elle, réduisant dangereusement la distance entre eux.

— Jack Winthrop savait la vérité, et c'est pour ça qu'il nous haïssait tellement. Ma mère parce qu'elle aimait un autre homme, et moi, parce que je n'étais pas son fils… Il nous l'a fait payer chaque jour de notre vie. Et jusqu'à hier, je ne comprenais pas pourquoi.

Le cœur serré, Cecily tendit la main pour le réconforter, mais il eut un mouvement de recul.

— Ne fais pas ça, dit-il. Si tu me touches, je risque de te prendre ici, sur la moquette.

Il brandissait son envie de lui faire l'amour comme une menace, mais en fait, c'était ce dont il avait besoin. Peut-être même était-il venu pour ça.

Elle n'avait pas peur de lui. Elle l'aimait beaucoup trop pour se laisser troubler par son regard étincelant de fureur et ses lèvres pincées. Et après tout, il avait tous les droits d'être en colère, de souffrir.

Il avait besoin de réconfort, et c'était auprès d'elle qu'il était venu le chercher !

Mais ce n'était pas des mots qu'il attendait d'elle. Elle pouvait lui donner ce qu'il lui ferait vraiment du bien et ce serait peut-être la dernière fois qu'il la toucherait. Une fois qu'il aurait recouvré ses esprits, il se rappellerait qu'elle l'avait trahi, et ce n'était pas un homme particulièrement enclin au pardon.

Sans se donner le temps de réfléchir davantage, elle alla fermer la porte à clé. Lorsqu'elle revint, elle se haussa sur la pointe des pieds, noua les bras autour de son cou sans dire un mot, et plaqua ses lèvres sur les siennes.

Elle le sentit se crisper contre elle avant que ses bras ne se referment autour de sa taille et la plaquent étroitement contre son corps plus dur que le roc.

L'étreinte était brutale, très différente de la façon dont il l'avait embrassée jusqu'à présent, mais c'était tellement bon d'être désirée ainsi.

Mais les baisers ne suffisaient pas. Oublieux de l'heure, de l'endroit, Tate entraîna Cecily avec lui sur le sol.

Les cheveux étalés sur le tapis persan, les lèvres entrouvertes, les yeux brillants et emplis d'une attente vibrante, elle était l'image même d'une femme offerte et consentante.

— Cecily, murmura-t-il, je ne voulais pas en arriver là, mais je ne suis pas un surhomme.

Et c'était vrai qu'il n'avait pas voulu cela. Il savait que ce n'était pas bien, qu'une fois de plus il la manipulait, mais il avait envie d'elle au point qu'il ne pouvait plus se maîtriser.

Le cerveau en ébullition, Cecily essayait de faire le tri parmi les pensées contradictoires qui s'y bousculaient. Elle avait dit à Tate qu'elle ne voulait pas être sa maîtresse, et elle le pensait toujours. D'un autre côté, n'avait-elle pas droit à un peu de bonheur encore dans les bras de l'homme qu'elle aimait avant qu'il ne disparaisse à jamais de sa vie ?

Elle n'eut pas le temps de réfléchir davantage. Tate venait d'écraser ses lèvres sur les siennes et tout son corps s'embrasait. Avide d'éprouver le contact de sa peau sous ses doigts, elle tira sur sa chemise et glissa ses mains sous le vêtement. Quoi qu'il arrive, elle préférait vivre toute sa vie avec des remords que de passer à côté de ce moment de bouleversante intimité.

Ils se dévêtirent à demi, sous l'empire d'une sorte de frénésie aveugle et, sans aucun préliminaire, Tate la pénétra avec rudesse.

Mêlant ses gémissements aux siens, il la posséda avec une ardeur désespérée, presque violente, jusqu'à ce qu'ils retombent tous deux épuisés, hébétés par un tel déchaînement de passion.

— Pourquoi m'as-tu fait ça ? demanda Tate lorsqu'ils eurent remis de l'ordre dans leurs vêtements. Pourquoi m'as-tu déstabilisé comme ça ?

— Tu sais bien pourquoi, répondit calmement Cecily en repoussant tendrement une mèche de cheveux noirs qui tombait sur le front de Tate. Tu avais besoin de moi.

— Ça devait être une punition.

Elle eut un sourire moqueur.

— Vraiment ? Je n'ai rien remarqué. Tu ne voudrais

pas recommencer ? Cette fois, je ferai semblant d'avoir peur.

Tate trouva la force de rire, en dépit du sérieux de la décision qu'il avait à prendre. Cecily avait-elle conscience que sa capacité à le faire rire la rendait encore plus attachante à ses yeux ? Pourtant, il était venu lui dire que tout était fini entre eux, qu'il ne voulait pas d'une femme capable de lui mentir ainsi.

— Je n'arrive pas à croire que j'ai fait ça, murmura-t-il presque pour lui-même, essayant de raviver sa colère. Je n'arrive pas à croire que tu m'as laissé faire ça. Sur le tapis… Tu n'as donc aucune pudeur, aucune fierté ?

Sans s'émouvoir, Cecily prit appui contre son bureau et lui sourit.

— Il faut croire que non. Tu sais très bien que je serais capable de marcher sur du verre brisé si tu me le demandais. Je ne vois pas ce qui te choque dans ce qui vient de se passer.

Il la dévisagea, à la fois stupéfait et exaspéré.

— Tu ne voulais pas vivre avec moi parce que je refusais de t'épouser. Mais maintenant que tu sais que je suis à moitié blanc, tu t'imagines que je vais changer d'avis. C'est pour ça que tu m'as fait ce petit numéro, pour me montrer ce que je pourrais avoir si je te passais la bague au doigt.

Cecily secoua la tête. Le fait qu'il ose parler de bague la blessait car elle n'avait toujours pas digéré qu'Audrey porte une copie de sa chevalière en turquoise.

Et puis, il y avait cette photo parue dans la presse. Quoi qu'il en dise, leur relation n'était pas terminée. D'un autre côté, son comportement laissait à penser qu'Audrey ne le satisfaisait pas pleinement sur le plan sexuel.

— Tu n'es pas en état de réfléchir, dit-elle d'un ton apaisant. Pour le moment, tu en veux à tout le monde, et c'est normal. Matt m'avait prévenue, et il le comprend très bien aussi.

— J'aimerais bien que vous arrêtiez d'essayer de deviner ce que je pense ou ce que je ressens, marmonna-t-il. Je suppose que tu as parlé à ma mère, aussi ?

— En effet. Elle est très malheureuse et s'inquiète beaucoup pour toi. Je lui ai demandé de venir s'installer chez moi avant que la presse ne se rue à la réserve. Je vais la chercher à l'aéroport demain.

— Je ne veux pas la voir, dit-il d'un ton sans appel.

— Comme tu voudras.

— Toi non plus, je ne veux plus te revoir.

— Très bien. Mais sache que je regrette que tu aies dû l'apprendre comme ça.

— Et tu crois que tes excuses vont tout arranger ?

— Je n'ai pas dit ça, protesta Cecily.

Malgré sa colère contre elle, Tate ne put s'empêcher d'être sensible au déchirement qui se lisait sur son visage tandis qu'elle cherchait son regard.

— Nous n'obtenons pas toujours ce que nous voulons dans la vie, Tate. Au fond de toi, tu sais très bien que ce n'était pas vraiment pour des raisons raciales que tu ne voulais pas m'épouser, mais parce que tu tiens à ta liberté. Tu ne veux pas dépendre des autres parce que les autres t'ont souvent trahi. Le travail que tu as effectué pour le gouvernement t'a rendu cynique et t'a détourné des gens ordinaires. A présent, tu penses que t'a mère t'a trahi avec ton pire ennemi. Oh, et j'oubliais ! ajouta-t-elle avec un petit rire triste. Il y a moi, bien sûr. Tu préfères croire que je t'ai laissé tomber pour ne pas avoir à te remettre en question.

Il ne réagit pas, se contentant de la dévisager avec froideur.

— Je t'aimerai toujours, poursuivit-elle. Mais je ne me sens pas la force de vivre seule, de mourir seule, et je ne vais pas te pleurer éternellement. Tu aimes vivre comme un ermite, pas moi. Je veux une maison, des enfants… et je sais que tu ne me donneras jamais rien de tout ça.

Marquant une infime pause pour reprendre son souffle, elle enchaîna avant qu'il ait le temps de protester :

— Il m'a fallu du temps pour comprendre ce que tu appréciais chez Audrey, mais je crois avoir trouvé. C'est parce qu'elle n'a pas vraiment envie d'intimité, à part peut-être au lit. Tu pourrais l'épouser sans qu'elle dérange ta petite vie de célibataire égoïste. Tu n'as rien à donner, tu ne fais que prendre.

Ces mots firent à Tate l'effet d'un coup de poing dans l'estomac. Tournant les talons, il se dirigea vers la porte.

Au moment de sortir, il jeta un coup d'œil par-dessus son épaule.

— Je ne pourrai jamais oublier que tu m'as trahi. Et je ne serai probablement pas capable non plus de te le pardonner.

Bouillant à l'intérieur, Cecily parvint cependant à offrir tous les aspects de l'indifférence.

— Je sais. Il était inévitable que tu trouves un jour quelque chose à me reprocher. C'est une bonne excuse pour me chasser de ta vie, avant que tu prennes conscience que tu ne peux pas te passer de moi.

— Tu t'accordes un peu trop d'importance, dit-il avec une volonté délibérée de lui faire mal. Tu n'étais pas la première femme dans ma vie, et tu ne seras certainement pas la dernière.

— Ça aussi, je le sais.

Elle s'attendait à ce coup bas, et son sourire n'avait pas flanché, mais jamais elle ne s'était sentie aussi désespérée.

Son absence de réaction ne faisait qu'attiser la colère de Tate.

Dieu qu'il la détestait ! Elle lui avait menti, et c'était encore plus insupportable que le silence de sa mère pendant trente-six ans.

Il lui accorda un dernier regard avant de partir, fixant son image dans son esprit. Son insupportable sourire était toujours accroché à ses lèvres.

Il avait bien raison de la quitter. Elle ne tenait pas à lui, de toute façon.

— Au revoir Cecily.

— Au revoir, Tate, répondit-elle poliment.

La porte à peine refermée, Cecily se laissa tomber dans son fauteuil. Maintenir jusqu'au bout cette façade d'indifférence l'avait vidée de toute son énergie.

Machinalement, sa main se posa sur son ventre légèrement renflé et une vague de tendresse emplit son âme.

Il y avait un autre secret que Tate ignorait. Mais celui-ci lui appartenait totalement. Elle ne le partagerait avec personne.

Même si elle ne devait jamais revoir Tate, elle garderait toujours auprès d'elle une infime part de lui.

— Tout ira bien, murmura-t-elle au minuscule petit être qui se développait en elle. Je t'aime déjà, et je sais que nous serons heureux tous les deux.

Chapitre 10

— Mon fils me déteste, dit tristement Leta, tandis que Cecily et elle préparaient le dîner.

— Il nous déteste tous, répliqua Cecily avec un sourire rassurant. Ça lui passera.

— Je n'ai rien fait de bien dans ma vie…

— Tout le monde a le droit de faire des erreurs.

— En tout cas, toi, tu n'as pas détruit ta famille.

Sur ce point, elle aurait pu trouver à redire, songea Cecily, qui terminait de trancher les tomates pour la salade… tout en priant pour que les malaises qu'elle avait eus ces derniers temps ne se manifestent pas au moment le plus inopportun. C'était à se demander pourquoi on parlait de nausées matinales car, chez elle, cela se produisait aussi l'après-midi ou le soir. Elle était aussi extrêmement fatiguée et avait le plus grand mal à se concentrer sur son travail.

— Cecily ! s'écria soudain Leta en la regardant avec des yeux ronds. Cecily, tu as coupé tes beaux cheveux.

Enfin ! Depuis qu'elle était allée la chercher à l'aéroport, Cecily se demandait quand Leta le remarquerait.

Après le départ de Tate, elle avait soudain éprouvé le besoin de se couper les cheveux très court. C'était comme un nouveau départ. La coiffeuse lui avait dit que cela lui allait très bien, et c'était vrai. Son visage avait ainsi gagné une nouvelle maturité, et le maquillage qu'on lui avait conseillé soulignait la finesse de ses traits. Elle avait fait une dernière concession à la coquetterie : de nouvelles lentilles de contact qu'elle supportait cette fois sans problème. Elle avait également acheté quelques vêtements de coupe ample, ne voulant pas prendre le risque que Leta remarque sa taille épaissie. C'était un secret qu'elle ne voulait partager avec personne.

— J'ai fait quelques changements, dit-elle avec un sourire mutin.

Elle mit le plat de lasagnes au four, et sortit du réfrigérateur le gâteau qu'elle avait acheté chez le pâtissier.

— Au fait, je ne t'ai pas dit que nous aurions un invité à dîner. J'espère que ça te ne dérange pas.

Leta secoua la tête.

— J'aime bien Colby.

Quelques minutes plus tard, la sonnette de l'entrée retentissait.

— Tu peux aller ouvrir ? demanda Cecily. Je surveille les lasagnes.

— Bien sûr.

Leta porta la main à ses cheveux, relevés en un chignon compliqué, lissa sa jupe imprimée de tons feuille morte puis elle alla ouvrir à Colby Lane avec un sourire de bienvenue… Pour se retrouver nez à nez avec un homme qu'elle n'avait pas vu depuis trente-six ans.

*
* *

Matt Holden, qui était resté quelques minutes devant la porte avant de trouver le courage de sonner, étudia longuement la femme qui se tenait devant lui. Le temps avait imprimé ses marques sur le beau visage dont il avait gardé le souvenir, mais son regard n'avait pas changé, et elle avait conservé la même silhouette, mince et nerveuse.

— Cecily m'avait dit que nous attendions Colby Lane, dit-elle, sans parvenir à masquer son embarras.

— C'est bizarre. Elle m'a appelé pour me demander si j'étais libre ce soir.

Il haussa les épaules puis esquissa un sourire.

— Je suis libre tous les soirs.

— Cela ne ressemble pas à la vie d'un play-boy, ironisa Leta.

— Qui a dit que j'en étais un ?

Il jeta un coup à l'intérieur de la maison.

— Tu me laisses entrer ? Je vais finir par prendre racine si je reste là plus longtemps. Et j'ai hâte de goûter enfin un bon repas. Je commence à en avoir assez des hamburgers et des frites.

Cecily, qui les avait rejoints, intervint.

— J'ai entendu dire que c'était le plat préféré du président. Entrez, sénateur Holden.

— Je croyais que vous deviez m'appeler Matt. A moins que vous n'essayiez de me flatter afin d'obtenir une nouvelle donation pour le musée.

— Ah, je n'y avais pas pensé, mais c'est une bonne idée.

Le sénateur se tourna vers Leta, qui dissimulait mal son mécontentement de s'être fait piéger.

— Eh bien, au moins, tu ne pourras pas me raccrocher au nez, cette fois, dit-il. Tu seras sans doute ravie d'apprendre que notre fils ne veut plus me parler. D'après ce que j'ai cru comprendre, il ne te parle pas non plus.

Se tournant vers Cecily, il ajouta :

— Pas plus qu'à vous, je crois.

Cette dernière secoua la tête.

— Il m'a dit qu'il ne voulait plus jamais me revoir, après avoir précisé que j'avais tort de croire qu'il allait m'épouser maintenant qu'il n'était plus qu'à moitié lakota.

Elle se garda bien d'évoquer la choquante intimité qui avait précédé cette remarque.

— Il est vraiment trop stupide ! déclara Matt d'un air sombre. Je vais lui casser la figure.

— L'honneur militaire a parlé, commenta Leta, dans une piètre tentative d'humour. Il était dans les forces spéciales et portait un uniforme pour notre premier rendez-vous.

— Et toi, tu avais une robe de coton blanc avec une jupe bouffante. Et tu avais lâché tes cheveux sur tes épaules. Mais, en parlant de cheveux…

Il se tourna vers Cecily et grimaça.

— Seigneur, pourquoi avez-vous fait cela ?

— Parce que Tate aime les cheveux longs ! dit-elle d'un air de défi. J'aimerais bien qu'il voie ça. Mais comme on ne risque pas de se revoir de sitôt, je crois que je vais lui envoyer une photo.

— J'espère que vous ne serez jamais en colère contre

moi, commenta Matt, paraissant médusé devant une telle hargne.

— Ça m'étonnerait. Et maintenant, entrez, le dîner est presque prêt.

Le début du repas fut laborieux, Cecily assurant le plus clair de la conversation. Mais la nourriture et le vin aidant, Matt et Leta finirent par se détendre un peu.

— Vous ne buvez pas…, remarqua Matt.

— Oh, je suis un peu barbouillée en ce moment, dit-elle. Je supporte mal les acides, que ce soit dans le vin ou les agrumes.

— Ce n'est pas de chance, commenta-t-il.

Puis se tournant vers Leta, il ajouta, le regard empli de nostalgie :

— Tu te souviens des oranges qu'on achetait chez Red Elk ? Elles étaient tellement douces et sucrées.

— Je me rappelle.

Il soupira tristement.

— Je suis désolé pour toutes ces années perdues. Je regrette tellement de m'être menti à moi-même. Je revenais de la guerre, avec des médailles et de hautes aspirations, et elle avait un père fortuné. Je l'ai épousée, et j'ai commencé à préparer ma campagne pour le Sénat. Puis je t'ai revue, et j'ai compris quel fou j'avais été. J'aurais dû te dire que j'étais marié, mais je n'en ai pas eu le courage.

— C'est de l'histoire ancienne. Nous ne pouvons pas revenir en arrière et changer le passé.

— J'aimerais tellement, pourtant.

Il lui prit sa main et regarda la bague qu'il lui avait donnée autrefois.

— Je ne la quitte jamais, dit-elle.

Levant les doigts de Leta jusqu'à ses lèvres, il y déposa un baiser.

— Tu as donné la mienne à Tate.

— Oui, mais je lui ai menti sur sa provenance. Je regrette tellement, ajouta-t-elle avec un soupir. Je croyais bien faire.

Matt libéra sa main.

— Je le sais. Ce qui est bizarre, c'est que j'ai toujours éprouvé un certain plaisir à rencontrer Tate, même s'il m'exaspérait souvent. Nous étions rarement d'accord, mais j'ai toujours su à quoi m'en tenir avec lui.

— Il vous a toujours respecté, intervint Cecily. Il vous trouve arrogant et entêté, mais je crois qu'il vous aime bien au fond.

— On peut dire qu'il a de qui tenir, n'est-ce pas ? répliqua Matt, une note de fierté dans la voix.

Personne ne protesta sur ce point.

La soirée était déjà bien avancée, et ni Matt ni Leta ne semblaient voir le temps passer. Assis sur le canapé, se tenant la main, ils parlèrent longuement du passé, des personnes qu'ils avaient connues, des endroits qu'ils avaient fréquentés. Lorsqu'ils abordèrent la question de leur fils, la tristesse remplaça sur leur visage l'enthousiasme un instant retrouvé.

Cecily, qui les observait avec attendrissement, n'avait

aucun mal à deviner combien il était difficile pour eux d'avoir dû infliger cette épreuve à Tate.

Posant la main sur son ventre, elle prit soudain conscience de la gravité de sa décision. L'histoire allait se répéter.

— Elle est folle de rage contre lui, remarqua Leta, alors que Matt essayait vainement d'attirer l'attention de Cecily.

— Mais pas du tout, protesta-t-elle, s'arrachant à ses pensées. Enfin, juste un peu. Il a subi un choc terrible. Il va lui falloir du temps pour s'en remettre.

— En parlant de temps…

Matt jeta un coup d'œil à sa montre et se leva.

— Je suis désolé, mais je vais devoir vous laisser. Je dois appeler un collègue au sujet du nouveau budget et je ne peux le joindre que tard dans la soirée.

Cecily lui serra la main.

— Je suis ravie que vous soyez venu. Il faudra recommencer.

— Et si vous veniez à la maison demain soir ? Je ne sais pas cuisiner, mais je me ferai livrer par mon restaurant préféré. Qu'en dites-vous ? Je vous ferai envoyer une voiture.

— Ce n'est pas un peu risqué, en ce moment ? demanda Cecily.

— Je n'ai plus rien à cacher, ils peuvent faire ce qu'ils veulent de l'information. J'ai demandé à mes avocats de s'occuper de Tom Black Knife. Quant à son escroc de petit-fils, il est déjà derrière les barreaux. Tate connaît la vérité…

Il se tourna vers Leta, cherchant l'approbation dans son regard.

— Et nous saurons faire face au déchaînement médiatique, n'est-ce pas ?

Elle lui sourit avec tendresse.

— Avec toi, je peux tout affronter.

Matt hocha la tête, paraissant trop ému pour parler.

— Eh bien, dans ce cas, vous pouvez compter sur nous, dit Cecily.

— Invitez Colby s'il est en ville.

— Je ne sais pas du tout où il se trouve. Il devait se rendre en Arizona, mais je doute qu'il y soit resté aussi longtemps.

— Il est probablement en mission à l'étranger. Mais s'il réapparaît, il sera le bienvenu.

— Merci.

Cecily abandonna délibérément ses invités pour aller ranger la cuisine, laissant à Leta le soin de raccompagner Matt.

Ce dernier ouvrit la porte et, d'un geste impulsif, attira Leta dans le couloir désert de l'immeuble.

— Matt…, protesta-t-elle.

Avec tendresse, il passa un bras autour de sa taille et se pencha pour l'embrasser, respirant avec ivresse le parfum de sa peau, redécouvrant le goût de sa bouche.

Son baiser n'était ni violent ni brutal, et Leta aurait pu y échapper sans peine. Mais comment opposer une résistance aux sensations inattendues qui l'envahissaient, réveillant des souvenirs pas totalement enfouis ?

Quand leurs bouches se séparèrent, ils ne savaient plus ni l'un ni l'autre où ils en étaient.

— Tu m'as donné un enfant, un fils.

Submergé par l'émotion, Matt prit le doux visage de Leta entre ses mains.

— Ce n'était pas une aventure, Leta. Je t'aimais.

— Je le sais, dit-elle, tandis que ses yeux se brouillaient de larmes. Mais tu étais marié. Que pouvais-je faire ? Elle t'aurait fait payer chèrement ton erreur.

— Et à toi aussi. Mais j'ai perdu tellement de choses, mon amour. Toutes ces années…

Du bout des doigts, il essuya les larmes de Leta.

— Ne pleure pas. Tout va bien. Nous ne sommes plus seuls maintenant, et plus rien ne peut nous faire souffrir.

Leta ne pouvait se retenir de pleurer. C'était étrange, elle n'avait pas versé une seule larme depuis que la vérité avait éclaté, supportant bravement la douleur que lui procurait la colère de son fils. Mais à présent, Matt était là pour la consoler.

Le visage blotti au creux du cou de Matt, elle libéra le chagrin si longtemps contenu.

Lorsqu'elle reprit ses esprits, Matt sortit son mouchoir et lui tamponna les yeux.

— Je ne me pardonnerai jamais de t'avoir abandonnée, dit-il.

Elle eut un brave petit sourire à travers ses dernières larmes.

— Les remords ne servent à rien.

— Je sais, mais je ne peux pas m'en empêcher, dit-il

en lui embrassant tendrement le bout du nez. Je t'attends demain soir.

— Est-ce que tu l'as aimée ? murmura Leta.

Elle s'était promis de ne jamais poser la question, mais cela avait été plus fort qu'elle.

— Ce n'est pas par amour que je l'ai épousée, tu le sais bien, et notre mariage n'a pas été heureux. La décision que j'ai prise a fait souffrir tout le monde, et surtout notre fils. Mais je suppose que je n'aurais jamais eu connaissance de son existence s'il n'y avait pas eu ces événements, n'est-ce pas ?

Elle soupira.

— Quand j'ai appris tu étais veuf, j'ai eu envie de reprendre contact avec toi. Mais cela faisait tellement longtemps… J'ai eu peur que tu me détestes.

Il secoua la tête.

— Je ne pourrai jamais te détester. J'ai souvent pensé à toi, tu sais. Je me demandais si tu étais heureuse avec ton mari.

— Au début, il était adorable. Il savait que j'étais enceinte, même s'il ignorait qui était le père, et il prétendait qu'il m'aimait assez pour accepter mon enfant. Mais quand il a su qu'il ne pourrait jamais avoir d'enfant à lui, il est devenu fou. Il s'est mis à nous haïr et ne savait pas quoi inventer pour nous faire souffrir. Tate a eu une enfance très difficile.

Le visage de Matt s'assombrit.

— Je suis désolé. Mais ça a fait de notre fils l'homme qu'il est devenu. Les épreuves nous rendent plus forts.

Leta prit un air sceptique.

— C'est ce qu'on dit, oui.

Du bout des doigts, elle dessina les lignes anguleuses du fier visage de l'homme qu'elle aimait toujours, apprenant à le redécouvrir.

— J'ai souvent pensé à toi. Surtout quand je me sentais seule et effrayée et que je n'avais que Tate pour me réconforter.

— Moi aussi je pensais à toi. Et je me suis toujours senti seul, même quand elle était encore en vie.

— Quel étrange sortilège de ne désirer qu'une seule personne…, commenta Leta.

La serrant de nouveau contre lui, il l'embrassa à en perdre le souffle.

— Quelle bénédiction, tu veux dire, de s'aimer encore après trente-six ans…

Il la tint longuement contre lui, comme si le cercle de ses bras pouvait la protéger de tous les dangers, éprouvant à son égard un sentiment farouchement protecteur.

Leta soupira.

— Je dois te laisser, dit-elle avec un sourire d'excuse. Cecily va se demander ce que je fais.

Matt lui caressa doucement les cheveux.

— Je crois qu'elle s'en doute un peu, dit-il avec un petit rire. Cette petite est vraiment merveilleuse. Et elle t'aime beaucoup.

— Elle t'aime aussi. Nous pourrions peut-être l'adopter ensemble.

— Ce serait encore mieux si elle épousait notre fils.

Elle eut une petite moue dubitative.

— On peut toujours espérer.

Ne trouvant pas la force de le quitter déjà, elle laissa un silence pesant s'installer, cherchant à deviner dans les profondeurs de son regard noir comment il envisageait leur avenir.

— Je sais que ça arrive un peu tard, dit-il, mais je veux t'épouser. Cette semaine… Le plus vite possible.

Il voulait l'épouser !

Pendant un instant, le souffle manqua à Leta.

— Je t'aime, reprit-il. Je n'ai jamais cessé de t'aimer. Pardonne-moi et dis oui.

Elle réfléchit à l'énormité de ce qui l'attendait. Jouer les hôtesses, rencontrer ses amis, assister à des galas de charité, porter des vêtements élégants… Les objections étaient tellement nombreuses !

— Ta vie est tellement différente de la mienne…, commença-t-elle.

— Tais-toi, dit-il avec tendresse. J'ai vu ce qui s'est passé entre Cecily et Tate quand il s'est servi de cet argument à propos de la différence. Cela ne marchera pas avec moi. Nous nous aimons trop pour nous soucier de détails aussi secondaires. Dis oui. Nous verrons le reste plus tard.

— Mais il y aura des soirées à donner, des…

Il lui coupa la parole d'un baiser.

— Je ne connais pas les usages du grand monde, protesta-t-elle encore.

Les lèvres de Matt se posèrent de nouveau sur les siennes, chaudes et conquérantes.

Vibrant de tout son corps, Leta s'agrippa à ses épaules puissantes, et s'abandonna aux mains expertes qui caressaient son dos, la plaquaient contre ce corps viril qui, aujourd'hui encore, avait le pouvoir d'éveiller en elle de brûlantes sensations.

— Oh, et puis zut..., dit-elle, tandis qu'ils faisaient une pause pour reprendre leur souffle.

Il rejeta un instant la tête en arrière pour scruter son visage.

— Est-ce que ça veut dire oui ?

— Oui, mille fois oui, Matt. Je veux devenir ta femme. Et très vite.

Elle lui tendit alors ses lèvres, et ils s'embrassèrent longuement, passionnément, goûtant la joie de se retrouver, de savoir qu'ils avaient encore de belles années devant eux.

Lorsqu'elle vit revenir Leta avec les lèvres gonflées et le regard perdu dans le vague, Cecily comprit immédiatement ce qui s'était passé entre Matt et elle, et ce fut sans surprise qu'elle accueillit la nouvelle de leur prochain mariage.

Rien n'aurait pu lui faire plus plaisir et ses félicitations furent sincères, même si elle ne pouvait s'empêcher d'éprouver un petit pincement au cœur en songeant qu'elle aussi aurait pu connaître ce bonheur avec Tate.

Elle fut beaucoup plus étonnée, en revanche, lorsque le lendemain, à l'issue du dîner chez Matt, Leta annonça son intention de s'installer chez ce dernier. A présent qu'ils s'étaient retrouvés, ils ne voulaient plus être séparés un seul instant.

Quelques jours plus tard, lorsque la sonnette retentit

au moment où elle sortait de la douche, Cecily pensa tout naturellement que Leta venait lui rendre visite. Enveloppée dans un long peignoir de bain, ses courtes boucles blondes encore ruisselantes d'eau, elle se précipita pieds nus dans le couloir.

Sans penser à vérifier l'identité de son visiteur dans le judas, elle ouvrit la porte en grand, et se trouva nez à nez avec Colby.

— Entre, dit-elle. J'ai plein de trucs à te raconter.

Le tirant avec enthousiasme par le bras, elle l'entraîna dans le salon.

— Moi aussi, j'ai quelque chose à te dire, annonça-t-il d'un ton maussade. Et je crois que ça ne va pas te plaire.

Elle l'enveloppa d'un regard surpris et prit conscience qu'il n'avait pas l'air dans son état normal.

— D'où viens-tu comme ça ?

— De chez Matt Holden. J'ai fait un petit travail pour lui, concernant notre ami Tom Black Knife. Tout va bien, j'ai réussi à dénicher un témoin, et Tom devrait s'en sortir avec un acquittement.

— Et c'est ça, ta mauvaise nouvelle ?

— Attends, tu vas voir. J'ai accepté de prendre un café, plus par politesse qu'autre chose, d'ailleurs. Et c'est comme ça que je me suis retrouvé embarqué là-dedans.

— Mais, dans quoi ? Parle, à la fin.

— Dans une dispute phénoménale entre le sénateur et son fils.

Chapitre 11

Cecily resserra la ceinture de son peignoir et prit place sur le canapé.

— Je t'écoute. Comment va Tate ?

— Il n'est plus le même homme, marmonna Colby en s'asseyant dans le fauteuil qui lui faisait face.

— Il a ses raisons, tu sais, répondit-elle, le regard empli de tristesse. Mais tu ne peux pas comprendre.

— Tu veux parier ? Il a traité Matt de tous les noms, puis il s'en est pris à sa mère. Il était furieux qu'elle lui ait caché si longtemps la vérité au sujet de son véritable père, et qu'elle lui ait raccroché au nez quand il a essayé d'en discuter avec elle. Mais ça a été encore pire quand il a découvert que Leta s'était installée chez Holden et qu'ils allaient se marier.

— Que s'est-il passé ?

— Holden et Matt se sont battus, Leta les a séparés, et Tate est parti furieux, en jurant qu'il ne leur parlerait plus jamais.

Connaissant Tate, c'était plus ou moins ce à quoi Cecily, s'attendait, mais elle se sentait désolée pour ses amis.

— Tu sais où il est allé ?

— Il n'a rien dit. Et je n'ai rien osé lui demander, ajouta-t-il avec une grimace. Nous sommes plutôt en froid depuis quelque temps.

— Quelle pagaille !

— Ça finira par s'arranger. Les gens se disputent, se réconcilient… C'est la vie.

— Tate n'oublie pas facilement.

— Il peut essayer de faire un effort pour rejoindre la race humaine, non ?

Tout à coup, il enveloppa Cecily d'un regard surpris.

— Mais dis donc, qu'est-ce que tu fais en peignoir à cette heure-ci ? Tu ne travailles pas, aujourd'hui.

Elle haussa les épaules.

— Je ne me sens pas très en forme. Ce n'est rien, précisa-t-elle en hâte en voyant son air alarmé. Juste quelques nausées matinales.

— Pardon ?

Elle croisa son regard choqué.

— Eh oui, tu as bien entendu. Allez, vas-y, demande-moi qui est le père.

— Tu me prends pour un idiot ?

Elle passa les doigts dans sa courte chevelure et soupira.

— Il n'est pas au courant, et je t'interdis de lui en parler.

Il hocha la tête.

— Comme tu veux. Mais qu'est-ce que tu vas faire ?

— Je n'en ai pas la moindre idée. Il va falloir que je

déménage et que j'évite la compagnie de Leta pendant quelque temps. Je ne veux pas prendre le risque qu'elle en parle à Tate.

— On peut se marier, si tu veux.

— Merci, Colby, mais ce n'est pas une solution, et tu le sais, dit-elle, attendrie malgré elle.

— Tant pis… Mais sache que l'offre n'est pas limitée dans le temps. Et j'adore les enfants.

— Moi aussi, dit-elle d'un ton rêveur. Garçon ou fille, je serai ravie.

— Tu ne vas vraiment pas en parler à Tate ?

Troublée par la question, elle hésita.

— Pas pour le moment, en tout cas. Il ne me parle plus. Il m'a dit qu'il ne pourrait pas oublier ma trahison, et qu'il ne me pardonnerait jamais. Et je suis sûre qu'il était sincère.

— C'est complètement stupide.

— Va le lui dire, si tu le trouves. J'ai essayé de m'expliquer, mais il ne veut rien savoir. Bon, je vais me changer et faire des toasts. Tu en veux ?

— Je m'en occupe.

Quelques minutes plus tard, vêtue d'une robe ample et de chaussures confortables, Cecily regagna la cuisine, où flottait une délicieuse odeur de café et de pain grillé.

— J'espère qu'il est fort, dit-elle. Il faudra bien ça pour me tirer de ma torpeur.

— C'est du décaféiné. Le café est mauvais pour toi.

— Merci, maman Lane, dit-elle sur le ton de la plaisanterie.

Il lui fit une grimace puis redevint sérieux.

— Tate et moi partagions tout autrefois. Mais qu'il fasse la tête s'il en a envie. Pendant ce temps-là, c'est moi qui profiterai de son bébé. Et s'il ne revient pas, je me l'approprierai. Et sa maman avec…

— Ne t'emballe pas, dit Cecily avec affection. Tu pourras être son parrain si tu veux, mais j'élèverai mon enfant toute seule. Mais attention ! Si c'est un garçon, je ne veux pas que tu lui offres des reproductions d'armes à feu ou des jeux de simulation de combat.

Il soupira.

— Qu'est-ce que tu peux être rabat-joie ! Où est passé ton sens de l'aventure ?

— On m'avait souvent dit qu'avoir un enfant changeait complètement les gens, et je ne le croyais pas. Maintenant, je me rends compte que c'est vrai. C'est une telle responsabilité…

Elle but une gorgée de café puis mordit dans le toast que Colby venait de beurrer pour elle.

— Tu ne sais vraiment pas où il pourrait être ? demanda-t-elle, en dépit de ses résolutions.

— Désolé, Cecily.

— Pauvre Leta.

— Matt s'occupe d'elle.

— Et vice versa. C'est incroyable de se retrouver comme ça, trente-six ans après.

— Oui…

Depuis quelques secondes, Colby jouait avec son couteau, l'air soucieux.

— Qu'y a-t-il encore ?

— Je ne t'ai pas dit ce pourquoi j'étais venu.

— Eh bien ?

— La nouvelle a éclaté ce matin, au journal télévisé de 7 heures. Je suppose que c'est aussi dans tous les journaux.

— A propos du sénateur Holden ?

— Et de son fils illégitime… Imagine la réaction de Tate. Tu sais combien il déteste la publicité.

Elle en laissa tomber son toast.

— Bon sang !

— Ils te trouveront aussi, tôt ou tard. Il vaut mieux que tu te prépares à répondre à leurs questions.

— C'est une bonne chose que je n'aie pas encore annoncé ma grossesse, je suppose.

— C'est certain. Un bébé ajouterait sûrement une jolie touche au scandale. Qu'est-ce que tu dirais que Tate découvre ça dans la presse ?

Un frisson la parcourut.

— Ne parle pas de malheur.

Colby termina son café et se leva.

— Eh bien, sur ces bonnes paroles, je vais te laisser. J'ai un avion à 18 heures, et je ne serai pas de retour avant deux ou trois semaines.

— Tu pars encore ?

— Eh oui, ma chère. Et, comme d'habitude, je ne peux pas te dire où.

La nouvelle était dans tous les journaux lorsque Cecily se rendit à son bureau, en début d'après-midi. Certains articles étaient moins insidieux que d'autres, mais il n'en restait pas moins que tout Washington faisait des gorges chaudes de la mésaventure du sénateur.

Tate fut épargné grâce à une mission fort opportunément décidée au dernier moment par Pierce Hutton.

Audrey fut assaillie par les demandes d'interviews, ce qui fit évidemment son bonheur, et elle ne se priva pas de réécrire l'histoire à sa façon.

Matt et Leta firent face avec dignité.

Puis, tout à coup, la presse s'abattit sur Cecily, et elle découvrit combien il était terrifiant de se retrouver ainsi mise sur la sellette. Les journalistes voulurent savoir quels étaient ses liens avec Tate, et quand ils découvrirent qu'il avait payé ses études, la rumeur se répandit qu'ils avaient été amants.

C'était vrai, d'une certaine façon, mais pas du tout dans le sens où ils le présentaient. Finalement, on parla de détournement de mineure et Tate fut même accusé de l'avoir transformée en esclave sexuelle.

Audrey l'appela au bureau, folle de rage, l'accusant de répandre de fausses informations.

— Vous imaginez bien que Tate est furieux, dit-elle d'un ton acerbe. Je l'ai appelé à Nassau, pour le prévenir, et il était hors de lui. Ce que vous essayez de faire pour attirer son attention est vraiment pathétique.

— Je n'ai rien dit à la presse, répliqua Cecily. On ne peut pas en dire autant de vous, mademoiselle Gannon.

— Mais je n'ai rien inventé. C'est à peine si j'ai anticipé la vérité. Tate vient de me demander de l'épouser.

— Quoi ?

Audrey eut un rire sarcastique.

— Pauvre petite Cecily… Vous n'imaginiez quand même pas que vous aviez vos chances avec lui ? Il a eu pitié de vous, mais c'est moi qu'il aime. Et le fait qu'il ne soit pas un Sioux de race pure lui permet d'épouser une Blanche. Lui-même est presque blanc, d'ailleurs.

Cecily aurait voulu pouvoir l'étrangler.

— C'est ce qui vous plaît de croire, n'est-ce pas ? Mais vous oubliez que sa mère est une Lakota.

— Je reconnais que sa mère est une gêne, répondit Audrey avec cynisme. Mais puisqu'il ne lui parle plus, le problème est réglé. En tout cas, tenez-vous à l'écart de Tate, à présent, ou bien vous le regretterez. Ne l'appelez pas, ne venez pas le voir, et ne vous attendez pas non plus à recevoir une invitation à notre mariage. Nous avons prévu la cérémonie pour Noël.

Elle raccrocha avant que Cecily ait pu réagir. Ainsi, il était allé jusque-là. Il allait épouser cette horrible femme.

Les mâchoires crispées, elle raccrocha avec une telle force le téléphone qu'elle se fit mal à la main.

— Tu es le pire châtiment qui pouvait s'abattre sur lui, et il ne méritait pas ça…, marmonna-t-elle. Je ne te souhaiterais même pas à mon pire ennemi.

Le téléphone sonna de nouveau, et elle décrocha, prête à incendier Audrey. Mais il s'agissait d'un journaliste qui voulait savoir si elle avait eu des relations sexuelles avec Tate alors qu'elle était encore lycéenne.

— Absolument pas, dit-elle sèchement. Mais si vous voulez un scoop, Tate Winthrop va épouser, à Noël, la reine des rallyes mondains, Mlle Audrey Gannon. Et tous mes vœux les accompagnent.

La presse fit bien évidemment ses choux gras de ce nouveau rebondissement, et Cecily dut retenir ses larmes chaque fois qu'elle tombait sur le ravissant visage d'Audrey en première page des journaux.

Les journalistes, jugeant qu'Audrey était bien plus photogénique et coopérative que Cecily, laissèrent tomber celle-ci comme une vieille chaussette.

Audrey, de son côté, révéla des détails intimes de sa relation avec Tate qui rendirent Cecily malade, et pour finir elle décida de ne plus rien lire au sujet du mariage. Tate avait pris sa décision et elle devait apprendre à vivre avec.

Le mariage de Matt et Leta fut programmé pour la semaine suivante. Colby, qui avait été mis au courant, appela Cecily pour lui proposer de revenir au cas où Tate ferait son apparition, mais elle lui dit que ce n'était pas nécessaire.

— Je n'ai pas peur de lui, Colby. De toute façon, je doute qu'il vienne. Tu n'es pas obligé de tout laisser tomber pour moi, même si j'apprécie ta proposition.

— Sois prudente. Les hommes que nous avons fait arrêter ont des relations puissantes et ils pourraient vouloir se venger.

— Je ne crains rien. J'ai des verrous solides, et je n'hésiterai pas à appeler la police en cas de besoin.

Colby laissa passer un silence.

— Fais quand même attention.

— Mais oui…

Elle hésita.

— Colby, tu sais quelque chose que j'ignore ?

Il y eut une nouvelle pause à l'autre bout de la ligne.

— Je n'ai encore rien de précis, mais je pense qu'une action de représailles se prépare. Sois prudente, très prudente…

— D'accord. Et toi aussi.

— Je suis un vieux dur à cuire. Sinon, je ne serais plus de ce monde depuis longtemps. Bon, et à part ça, comment te sens-tu ?

— Ça va.

— J'espère que tu te nourris convenablement et que tu prends tes vitamines.

— Arrête de me materner.

— Il faut bien que quelqu'un le fasse. A bientôt, ma belle…

— J'espère bien.

Elle allait se sentir bien seule sans Colby, songea-t-elle après avoir raccroché. Heureusement, elle avait suffisamment de travail pour s'occuper.

Elle se demanda où était Tate, et comment il vivait ce raz de marée médiatique. Quant au choc qu'avait été pour lui la révélation de ses véritables origines, sans doute finirait-il par le surmonter. Mais, à en juger d'après l'état où il se trouvait quand il avait fait irruption dans son bureau, il avait encore un long chemin à parcourir avant d'accepter son sort.

*
* *

Cecily se rendit à la cérémonie de mariage dans une ravissante robe de soie bleue, d'une taille supérieure à celle qu'elle portait d'ordinaire. Comme par ailleurs il faisait assez froid, elle put porter un manteau. Elle avait choisi un trench de cuir assez ample pour dissimuler l'épaississement de sa taille.

Indifférente à la meute de journalistes, elle entra dans l'église la tête haute et la démarche assurée. Depuis l'annonce du mariage d'Audrey et Tate, elle n'était plus importunée, mais elle craignait qu'on veuille l'interviewer.

Elle avait vu de quelle manière le sénateur avait été pourchassé par les médias, et elle le plaignait de tout son cœur. Matt avait fini par céder et avait accordé l'exclusivité à l'une des publications les plus sérieuses. Ensuite, il lui avait été un peu plus facile de se montrer en public avec Leta. Cette dernière avait profité de la publicité ainsi faite pour exposer les difficultés de la réserve de Wapiti Ridge, et Cecily s'était réjouie de son esprit d'à-propos.

L'église était presque vide, la plupart des amis de Matt n'ayant pas osé affronter la presse. Cecily hésita quelques instants après avoir franchi la porte et les futurs mariés vinrent la chercher. Matt avait encore une légère ecchymose à la joue — souvenir de sa bagarre avec son fils —, mais son visage rayonnait de bonheur, et il tenait Leta par la main comme s'il avait peur qu'elle lui échappe.

Cecily embrassa avec émotion sa mère adoptive et la complimenta sur son élégant tailleur vert amande et sa jolie coiffure.

— Il ne viendra pas, dit tristement Leta. Nous lui avons envoyé une invitation, mais il n'a pas répondu.

Elle parlait de son fils, bien sûr, et Cecily lui tapota l'épaule d'un geste rassurant.

— Eh bien moi, je suis venue.

Elle remarqua soudain que Matt l'observait avec curiosité. A cet instant, la ressemblance avec son fils était sidérante, et elle sentit son cœur se serrer. Tate lui manquait tellement.

— Vous allez bien ? demanda Matt.

— Aussi bien que possible. J'espérais seulement que Tate serait là et que je pourrais lui parler.

— On peut toujours rêver..., grommela-t-il. Je suppose que vous êtes au courant de ce qui s'est passé entre nous ?

Elle acquiesça.

— Il paraît que vous ne manquez pas de répondant.

Il grimaça, effleurant machinalement sa joue.

— Je ne voulais pas m'énerver, mais il m'avait tellement agacé... Je crois que je n'ai fait qu'envenimer les choses, ajouta-t-il, l'air contrit, en passant un bras autour de la taille de Leta.

— Ça ne peut pas être pire que ça, murmura cette dernière. Regarde par la porte, et tu comprendras ce que je veux dire.

— Au moins, nous pouvons compter sur la police pour les empêcher d'entrer, répliqua Matt.

Puis il se tourna vers l'autel, et son visage s'éclaira car il avait aperçu le prêtre.

— Allons-y, Leta.

Serrant sa main, celle-ci se pencha vers Cecily.

— Souhaite-nous bonne chance.

— Vous n'en avez pas besoin, répondit-elle avec affection. Je suis contente que tout se soit arrangé pour vous.

— Tout n'est pas encore réglé, dit Matt, mais nous en parlerons plus tard. Nous allons déjeuner au Carlton avec quelques-uns des membres seniors du Congrès qui sont venus m'apporter leur soutien. Voulez-vous nous accompagner ?

— Malheureusement, cela ne va pas être possible. Je me suis absentée juste le temps de la cérémonie. Le Pr Phillips est en voyage et j'attends une délégation au musée pour discuter des prochaines expositions.

— Ne vous laissez pas influencer, et dites à Phillips que je vous soutiens. En tant que principal mécène privé, je crois que j'ai mon mot à dire.

— D'accord.

Puis, s'asseyant au fond de l'église, elle suivit avec émotion la courte cérémonie.

Elle ne sut pas à quel moment exactement elle prit conscience qu'elle n'était plus seule, mais elle ressentit soudain des picotements dans la nuque et eut l'impression d'être surveillée.

Jetant un coup d'œil par-dessus son épaule, elle vit Tate appuyé contre une colonne.

Très élégant dans un costume anthracite, un trench jeté en travers de son bras, il observait la cérémonie d'un air sombre. Il avait quelque chose de changé, mais Cecily ne parvenait pas à déterminer quoi.

Et, tout à coup, elle comprit.

Il avait coupé ses cheveux.

Tandis qu'elle le scrutait intensément, dévorée de curiosité, il la jaugea d'un regard presque désagréable.

Elle n'avait pas l'intention de se rapetisser sur son siège, lui laissant croire qu'elle avait peur de lui. Ignorant la solennité du moment, elle se leva et alla le rejoindre.

— Alors, tu es venu, finalement.

Il baissa les yeux vers elle, notant sans doute son changement d'apparence. Elle crut le voir ciller, mais sans doute était-ce un effet de lumière.

Reportant son attention sur la cérémonie, il ne dit pas un mot. Il n'en avait pas besoin. Il avait coupé sa longue chevelure de guerrier, et dans sa culture — ou tout au moins celle à laquelle il croyait appartenir jusqu'à ces derniers jours —, c'était un signe de chagrin.

Elle connaissait parfaitement les sentiments qu'il éprouvait, la souffrance cruelle d'avoir été trahi par ceux qu'il aimait, l'impression d'être seul au monde, et elle avait envie de lui dire qu'ils s'estomperaient petit à petit. Elle aurait voulu lui dire qu'il valait mieux connaître la vérité que de bâtir sa vie sur un mensonge. Elle aurait voulu lui dire aussi que partager plusieurs cultures n'était pas un drame.

Mais il se tenait aussi raide qu'une statue, les mâchoires crispées, faisant mine de ne pas remarquer sa présence.

— Félicitations pour ton prochain mariage, au fait, reprit-elle, sans une trace d'amertume dans la voix. Je suis très heureuse pour toi.

Il la toisa avec froideur.

— C'est insensé ce que tu as dit à la presse. Je suis

d'ailleurs surpris de l'étendue de tes manigances pour me récupérer.

— Quelles manigances ?

— Inventer une telle histoire… Je pourrais te haïr pour ça…

Il faisait probablement allusion à cette stupide accusation de détournement de mineure, songea-t-elle.

— Et moi, je pourrais te haïr de me croire capable d'une chose pareille…

Tate contenait sa colère à grand-peine. Elle avait déversé son fiel dans la presse, lui infligeant une humiliation dont il n'était toujours pas remis.

Le summum avait été atteint lorsqu'elle avait prétendu qu'ils étaient déjà amants quand elle allait au lycée. Quant à savoir pourquoi elle avait inventé cette rocambolesque histoire de mariage à Noël, cela dépassait son entendement.

Naturellement, Audrey ne le lâchait plus d'une semelle et confirmait à qui voulait l'entendre que leur mariage était imminent, ce qui le rendait malade. Il ne pouvait plus la supporter et se demandait comment diable il allait faire pour s'en débarrasser, mais il n'était évidemment pas question qu'il avoue cela à Cecily.

Il faillit réagir à sa remarque, puis se dit qu'elle ne valait même pas la peine qu'il perde son temps avec elle et reporta son attention sur le couple qui se tenait devant l'autel.

Après quelques secondes, Cecily regagna sa place et ne lui adressa plus un regard.

Il resta seul au fond de l'église, niché dans le cocon

de sa colère et de son ressentiment, essayant par tous les moyens de les raviver.

Il détestait l'homme qui se trouvait être son véritable père. Il en voulait à sa mère de lui avoir menti pendant si longtemps. Et il haïssait Cecily pour avoir pris part à cette mise en scène et s'être ensuite confiée aux pires journaux à scandales.

Il ne savait même pas ce qu'il faisait là. Le sens du devoir, sans doute.

Malgré lui, son regard vint de nouveau se poser sur Cecily. Il avait remarqué tout de suite qu'elle avait coupé ses cheveux et il se demandait pourquoi.

Contrairement à lui, il doutait que ce soit une façon d'exprimer sa douleur. Elle passait beaucoup de temps avec Colby. Peut-être aimait-il mieux ce genre de coiffure.

L'idée qu'elle puisse être avec un autre homme que lui avait quelque chose d'insupportable après ce qu'ils avaient partagé.

De toute façon, tout l'affectait profondément depuis quelque temps, et il se sentait incroyablement déprimé. Au fond de lui, une petite voix essayait de le convaincre que c'était une bonne chose de connaître sa véritable parenté, mais la colère l'empêchait de raisonner sereinement, et il se demandait si la douleur cesserait un jour.

Quelques minutes plus tard, le prêtre déclarait Leta et Matt Holden mari et femme.

Prenant soin de ne pas regarder derrière elle, Cecily alla rejoindre le couple pour le féliciter.

Au moment où Matt allait la serrer dans ses bras, elle

sentit qu'il enfonçait les doigts dans ses épaules et vit son regard s'assombrir.

— Il ne manquait plus que ça, marmonna-t-il entre ses dents.

Cecily tourna la tête et son cœur fit un bond quand elle vit Audrey agrippée au bras de Tate. Elle comprit alors pourquoi il s'était montré aussi peu communicatif.

Il attendait sa fiancée.

Atterrée, elle eut l'impression qu'un poids immense s'abattait sur elle, tandis que ses dernières bribes d'espoir s'envolaient. Elle savait à présent qu'Audrey n'avait pas menti au sujet de leur relation.

Ils accordèrent un dernier regard à Leta et Matt, avant de s'éloigner pour quitter l'église. Tate ne regarda pas en arrière, contrairement à Audrey qui se permit un petit sourire narquois, dont Cecily ne doutait pas qu'il lui était destiné.

— Il est quand même venu…, dit Leta, en essayant de se montrer enthousiaste. C'est un premier pas vers la réconciliation.

Matt la contempla comme s'il allait dire quelque chose et se ravisa.

Trois semaines s'écoulèrent sans que Cecily puisse oublier la douloureuse confrontation qui avait achevé de détruire le rêve de sa vie. Tate était apparemment à l'étranger, et elle n'avait pas eu de nouvelles de Colby.

Un vendredi après-midi, alors qu'elle écoutait les doléances d'une association d'Amérindiens du Montana, de petits flocons de neige commencèrent à saupoudrer l'herbe sous ses fenêtres.

Elle se sentait très fatiguée par sa grossesse et elle aurait bien aimé pouvoir se reposer, mais cette délégation s'était présentée après le déjeuner, forçant presque sa porte, afin de protester contre l'exposition d'objets offerts au musée par les anciens de la tribu.

Ils ne faisaient pas partie du conseil tribal, mais se considéraient comme des militants de la cause indienne et paraissaient assez menaçants.

Cecily parvint à les raisonner, faisant preuve d'une connaissance approfondie de leurs problèmes, ce qui parut les surprendre agréablement, puis elle leur fit même quelques suggestions qu'ils écoutèrent avec intérêt.

En sortant, le plus âgé du groupe la remercia, et elle se sentit fière d'avoir pu être utile.

Dehors, des flocons de neige tourbillonnaient dans l'air, créant autour des réverbères un halo irréel.

Ce n'était pas une situation extraordinaire pour un mois de novembre à Washington, mais elle n'avait pas écouté le bulletin météo avant de partir travailler et elle s'en mordait les doigts. Avec ses fines ballerines à la semelle de cuir, traverser le parking avait tout du parcours du combattant.

Serrant son manteau contre elle, elle avançait à pas lents pour gagner sa voiture, en prenant garde où elle mettait les pieds.

Comme toujours, ses pensées la ramenèrent vers Tate,

et elle se demanda s'il avait eu le message qu'elle avait laissé sur son répondeur. Elle tenait absolument à lui dire qu'elle n'était pas responsable de tout ce qui s'était dit sur eux dans la presse. Elle souhaitait aussi qu'il soit informé que c'était Audrey qui avait parlé du mariage la première, et qu'elle n'avait fait que relayer l'information.

Cela ne changerait probablement rien, mais elle voulait que les choses soient claires. Elle n'était pas assez vicieuse pour tenir de tels propos, surtout en sachant combien il tenait à sa vie privée.

Comme elle avançait en regardant ses pieds, elle entendit la voiture au dernier moment.

Levant les yeux, elle fut aveuglée par les phares et ne dut qu'à son instinct de survie de bondir sur le côté. Mais son pied se déroba sous elle, et un cri de douleur lui échappa avant qu'elle ne heurte lourdement le sol glacé.

Puis tout devint noir.

Elle reprit connaissance aux urgences. Ses mains se portèrent aussitôt à son ventre, et elle regarda autour d'elle, cherchant quelqu'un pour la rassurer.

Une jeune infirmière surprit son regard et lui sourit.

— Tout va bien, dit-elle d'un ton apaisant. Le bébé n'a rien.

Relâchant son souffle, Cecily remercia le ciel pour ce miracle.

— Toutefois, vous avez quelques ecchymoses et une entorse au poignet. Ce n'est pas très grave, mais nous allons quand même vous garder cette nuit par mesure de précaution.

— J'ai très mal à la tête, murmura Cecily.

— Le médecin vous prescrira quelque chose. Avez-vous quelqu'un à prévenir ? De la famille ?

Epuisée, elle ferma les paupières.

— Je n'ai pas de famille, dit-elle d'une voix faible. Personne.

Leta aurait été choquée d'entendre cela. Il ne faisait aucun doute qu'elle serait venue immédiatement, mais Cecily ne tenait pas à la déranger pendant son voyage de noces. Matt et elle étaient partis en croisière à Nassau et elle ne voulait pas les obliger à revenir précipitamment.

Et puis, sa famille à présent, c'était son bébé.

Ils la laissèrent sortir le lendemain, après une batterie de tests, et le bras en écharpe. Heureusement, comme il s'agissait du poignet gauche, elle allait pouvoir reprendre très vite le travail.

Aucun journaliste ne s'était déplacé pour elle, fort heureusement. Il est vrai qu'un nouveau scandale avait éclaté, encore plus croustillant que les mésaventures du sénateur Matt Holden reléguées aux oubliettes.

La vie reprit son cours, rythmée par les journées au musée. Il arrivait parfois à Cecily de se demander où Tate avait bien pu disparaître. Sans doute roucoulait-il avec Audrey dans un endroit retiré du monde. Le fait que celle-ci l'ait accompagné au mariage de ses parents n'était pas innocent. C'était une façon de lui faire comprendre à elle, Cecily, qu'elle ne comptait absolument plus pour lui.

Quant à ce qui s'était passé dans le parking, elle ne savait vraiment pas quoi faire. Sans doute devrait-elle en parler à quelqu'un car si le conducteur avait essayé de la tuer, il recommencerait à la première occasion. Les seules personnes capables d'agir ainsi ne pouvaient être que les membres du syndicat dont le chef était en prison, attendant son procès. C'était terrifiant de penser que quelqu'un, là, dehors, pouvait vouloir sa mort.

Un matin, alors qu'elle s'apprêtait à déjeuner, vêtue d'un informe pantalon de jogging en molleton gris et d'un vieux T-shirt, on sonna à la porte. Elle pensa aussitôt qu'il s'agissait de Colby et en éprouva un vif sentiment de soulagement. Elle pourrait lui raconter ce qui était arrivé, et il saurait quoi faire.

Aussi ouvrit-elle la porte, un large sourire aux lèvres, mais celui-ci se figea quand elle aperçut Tate. Vêtu d'un jean noir et d'un pull à col roulé gris anthracite sous son épaisse canadienne de cuir noir, il était très élégant en dépit de sa tenue somme toute assez simple. Et avec ses cheveux courts, il ne ressemblait plus du tout à un Lakota.

— Que veux-tu ? demanda Cecily.

Il soupira.

— J'ai besoin de te parler.

— Nous n'avons plus rien à nous dire.

— Au contraire ! dit-il d'un ton sec. J'ai appris que tu étais allée à l'hôpital. On t'y a conduite en ambulance pour une chute.

— J'ai glissé sur la neige, répondit-elle, tout en se demandant comment il pouvait être au courant.

— Tu as dit au personnel des urgences que tu n'avais pas de famille.

— Et c'est la vérité, je n'ai personne. A part peut-être Leta, mais elle est en voyage de noces avec Matt à Nassau. Je ne voulais pas les déranger.

Tate prit appui contre l'encadrement de la porte, l'air contrarié.

— Peu importe les désaccords que nous avons eus, déclara-t-il. Tu feras toujours partie de ma famille.

Elle se demanda ce qu'il avait pensé de son message, faillit poser la question et se ravisa.

— Je suis fatiguée, dit-elle, le menton levé, sans sourire. Si c'est tout ce que tu avais à me dire…

Il parut étrangement gêné.

— Non, ce n'est pas tout. Et ce serait plus facile d'en parler si tu me laissais entrer.

Elle n'en avait pas envie. Elle était fatiguée, souffrante, et le simple fait de le voir ravivait son chagrin.

— Va-t'en, Tate, s'il te plaît. Nous nous sommes déjà dit tout ce qu'il y avait à se dire. Retourne à ta vie, et laisse-moi trouver la paix.

— C'est impossible.

Il la poussa gentiment à l'intérieur et ferma la porte, l'air indéchiffrable.

— J'avais chargé quelqu'un de te surveiller quand l'histoire est devenue publique. Tu n'as pas glissé sur la neige, Cecily. Une voiture a foncé sur toi et a essayé de te tuer. Tu vas me raconter exactement ce qui s'est passé. Et tout de suite !

Chapitre 12

Avec un soupir de résignation, Cecily précéda Tate vers le salon et lui désigna le canapé. Elle-même prit place dans un fauteuil, en essayant de dissimuler son chagrin et son ressentiment.

Si seulement son rythme cardiaque pouvait se calmer, si elle pouvait lutter contre ce trouble qui l'envahissait au souvenir de l'intimité qu'ils avaient partagée…

Mais Tate n'était venu prendre de ses nouvelles qu'au nom de leur ancienne amitié.

— Je t'écoute, dit-il en posant au passage sa canadienne sur le dossier d'une chaise.

Elle soupira.

— Eh bien, je me dirigeais vers ma voiture. Puis j'ai entendu un moteur, alors j'ai relevé les yeux et j'ai vu une voiture de couleur sombre se diriger droit sur moi. J'ai fait un bond sur le côté, glissé dans la neige, et je me suis tordu le poignet en tombant.

Elle tendit le bras pour lui montrer son bandage.

— Ils m'ont gardé en observation une nuit. Et voilà…

Tate scruta avec attention son visage, persuadé qu'elle ne lui disait pas tout.

Elle était très pâle, visiblement fatiguée et inquiète, et il ne pouvait s'empêcher d'éprouver un élan de tendresse envers elle.

— Tu as vraiment demandé au médecin de ne communiquer aucune information sur ton état de santé ? Pourquoi ?

Cecily fronça les sourcils. Les incursions incessantes de la presse dans sa vie privée l'avaient rendue méfiante, et elle ne voulait pas que sa grossesse soit découverte.

Elle soutint son regard, en s'efforçant de ne rien laisser paraître de son malaise.

— Parce que cela ne regarde que moi.

L'expression de Tate était si sombre, qu'elle se sentit obligée d'ajouter :

— Je n'ai rien de grave, si c'est ce qui te préoccupe.

Il eut l'air de se détendre un peu. Mais pas complètement.

Il se pencha en avant, les avant-bras en appui sur les cuisses.

— Qui pourrait avoir des raisons de vouloir ta mort ?

— Je ne crois pas avoir d'ennemis, dit-elle en croisant les mains sur son estomac. Il s'agit peut-être de quelqu'un qui en voulait à Colby. Tout le monde sait que nous sommes proches.

C'était une des craintes qu'elle n'avait pas osé exprimer jusqu'alors.

— Oui, c'est le moins qu'on puisse dire, commenta

Tate entre ses dents. Donc, tu penses qu'ils essayaient d'atteindre Colby à travers toi.

Comme elle hochait la tête, il ajouta :

— C'est peut-être quand même un peu alambiqué.

— Pas tant que ça. Ça pouvait tout aussi bien me viser. Ou même le sénateur Holden.

— J'y ai pensé.

— Moi aussi, figure-toi.

Elle s'agita sur son siège, à la recherche d'une position plus confortable.

— Tu crois que je pourrais bénéficier du programme de protection des témoins ?

Il grimaça.

— Ça m'étonnerait beaucoup. Tu n'as rien vu dont tu pourrais témoigner.

— Dans ce cas, puisque tu me fais surveiller, est-ce que je peux au moins compter sur mon garde du corps anonyme pour sortir une arme en cas de besoin ?

— Bien sûr. Mais tu es sous ma responsabilité.

— Pas du tout ! dit-elle d'un ton calme, mais le regard lançant des éclairs. Je l'ai été pendant huit ans, mais c'est fini. Je vis seule, et je sais comment prendre soin de moi. Tout ce dont j'ai besoin, c'est que quelqu'un assure ma protection de loin, jusqu'au procès des instigateurs du complot.

L'expression de Tate n'avait rien de rassurant.

— Cecily, tu n'as pas l'air de te rendre compte que des quantités de gens échappent à la prison grâce à des vices de procédure ou des jurés influençables. Rien ne prouve qu'ils seront condamnés. Et même si c'était le cas, ces types ont des quantités d'amis à l'extérieur. Ils peuvent payer quelqu'un pour t'éliminer.

Cecily sentit son estomac se révulser. Ce que Tate lui dépeignait était un cauchemar.

C'était aussi bien pire que ce qu'il imaginait car il n'était pas au courant pour le bébé qu'elle portait. Si seulement elle avait pu lui en parler ! Mais elle savait que la nouvelle serait mal accueillie.

— Je ne vais pas te laisser seule, même avec un ange gardien dans l'ombre, dit Tate d'un ton qui ne supportait pas la contradiction. Donc, soit tu t'installes avec moi, soit je dors sur le canapé, à toi de choisir.

— Et je peux savoir où dormira Audrey ? demanda-t-elle froidement.

Il eut l'air exaspéré.

— Chez elle.

Il ne pouvait pas rester, songea Cecily avec angoisse. C'était totalement impossible ! Entre les nausées matinales, la fatigue constante et son ventre qui s'arrondissait, il ne faudrait pas longtemps à Tate pour comprendre.

— Je pourrais m'installer chez Matt et Leta quand ils seront rentrés.

C'était un mensonge, évidemment. Leta se rendrait compte qu'elle était enceinte à la minute où elle la verrait, mais elle espérait que cela suffirait à le rassurer.

De son côté, Tate ne doutait pas qu'elle serait en sécurité avec ses parents. Mais il était blessé de voir avec quelle détermination elle repoussait son aide. Il avait demandé à Audrey de l'accompagner au mariage parce qu'il n'avait pas le courage d'y aller seul. Peut-être aussi avait-il inconsciemment l'intention de punir Cecily pour ses mensonges. Toutefois, il avait compris très vite son erreur. Audrey était devenue tellement possessive et jalouse qu'elle faisait de sa vie un enfer, si bien qu'il multipliait les missions à l'étranger pour l'éviter.

Il avait envie de le dire à Cecily, mais son expression lui disait qu'elle ne le croirait pas, et il ne pouvait lui en vouloir. Il avait laissé planer trop de doutes sur sa relation avec Audrey. Il avait joué un jeu dangereux et ses erreurs revenaient le hanter.

— Ou je pourrais m'installer chez Colby quand il reviendra, ajouta délibérément Cecily en parvenant même à sourire. Il s'occupera de moi.

Le regard de Tate s'assombrit.

— Il est à peine capable de s'occuper de lui. C'est une âme perdue qui ne peut pas se détacher du passé, ni envisager l'avenir sans Maureen. Il n'est pas prêt pour une autre relation, même s'il prétend le contraire.

— Je peux compter sur Colby. Je sais qu'il m'aidera si j'en ai besoin.

Il eut un soupir de frustration.

— Mais moi, tu ne veux pas que je t'aide…

— La différence, c'est que Colby ne vit pas avec quelqu'un qui risquerait de lui reprocher le temps qu'il passe avec moi.

Une lueur de colère passa dans le regard de Tate.

— Tu ne peux pas t'empêcher de remuer le couteau dans la plaie, n'est-ce pas ?

Cecily parvint à garder l'air indifférent.

— Tu as ta vie, Tate, et je n'en fais plus partie. Tu as été assez clair là-dessus.

Il serra les mâchoires.

— C'est vraiment aussi simple que ça pour toi de te débarrasser du passé ?

— C'est ce que tu voulais, non ? dit-elle, éprouvant un plaisir pervers à le voir tiquer. Tu m'as dit que tu n'oublierais jamais et que tu ne pourrais pas pardonner. Je t'ai pris au mot. Je garderai toujours un bon souvenir de mes années avec Leta et toi, mais je suis une adulte, maintenant. J'ai une carrière, un avenir… J'ai exigé de toi un gros effort financier, sans le savoir, et à présent que je gagne ma vie…

— Pour l'amour du ciel !

Il se leva et se mit à faire les cent pas, les mains enfoncées dans les poches.

— J'aurais pu t'envoyer à Harvard sans que ça grève mon budget !

— Tu ne comprends rien ! protesta-t-elle.

Depuis quelques secondes, elle luttait contre un début de nausée et priait pour qu'elle ne soit pas obligée de courir à la salle de bains.

— J'aurais pu travailler pour financer mes études, mon appartement, mes dépenses. Mais tu m'as obligée à dépendre de toi, et jamais je ne pourrai te rendre tout ça.

Il s'arrêta net et planta son regard dans le sien.

— Est-ce que je te l'ai demandé ?

— Tu es le portrait de Matt quand tu fulmines comme ça, dit-elle sans pouvoir réprimer un sourire.

Voyant une étincelle de rébellion s'allumer dans le regard de Tate, elle leva la main.

— Je sais, tu ne veux pas que je parle de ça. Excuse-moi…

— Tout le monde ne me parle que de ça. Je ne sais plus comment échapper aux journalistes. Quelle idée il a eue de se confesser devant le micro d'une chaîne de télévision nationale !

— Matt n'avait pas le choix. S'il avait essayé de garder le secret, la frénésie médiatique aurait été encore pire. Il occupe un poste important, et il devait penser aux conséquences de tout cela.

Tate le savait pertinemment, mais cela ne le consolait pas pour autant.

Etudiant le visage de Cecily, il eut soudain l'impression que quelque chose n'allait pas.

— Tu es malade ? demanda-t-il.

— Non. Pourquoi ?

Il se rapprocha.

— Tu es livide.

— Je couve peut-être un rhume.

Il n'y croyait pas.

Elle avait quelque chose de changé. Ce n'était pas seulement la chute ni le choc de savoir qu'on cherchait à la tuer, il en était sûr, mais il ne parvenait pas à trouver ce que c'était.

— Arrête de me regarder, dit-elle.

— Tu es différente.

Elle haussa les épaules.

— J'ai mûri. J'ai de lourdes responsabilités et de constants accrochages avec différents groupes de personnes qui n'apprécient pas nos expositions. Sans compter la concurrence d'autres musées similaires qui bénéficient de plus de donations, d'expositions plus intéressantes, et de plus d'espace… Nous sommes presque de trop.

— Vous êtes unique. C'est peut-être un petit musée, mais les questions indiennes y sont mieux comprises qu'ailleurs. Ce n'est pas un repère de bureaucrates comme c'est souvent le cas.

— Merci, dit-elle, surprise.

Il haussa les épaules tout en l'observant, les yeux plissés.

— Tu me caches quelque chose, Cecily.

Elle essaya de prendre un air nonchalant.

— Tu sais bien que c'est impossible. Tu as toujours su lire en moi.

— Je n'ai rien deviné quand tu m'as dissimulé la vérité au sujet de mon père…

Elle grimaça. Cela resterait à jamais un point douloureux entre eux, et elle savait qu'elle ne pouvait rien dire pour sa défense.

—Tu sembles oublier que toi aussi tu m'as menti, Tate. Tu as payé mes études et si Audrey ne me l'avait pas dit, je n'en aurais jamais rien su.

Ses lèvres se pincèrent en une ligne mince.

— Je n'ai rien dit pour ton bien.

— C'est la même chose pour moi. C'est parce que je ne voulais pas te faire souffrir que je n'ai rien dit au sujet de Matt.

Comme il ne répondit pas, elle poursuivit, radoucie :

— Il ne savait pas comment t'en parler. S'il l'avait pu, il aurait gardé ce secret toute ta vie. Ainsi que Leta.

— Pourquoi ?

— Parce que tu étais si fier d'être lakota. Rien n'était plus important pour toi. Ils savaient combien cela allait te blesser, et Leta craignait que tu la détestes.

— Jack Winthrop me haïssait.

— Parce qu'il ne pouvait pas avoir d'enfant à lui. Il aimait Leta qui aimait quelqu'un d'autre et ta présence le lui rappelait sans cesse.

Tate détourna le regard.

— Un seul mensonge peut détruire des vies.

— Oui, même quand les intentions sont bonnes.

Il observa un tableau au mur pendant quelques secondes avant de reporter son attention sur elle.

— Très bien, dit-il avec détermination. Si tu as envie de rester ici, je vais mettre deux hommes devant chez toi pour te surveiller en permanence.

Voyant qu'elle s'apprêtait à protester, il leva la main.

— Colby n'a pas donné signe de vie, et j'en déduis qu'il est en mission quelque part à l'étranger. Donc, que cela te plaise ou non, c'est la seule solution envisageable. Je n'ai pas envie qu'il t'arrive quelque chose.

— Merci.

— Mais je voudrais une réponse franche à une question.

Elle se prépara au pire. Il lui avait demandé tout à l'heure si elle allait bien. Pourvu qu'il n'ait pas deviné…

— Si je peux…

— Pourquoi ne veux-tu pas que je reste avec toi ?

C'était une question compliquée, et elle n'osait pas lui dire la vérité.

Scrutant son magnifique visage, elle enregistra son image dans son esprit, sachant déjà qu'elle ne le reverrait plus.

— Ta place n'est pas ici. Tu es fiancé à une autre femme.

Tate se rembrunit, et elle eut conscience que ce n'était pas du tout la réponse à laquelle il s'attendait.

Il ouvrait la bouche pour dire quelque chose quand la sonnette retentit.

Pivotant sur ses talons, il glissa la main sous sa veste et en ressortit un .45 glissé dans un holster d'épaule. Puis il lui fit signe de rester où elle était et se dirigea vers la porte.

Elle s'aperçut alors qu'il s'attendait à des complications et qu'il avait l'habitude de gérer des situations de crise. Le voyant pour la première fois dans le feu de l'action, elle comprit à cet instant beaucoup de choses. Il n'était pas étonnant qu'il ne veuille pas fonder une famille, se stabiliser. Comment avait-elle pu souhaiter une telle chose pour lui qui était habitué au danger et aimait les défis ? Il était comme un animal sauvage que la domestication rendrait fou.

Elle poussa un lourd soupir tandis que ses derniers rêves de bonheur avec lui s'évanouissaient.

Tate, qui avait regardé dans le judas, rengaina soudain

son arme. Non sans avoir jeté un coup d'œil excédé à Cecily, il ouvrit brusquement la porte.

Colby Lane entra dans l'appartement, l'air surpris.

— Colby ! s'exclama Cecily avec un ravissement exagéré. Te voilà enfin de retour.

Le visage de Tate se contracta, comme s'il avait été frappé.

Colby s'en aperçut et sourit à Cecily.

— Je vous dérange, peut-être ?

— Non, dit froidement Tate. Nous discutions des mesures nécessaires à la sécurité de Cecily. Mais puisque tu es là, je suppose qu'il est inutile que je m'en occupe.

— Quoi ?

— Nous avons toutes les raisons de penser que la mafia des jeux a essayé de la tuer. Une voiture a failli la renverser sur le parking du musée, et elle s'est retrouvée à l'hôpital… Mais elle a décidé de ne rien dire, ajouta-t-il lui adressant un regard noir.

— Ce n'est pas malin Cecily, commenta Colby d'un air sombre. Je t'avais bien recommandé d'être prudente. J'ai l'impression que tu ne m'écoutes jamais.

Elle haussa les épaules, vexée.

— Je ne suis pas idiote.

Colby reporta son attention sur Tate.

— Tu t'es coupé les cheveux…

— C'est plus pratique comme ça. Bon, je dois retourner au travail. Si vous avez besoin de moi, vous savez où me trouver.

Arrivé à la porte, il marqua une pause et s'adressa à Colby.

— Garde l'œil sur elle. Elle prend trop de risques.

— Je n'ai besoin de personne, protesta Cecily. Je suis capable de me débrouiller toute seule, merci beaucoup.

Il l'enveloppa d'un long et douloureux regard puis quitta l'appartement, refermant doucement la porte derrière lui.

Colby avait fait du café, et apportait un plateau dans le salon, où Cecily ressassait son amertume.

— Je suppose qu'il n'est toujours pas au courant ? dit-il.

Elle secoua la tête, prit sa tasse et y ajouta de la crème et du sucre.

— Et il ne le saura jamais.

Se calant contre le dossier, elle essaya de boire une gorgée, mais le liquide était brûlant et elle se pencha pour reposer la tasse sur la table basse.

— Je ferais peut-être bien de trouver un travail ailleurs, dans une petite ville.

— A mon avis, c'est une mauvaise idée.

Comme il changeait de position sur le canapé, il grimaça.

— Que t'est-il arrivé ? demanda-t-elle.

— J'ai encore pris quelques mauvais coups. Mais ça va mieux. Je crois que je commence à me faire trop vieux pour ce métier.

Cecily lui adressa un sourire confiant.

— Un jour, tu rencontreras une femme qui te donnera envie de renoncer au danger. Enfin, c'est ce que je te souhaite, ajouta-t-elle, se rembrunissant soudain. Mais, à bien y réfléchir, tu es comme Tate, au fond. Il adore son travail, et il a probablement besoin du stress et de l'adrénaline pour vivre. C'est bizarre, je ne l'avais jamais compris avant aujourd'hui. Maintenant, tout est clair. Je me nourrissais d'illusions.

Colby soupira.

— Ce n'était pas seulement son héritage qui le tenait éloigné de toi. Je le savais, mais je ne pouvais pas te le dire. Le genre de métier que nous exerçons demande des sacrifices. Les personnes qui nous sont proches peuvent devenir des cibles, être prises en otage, et chaque relation peut nous faire perdre la concentration dont nous avons besoin dans le feu de l'action. Un homme qui a quelque chose à perdre ne peut pas être envoyé sur certaines missions particulièrement périlleuses. Une seconde de distraction et c'est la mort.

— Je le comprends, maintenant.

Colby baissa les yeux vers son ventre.

— Que vas-tu faire ?

— Partir…, dit-elle avec détermination. Et je vais avoir besoin de ton aide. Je ne veux pas que Leta ou Matt apprennent pour le bébé. Il faut que je trouve un nouvel emploi dans un endroit isolé, si loin de la ville que les journalistes ne me retrouveront pas.

— Ce n'est pas idéal pour une femme enceinte, commenta-t-il avec une grimace.

— Ici, non plus. Et puis, si je me cache, je risquerai moins de me faire tuer.

— Franchement, Cecily, ce n'est pas une solution.

— Je le sais, figure-toi. Mais, il faut que tu m'aides à dénicher un coin pour hiberner jusqu'à ce que tout ça soit terminé.

— Le mieux pour toi, ce serait d'être avec Tate.

— Tu sais bien que nous n'avons pas d'avenir ensemble.

Colby se passa une main sur le visage d'un geste las.

— Je comprends ce que tu ressens, crois-moi, mais prendre la fuite ne résoudra rien. De plus, Tate te fait surveiller, et je n'ai pas envie de déjouer la surveillance de ses hommes pour qu'il vienne me le reprocher ensuite. Je ne veux pas assumer la responsabilité de te faire déménager dans un endroit à risques. Et tu sais très bien que Tate me tuerait s'il t'arrivait quelque chose.

— N'exagère pas, quand même !

— Je suis sérieux. Tu n'as pas l'air de comprendre ce qu'il ressent pour toi. Il devient fou dès qu'il te sent en danger. Que crois-tu qu'il dirait s'il apprenait que tu portes son enfant ? ajouta-t-il en la scrutant.

Le cœur de Cecily fit un bond dans sa poitrine, et ses mains se portèrent à son ventre en un geste protecteur.

— Je n'en sais rien. Il aime les enfants, c'est un fait… Tous les ans, il y avait une petite fête pour Noël à l'école de la réserve et Tate était toujours volontaire pour offrir les cadeaux. Les enfants l'adoraient.

— Je suis sûr qu'il serait très heureux d'avoir ce bébé avec toi.

Elle baissa les yeux, s'absorbant dans le dessin du tapis, et soupira.

— Peut-être. Mais peut-être aussi se sentirait-il piégé.

Elle se prit le visage entre les mains.

— Oh, c'est tellement compliqué... Je ne sais pas quoi faire, Colby.

— Dans ce cas, le mieux, c'est de ne rien faire.

Relevant la tête, elle esquissa un sourire malgré elle.

— Tu parles d'un conseil !

Naturellement, il n'était pas question qu'elle le suive.

Une heure plus tard, elle faisait ses valises.

Elle ne pouvait rien dire à Colby de peur qu'il prévienne Tate. Elle ne pouvait pas non plus se confier à Leta pour les mêmes raisons.

La seule solution pour elle était de prendre un train, un bus ou un avion et de s'évanouir dans la nature.

Chapitre 13

Lorsqu'elle était encore en poste au musée de Washington, Cecily avait entendu parler d'un emploi vacant au musée municipal de Cullenville, dans le Tennessee.

Il lui avait suffi de passer un coup de téléphone, et sa candidature avait été acceptée immédiatement. La ville ne possédant pas d'aéroport, elle avait atterri à Nashville et avait loué une voiture pour s'y rendre.

Ayant laissé la plupart de ses affaires dans un garde-meuble et résilié tous ses abonnements avant de quitter Washington, elle n'emporta que quelques vêtements et des ouvrages de référence dont elle ne se séparait jamais. Elle eut un peu de mal à se débrouiller avec ses bagages, à cause de son poignet bandé, mais les autres voyageurs se montrèrent très serviables.

Quitter le musée avait été un crève-cœur, et ce d'autant plus qu'elle n'avait pas prévenu Matt, mais c'était mieux ainsi. Tate semblait avoir des doutes sur les raisons qui l'avaient poussée à demander à son médecin de garder le secret sur son état de santé. Il n'aimait pas les mystères, et il était entraîné à les élucider. Or, à quelques semaines de son mariage avec Audrey, ce n'était vraiment pas le moment qu'il découvre l'existence du bébé.

Elle lui était reconnaissante de s'être préoccupé de sa sécurité, mais, en fait, ce n'était qu'une vieille habitude pour lui. Plus elle y réfléchissait, plus ce déménagement lui semblait une bonne idée, car jamais elle ne pourrait tourner la page si elle continuait à vivre dans la même ville que lui. Un jour ou l'autre, en effet, il se réconcilierait avec Leta, peut-être même avec Matt, et elle entendrait forcément parler de lui. Et par conséquent d'Audrey.

Non, décidément, même si cela pouvait paraître lâche de prendre ainsi la fuite, c'était ce qu'il y avait de mieux à faire.

Colby avait été furieux quand elle lui avait téléphoné d'une gare routière pour le prévenir qu'elle partait. Il l'avait suppliée de lui dire où elle allait, mais elle avait raccroché sans lui répondre.

Le voyage avait été pénible en raison de nausées quasi permanentes maintenant. La première chose qu'elle devrait faire serait de trouver un obstétricien. Le poste était assorti d'une maison de fonction meublée, qui se trouvait à deux pas du musée consacré à l'art paléo-indien de la vallée du Tennessee. Ce n'était pas une très grande structure, et le salaire n'avait rien à voir avec celui qu'elle touchait à Washington, mais cela lui convenait.

Elle avait eu beaucoup de chance de pouvoir régler tous ces détails aussi rapidement, cependant elle ne parvenait pas à se réjouir. En agissant ainsi, elle s'était sans doute mise en danger. Mais si elle avait suffisamment bien brouillé les pistes pour égarer Colby, changeant plusieurs fois de train et d'autocar avant de prendre l'avion, elle espérait que la mafia perdrait aussi sa trace.

Quant à Tate, il serait probablement soulagé de sa disparition. Il pourrait enfin vivre tranquillement sa vie sans autre distraction.

Tate était en train d'achever une longue et difficile conversation téléphonique avec Audrey qui continuait à croire qu'ils se marieraient à Noël.

— Il n'est pas question de mariage, insista-t-il. Je te l'ai déjà dit.

— C'est Cecily qui en a parlé la première. Elle doit vraiment te détester pour t'embarrasser publiquement comme elle l'a fait.

Tate pensait exactement la même chose.

Il était furieux que Cecily ait résilié sa ligne téléphonique et n'ouvre plus sa porte depuis le jour où ils s'étaient parlé. Il s'était rendu compte qu'elle lui manquait au point d'affecter son travail, et même son sommeil. Il s'inquiétait aussi pour sa sécurité, malgré les mesures de surveillance qu'il avait prises.

Il n'aurait pas dû se disputer avec elle, et il aurait dû lui dire la vérité au sujet d'Audrey. Mais il est vrai que Cecily n'avait rien fait pour arranger les choses. Pourquoi diable avait-elle éprouvé le besoin de raconter de telles horreurs sur son compte ? Et pourquoi annoncer qu'il se mariait ?

— Je n'ai pas toujours été très agréable avec Cecily, répondit-il, éprouvant malgré tout le besoin de la défendre. Mais, quoi qu'il en soit, je n'ai pas l'intention de me marier et tu le sais très bien. Nous sommes sortis ensemble, mais c'est fini.

Il y eut un silence à l'autre bout de la ligne.

— Ne t'imagine pas qu'elle va te reprendre maintenant, répliqua Audrey d'un ton venimeux. Je lui ai dit que tu ne voulais pas d'elle, que tu ne l'épouserais jamais et qu'elle ferait mieux de te laisser tranquille.

Son souffle se bloqua dans sa gorge.

— Tu lui as dit quoi ?

— Elle sait que tu la détestes. Elle n'a même pas protesté. Elle est tellement stupide… Tellement entichée de toi qu'elle ferait n'importe quoi pour te rendre heureux, même te laisser épouser quelqu'un d'autre. Quand je lui ai dit que je faisais faire ma robe de mariée, elle n'a posé aucune question. Et quand j'ai ajouté que je vivais avec toi depuis ton retour du Dakota, elle n'a rien dit non plus.

Tate commençait seulement à prendre la mesure des dégâts qu'Audrey avait commis. Ce n'était pas étonnant que Cecily se soit montrée à peine aimable avec lui.

Et il n'avait même pas essayé de s'expliquer…

— Si tu ne m'épouses pas, continua Audrey, ta réputation sera fichue. Je donnerais aux tabloïds une histoire encore plus croustillante au sujet de vos relations quand elle était adolescente. Je pourrais même trouver des choses sur elle, qui sait… Je suis riche. Je peux m'offrir les services d'un détective privé.

Le sang de Tate ne fit qu'un tour. Il y avait des choses dans le passé de Cecily qu'il préférait ne pas voir déterrées.

— Si tu lui fais du mal, dit-il d'un ton volontairement

très calme, je te jure que tu le paieras d'une façon ou d'une autre…

— Si tu crois que tu me fais peur.

— Tu ferais bien de te souvenir de ce que je faisais pour gagner ma vie avant d'être engagé par Pierce Hutton. S'il y a des squelettes dans tes placards, Audrey, ce sera dans tous les journaux.

— Tu n'oserais pas.

— A toi de voir.

Puis il raccrocha, en proie à une rage folle, et appela un journaliste de ses amis. Le temps de la revanche était arrivé. Audrey apprendrait l'annulation de leur « mariage » dans le journal du matin.

Quand il essaya de nouveau d'appeler Cecily et eut le même message signalant qu'il n'y avait plus d'abonné au numéro demandé, il reposa violemment le combiné sur son support. Elle avait changé de numéro pour ne plus avoir à lui parler.

Passant une main dans ses cheveux — un geste qui lui procurait chaque fois une vague surprise après avoir si longtemps porté les cheveux longs —, il réfléchit à ce qu'était devenue sa vie depuis ce fameux jour où Cecily avait renversé son assiette de bisque de crabes sur son smoking.

Il avait perdu son héritage culturel, découvert qu'il avait un père, avait séduit Cecily, s'était fâché avec sa mère, s'était vu assaillir par une horde de journalistes… Et au bout du compte, Cecily ne voulait plus entendre parler de lui.

Le pire, c'était qu'il ne voyait pas une seule raison pour

qu'elle veuille encore de lui car il l'avait traitée d'une façon vraiment odieuse ces derniers mois.

Morose, il balaya d'un regard indifférent son appartement pourvu des derniers gadgets à la mode. Il avait son travail et, un jour ou l'autre, il finirait par faire la paix avec sa mère, mais il avait irrémédiablement gâché sa relation avec Cecily.

C'était la peur de l'amour qui l'avait tenu à l'écart de la jeune femme. Il n'avait pas voulu qu'ils deviennent aussi proches par peur que cela ne dure pas.

Il avait eu si peu d'amour dans sa vie, excepté de sa mère.

Et puis, il avait eu peur de ses propres réactions. Se croyant le fils de Jack Winthrop, il craignait que l'histoire ne se répète. Et s'il ne voulait pas se marier, c'était aussi pour ne pas infliger à une autre femme les humiliations et les souffrances qu'avait vécues sa mère.

Puis il se rappela la douceur des bras de Cecily l'attirant contre elle dans son bureau, sa générosité, sa tendresse au moment où il avait tellement besoin de réconfort.

Il pesta, furieux contre lui-même.

Elle l'aimait depuis des années, et il avait tout fait pour la repousser. Même lorsqu'il l'avait séduite, sa motivation avait été égoïste. Il avait même été jusqu'à lui reprocher d'être à l'origine des articles dans la presse, alors qu'il savait très bien, au fond de lui, qu'Audrey était prête à tout pour tenir Cecily à l'écart.

Il avait fait tellement d'erreurs.

A présent, il devait vivre sans Cecily et sans sa mère, les seules femmes au monde qu'il aimait vraiment. Matt, quant à lui, le détestait, et il y avait peu de chances que leurs relations s'améliorent.

D'un autre côté, il ne pouvait pas blâmer son père de lui avoir mis son poing dans la figure. Pas après ce qu'il avait dit à Leta.

Il eut un petit sourire vaguement attendri. Son père n'avait pas perdu la main. Il est vrai qu'un passage dans les forces spéciales, ça vous forgeait son homme.

Il se rappela tout à coup que Matt lui avait parlé du Maroc. Obéissant à une impulsion subite, il alluma son ordinateur et se connecta à Internet pour faire quelques recherches.

Tandis qu'il consultait différents sites, tout en se reprochant d'éprouver un tel intérêt pour le pays de son père, le téléphone sonna. Songeant qu'il s'agissait d'Audrey, il l'ignora. Ce qu'il apprenait sur le Maroc était fascinant, et il n'avait pas envie de s'interrompre. Par chance, son modem était branché sur une ligne séparée.

Le téléphone sonnait toujours, même après dix sonneries.

Peut-être s'agissait-il de Pierce Hutton, songea-t-il. Et dans ce cas, il ferait mieux de répondre.

Irrité, il souleva le combiné.

— Oui ?

— Tu ne sais pas combien de personnes j'ai dû soudoyer pour obtenir ce nouveau numéro, dit Colby. J'ai quelque chose à te dire qui ne va pas te plaire.

— Cecily et toi allez vous marier.

Cette idée le bouleversait, mais il essaya de ne pas le montrer.

— Je ne peux pas dire que ce soit une grande surprise, ajouta-t-il. Autre chose ?

— Je lui ai demandé à plusieurs reprises, mais elle a refusé.

— Alors ça, ce n'est vraiment pas de chance !

— Oh, rassure-toi, je me suis fait une raison. Je pensais même que c'était mieux comme ça. Mais maintenant, je n'en suis plus aussi sûr.

— Ne compte pas sur moi pour plaider ta cause, dit-il, glacial.

Puis il hésita, et son rythme cardiaque s'accéléra tandis qu'une inquiétante idée lui traversait l'esprit.

— Il lui est arrivé quelque chose ?

— Je ne crois pas. Mais le problème, c'est que je n'arrive pas à la trouver. Ce qui veut dire qu'ils ne la trouveront peut-être pas non plus.

En proie à un terrible pressentiment, Tate retrouva ses réflexes du temps où Colby et lui étaient collègues.

— Quelle est la situation ?

— Cecily s'est fait la belle et je n'arrive pas à la retrouver. Crois-moi, j'ai fait appel à tous mes contacts. Elle n'a laissé aucune trace.

Tate prit une profonde inspiration.

— Tu veux dire qu'elle a déménagé ?

— Apparemment. Sa ligne a été coupée, et le propriétaire de l'appartement m'a dit qu'elle avait payé le loyer pour les deux prochains mois, en attendant de faire enlever le reste de ses affaires.

— Mais elle a perdu la tête ! explosa Tate. Nous ne

savons pas où elle est et la mafia veut la tuer. Tu le lui as expliqué, au moins ?

— Evidemment. Puis elle a parlé de quitter la ville, mais je ne l'ai pas prise au sérieux. Je croyais qu'elle disait ça comme ça, pour parler. Je lui ai dit que c'était dangereux pour elle de s'installer dans un endroit où nous ne pourrions pas la protéger, que si le syndicat avait essayé une fois de la tuer, ils recommenceraient. Elle n'a rien voulu savoir.

— Bon sang ! dit Tate d'une voix étranglée.

Il songea immédiatement à tous les dangers qu'elle courait. C'était terrifiant de la savoir seule dans une ville inconnue.

— Elle est peut-être allée à Nassau voir Leta.

— Non, j'ai vérifié tous les vols avec l'aéroport…

Il essaya de réfléchir.

— Wapiti ?

— Non plus, répondit Colby. Elle a démissionné du musée et résilié le bail de l'appartement. Et elle n'a laissé aucune adresse pour faire suivre son courrier.

Quelques jurons bien sentis échappèrent à Tate.

— Depuis combien de temps est-elle partie ?

— C'est bien ça le problème… Je n'en sais rien. J'ai été obligé de quitter la ville pour une courte mission, mais je croyais que tu la faisais surveiller.

— C'est le cas.

— Et comment se fait-il que tes hommes n'aient rien vu ?

— Ça m'étonne autant que toi. Je me renseigne et je te rappelle. Tu es chez toi ?

— Oui.

Aussitôt après avoir raccroché, Tate composa le numéro de l'homme qui était supposé monter la garde devant chez Cecily la semaine précédente. A sa grande surprise, il n'obtint pas de réponse. Il essaya aussitôt un autre numéro et tomba sur l'un de ses anciens associés.

— Où est passé Wallace ? demanda-t-il sans préambule.

— Attends une minute, je vais demander. Quelqu'un a vu Wallace, dernièrement ?

Tate entendit une réponse étouffée.

— Merde ! Et personne n'a trouvé le moyen de me prévenir ?

— Que se passe-t-il ? demanda Tate avec impatience.

— Désolé… Wallace est mort, il y a trois jours. Je n'arrive pas à le croire. Allô ?

Mais Tate avait déjà raccroché. Il passa les dix minutes suivantes dans un état de panique totale, appelant ses contacts, faisant son possible pour obtenir des renseignements.

Il rappela ensuite Colby.

— Je n'ai rien de concret pour le moment, mais je viens de monter un réseau. Nous allons la trouver.

— A mon avis, elle a fait ce qu'il fallait pour ne pas être découverte. Cela ne va pas être facile.

Bien que connaissant déjà la réponse, Tate ne put s'empêcher de poser la question :

— Pourquoi elle a fait ça, à ton avis ?

— Parce que tu vas épouser Audrey.

— C'est totalement faux ! Je n'ai jamais eu l'intention de l'épouser. Audrey m'a manipulé.

— Cecily ne pouvait pas le savoir.

— C'est génial, non ? Je quitte le pays, et quand je reviens, je suis fiancé à une femme dont je ne voudrais pour rien au monde.

— Ce n'est pas la seule raison pour laquelle Cecily est partie. Elle savait que tu ne lui pardonnerais pas de t'avoir caché la vérité au sujet de Matt Holden.

— J'ai eu quelques semaines difficiles…

— Elle aussi, répliqua sèchement Colby.

— Elle aurait pu me mettre au courant pour Holden et ma mère !

— Quand Cecily donne sa parole, elle la tient. Il n'y a pas beaucoup de monde sur cette planète qui pourrait dire la même chose. Le sénateur lui avait demandé de ne rien dire.

Le sénateur. Son père.

Tate se mit à faire les cent pas, le téléphone à l'oreille, et réfléchit aux différents endroits où Cecily aurait pu aller.

— Elle a peut-être dit à ma mère où elle comptait s'installer, suggéra-t-il.

— Je mettrais ma tête à couper que non, répondit aussitôt Colby. Elle ne veut pas que tu la retrouves.

Tate s'arrêta net.

— Elle ne veut pas que je la retrouve ?

— En fait, c'est vrai pour nous tous. Et spécialement pour toi.

— Et il y a une raison pour ça ? A part celle que nous connaissons déjà.

— Oh, et puis merde ! s'exclama Colby. Je ne devrais pas te le dire, mais si quelque chose lui arrivait…

— Mais parle, bon sang !

Au bout du fil, il entendit une profonde inspiration.

— D'accord… Cecily est enceinte. C'est pour ça qu'elle est partie.

— Espèce de… !

Le téléphone fut raccroché si violemment que Colby sursauta. Il n'aurait pas dû trahir Cecily. Mais avait-il vraiment le choix ? Elle était enceinte, toute seule, et quelqu'un en voulait à sa vie. S'il n'en avait pas parlé à Tate, et que Cecily soit blessée ou qu'elle perde son bébé, jamais il n'aurait pu se le pardonner.

Les objets volaient à travers la pièce, lancés par un Tate hors de lui. Jamais il n'avait subi une telle série de trahisons. D'abord sa mère, puis Cecily, et maintenant Colby. Cecily était enceinte et elle avait pris la fuite. Pourquoi Colby ne l'avait-il pas accompagnée, pour l'amour du ciel ?

Tandis qu'il reprenait son souffle, le souvenir de sa rencontre passionnée avec Cecily, dans le Dakota, lui revint. Il n'avait pris aucune précaution. Et que dire de cet incroyable interlude sur le tapis de son bureau ? Là non plus, il n'avait pas essayé de la protéger.

Le bébé pouvait être le sien…

Cette pensée à peine formulée, il se détesta. Evidemment

que c'était le sien. Cecily l'aimait. Elle ne se serait pas jetée dans les bras d'un autre homme.

Mais elle croyait qu'il allait épouser Audrey, et elle s'était effacée avec discrétion. Pour ne pas le mettre dans l'embarras, elle avait décidé de donner naissance à son enfant ailleurs. De même que sa mère avait préféré ne pas parler de sa grossesse à Matt Holden pour ne pas gêner sa carrière, Cecily se taisait pour préserver ce qu'elle croyait être son bonheur à lui.

Pour la première fois, il prit conscience de ce que son père avait dû ressentir, et cela lui fit si mal qu'il eut l'impression d'avoir reçu un coup de poing à l'estomac.

Cecily portait son enfant, et quelqu'un avait essayé de la tuer.

Gagné par une terrible nausée, il s'assit, horrifié des choses qu'il lui avait dites, de la façon dont il l'avait traitée.

Elle avait disparu en s'arrangeant pour brouiller les pistes. Que se passerait-il s'il ne la retrouvait pas ? Sur les milliers de personnes qui disparaissaient chaque année, de nombreux cas n'étaient jamais résolus.

Et si Cecily devenait une statistique ? Elle aurait son enfant et il ne le verrait jamais. Ni elle.

Le téléphone sonna de nouveau, et il décrocha cette fois dès la première sonnerie.

— Vous êtes bien Tate Winthrop ? demanda une voix inconnue.

— Oui, répondit-il, peu amène.

— Je travaille avec un de vos amis. C'est au sujet de Mlle Peterson.

— Cecily ? demanda Tate, surpris et inquiet.

— Oui. Je sais qui a tenté de tuer votre ancienne protégée. J'ai essayé d'intervenir, mais j'étais trop loin.

— Et si vous me disiez plutôt de qui il s'agit, répliqua Tate avec impatience.

— Un certain Gabrini. Il travaille pour un groupe de parieurs basé dans un Etat voisin. Il a été libéré sous caution, mais risque une lourde peine pour fraude, racket et blanchiment d'argent. Il veut faire payer son arrestation au sénateur Holden. Mlle Peterson est une cible facile, et une amie du sénateur. Je dois aussi vous dire que Gabrini a engagé un détective privé pour placer un micro dans l'appartement de Mlle Peterson. Je ne l'ai découvert qu'aujourd'hui, quand j'ai mis la main sur le détective.

Tate relâcha son souffle.

— Où est Gabrini ?

— Je n'en sais rien. Mais ce qui est sûr, c'est qu'il n'a rien à perdre.

— Qui êtes-vous ?

L'homme eut un petit rire.

— Vous ne vous souvenez pas de moi, n'est-ce pas ? Je suis Micah Steele. Nous avons eu le même employeur, il y a quelques années.

Tate fouilla sa mémoire, et trouva un visage à mettre sur ce nom. Un géant blond, qui parlait quatre langues et cuisinait comme un véritable chef.

— Oui, je me rappelle, maintenant.

— Je m'en doutais. Donc, pour en revenir à Gabrini, je travaillais sur une affaire liée quand son nom est apparu et j'ai commencé à le filer. Méfiez-vous de lui, c'est un coriace…

— Il aura de la chance d'être encore vivant pour son procès si je mets la main sur lui, déclara Tate, furieux.

— Je pense exactement la même chose.

— Merci, Steele.

— Vous m'avez rendu service, il y a longtemps. C'est la moindre des choses que je vous renvoie l'ascenseur. Bonsoir.

— Bonsoir.

Ayant raccroché, Tate se leva avec le sentiment d'être un tigre en cage. Donc, ce n'était pas dirigé contre lui ou Colby. C'était bien une vengeance de la mafia.

Il serra les poings. Gabrini allait le regretter, d'une façon ou d'une autre.

Mais pour le moment, son seul objectif était de retrouver Cecily. Où était-elle ? Et comment allait-il la trouver ? Même avec ses contacts, cela allait prendre du temps.

Et du temps, il n'en avait pas.

Tout se passait merveilleusement bien au musée. La veille de Noël, Cecily invita ses plus proches voisins, un couple âgé, à venir boire un café et partager un morceau de tarte. C'était un peu triste, mais les Martin étaient adorables et ils avaient sans doute pitié de cette maman seule dont le mari était mort dans l'explosion d'une plate-forme pétrolière.

Cecily était désolée pour ce mensonge, mais elle devait penser à l'avenir. C'était une petite communauté rurale, très à cheval sur les principes, et elle ne voulait pas que la vie de son enfant débute sous le signe du scandale.

Son travail au musée était surtout administratif, mais elle avait quelques idées pour attirer les touristes sans que cela grève le budget. Lorsqu'elle en avait parlé au conservateur, un veuf plus âgé qu'elle et très gentil, il s'était montré enthousiaste.

Finalement, elle était optimiste quant à son avenir à Cullenville. C'était assez risqué de s'installer dans cette province reculée, mais ni Tate ni Colby n'étaient parvenus à la localiser. Dans ce cas, le tueur ne la retrouverait probablement pas non plus.

La main posée sur son ventre, elle songea au Noël suivant, quand elle aurait un petit garçon ou une petite fille à qui acheter des cadeaux. Ce serait merveilleux d'avoir quelqu'un à aimer.

Une nouvelle année débutait lorsque Tate réussit enfin à retrouver un conducteur d'autocar, en arrêt maladie de longue durée, qui se rappela avoir vu une jeune femme avec un poignet bandé qui ressemblait à la description de Cecily.

L'homme, entre deux âges, eut un sourire.

— Je m'en souviens bien. Elle était trop fière pour demander de l'aide, mais des passagers se sont proposés. Elle a dit qu'il y avait des livres dans une des valises, ce qui expliquait pourquoi elle était si lourde. Je crois qu'elle étudiait les Amérindiens.

Le cœur de Tate fit un bond dans sa poitrine.

— Où est-elle allée ?

— Attendez que je me souvienne. Clarksville ? Non. C'était un nom dans ce genre-là…

Il réfléchit pendant que Tate réprimait à grand-peine son impatience.

— Cullenville ! Voilà, c'est ça. Elle allait travailler dans un musée. Une fille intelligente, ça se voyait.

Tate remercia l'homme et organisa son voyage sans perdre une minute.

Il était allé voir Audrey pour mettre les choses au point une fois pour toutes. Etrangement, elle s'était effondrée et avait admis qu'elle avait un problème de drogue affectant son raisonnement. Après s'être excusée pour les histoires qu'elle avait racontées dans la presse, elle lui avait proposé d'appeler Cecily pour tout lui expliquer.

Ensuite, il l'avait mise en relation avec un psychologue de sa connaissance et l'avait aidée à se faire admettre dans un centre de désintoxication.

Il lui en voulait d'avoir poussé Cecily à fuir, mais il avait conscience d'être tout aussi responsable. Finalement, il comprit que s'il avait passé autant de temps avec Audrey, c'était pour éviter de penser à ce qu'il éprouvait réellement pour Cecily.

Il avait également fait établir un profil de Gabrini, et cela n'avait rien de rassurant. L'homme était en conflit avec la loi depuis son adolescence, et il avait réussi par deux fois à échapper à une condamnation pour meurtre. Il était connu pour son tempérament violent, son goût de la vengeance, et on disait de lui qu'il ne renonçait jamais avant d'avoir obtenu ce qu'il voulait.

Alors qu'il faisait ses bagages, Tate s'aperçut qu'il n'avait pas la moindre idée de ce qu'il dirait à Cecily quand il la reverrait. Mais il n'aurait qu'à réfléchir en chemin aux excuses qu'il lui ferait car elle courait un grave danger et n'en avait pas conscience.

Il songea aussi au bébé. Aurait-il ses traits ou ceux de Cecily ? Est-ce que ce serait un garçon ou une fille ? Son cœur se gonfla de tendresse en pensant combien Cecily aimait les enfants, et sans doute déborderait-elle d'amour pour leur enfant.

Il avait tout gâché, songea-t-il avec désespoir.

Si seulement il avait quelqu'un vers qui se tourner pour demander conseil !

Et puis, soudain, il songea que l'homme qui se trouvait au centre de cet imbroglio avait peut-être quelques idées sur la question.

Après tout, il avait réussi l'exploit de se réconcilier avec son grand amour après trente-six ans de séparation.

Enfilant son manteau, il se dirigea vers la porte.

Chapitre 14

Tate appela la maison du sénateur Holden, et apprit par l'employée de maison que celui-ci était rentré la veille. Il ne demanda pas à lui parler, pas plus qu'à sa mère. Mais il avait besoin d'un conseil et son père semblait le mieux placé pour le lui donner.

Il se rendit donc dans le Maryland, et passa tout le trajet à penser à Cecily et à son bébé, s'inquiétant de la façon dont il allait pouvoir la convaincre de revenir, et plus encore de la menace qui pesait sur elle.

Quand il sonna à la porte, l'employée de Matt hésita à le faire entrer.

— Je ne viens pour me battre, aujourd'hui, dit-il à la femme entre deux âges, coiffée d'un chignon.

Matt, qui sortait de son bureau, l'accueillit avec une mine circonspecte.

— Tu viens chercher ta revanche ?

— Ne commencez pas ! Il faut que je vous parle.

Après l'avoir fait entrer dans la pièce, Matt referma la porte derrière eux.

— Ta mère est partie faire des courses.

— Tant mieux ! Je ne veux pas lui parler.

— Oh ? dit Matt, surpris.

Sans attendre d'y avoir été invité, Tate se laissa tomber dans l'un des fauteuils qui faisaient face au bureau du sénateur.

— J'ai besoin d'un conseil.

Matt porta la main à son front d'un geste théâtral.

— Je ne pensais pas qu'un seul verre de whisky suffirait à me donner des hallucinations.

Tate ne daigna pas sourire.

— Je ne vous apprécie pas particulièrement, mais vous êtes la personne qui connaît le mieux Cecily.

— Cette petite t'adore, dit Matt, en prenant place derrière son bureau.

— Ce n'est pas le problème... Bien que j'aie tout fait dernièrement pour l'en dissuader, ajouta Tate en se penchant en avant, les avant-bras sur les cuisses, les mains pendant dans le vide.

— L'amour ne meurt pas comme ça, tu sais... Ta mère et moi en sommes un exemple. Nous ne nous étions pas vus depuis trente-six ans, mais à la minute où nous nous sommes retrouvés, les années se sont évanouies. Nous étions de nouveau jeunes et amoureux.

— Je ne veux pas attendre aussi longtemps. Cecily est enceinte...

Le silence dura si longtemps qu'il releva la tête et croisa un regard étincelant de colère.

— Il est de toi ?

— Evidemment ! Pour qui la prenez-vous ?

Se laissant aller contre le dossier de son fauteuil, Matt

s'abandonna au plaisir de regarder son fils, notant les différences et les similarités dans cette version plus jeune de son propre visage.

— Nous nous ressemblons beaucoup, reprit Tate comme s'il avait deviné ses pensées. C'est curieux que je ne l'aie pas remarqué plus tôt.

Matt sourit.

— On ne peut pas dire que nous nous entendions très bien.

— Nous sommes tous les deux inflexibles.

— Et arrogants…

— Peut-être bien, dit Tate avec une grimace.

— Tu sais, je suis vraiment désolé pour tout ce que tu as vécu quand tu étais petit.

Tate leva une main pour l'interrompre.

— Nous ne pouvons pas changer le passé. Finalement, c'était un soulagement d'apprendre que Jack Winthrop n'était pas mon père, et cela m'a permis de comprendre pourquoi il me détestait autant. Et je ne vous en veux pas… Ma mère avait bien gardé son secret.

— Beaucoup trop bien. J'aurais préféré le savoir. J'ai manqué tellement de choses.

Matt détourna un moment le regard. Cette confession était difficile, mais il fallait la faire.

— Si j'avais su que tu étais mon fils, j'aurais réglé son compte à ton beau-père depuis des années.

Caressant machinalement sa pommette, Tate sourit.

— Et je suis bien placé pour savoir que vous avez une sacrée droite. Bon sang, vous n'y êtes pas allé de main morte !

— J'avais été provoqué.

— C'est vrai… J'avais perdu la tête. Je regrette d'avoir dit ces horreurs à ma mère. Quand elle sera prête à l'entendre, je voudrais m'excuser.

— Elle ne t'en veut pas. Elle comprend très bien tout ce que tu as traversé, et moi aussi.

Tate chassa une poussière imaginaire de la jambe de son pantalon.

— J'ai été odieux avec Cecily, également.

— Elle ne le méritait pourtant pas. C'est moi qui lui ai demandé de ne rien te dire.

— Je sais, dit Tate, mal à l'aise. Vous savez qu'elle a dû aller à l'hôpital ?

Matt se redressa sur son siège.

— Quoi ?

— Une voiture a essayé de la renverser sur le parking du musée.

— Ce n'est pas possible ! Mais qui ?

— Un nommé Gabrini. C'est apparemment l'un des meneurs de la bande organisée qui rackettaient Black Knife.

— Est-ce qu'elle va bien ?

— Oui. Elle souffre seulement d'une entorse au poignet. Elle a dit à l'hôpital qu'elle n'avait pas de famille. Elle aurait pu mourir avec le bébé, et nous n'en aurions rien su.

— Tu es allée la voir ?

— Evidemment ! Mais ça n'a servi à rien, ajouta Tate en soupirant. Je n'étais pas encore au courant pour le bébé, à ce moment-là. Ensuite, elle a démissionné, quitté son appartement, et s'est installée dans le Tennessee sans en parler à personne. Il m'a fallu du temps pour la retrouver. Et maintenant que je sais où elle se trouve, je ne sais pas quoi lui dire pour la convaincre de revenir. Je ne veux pas l'inquiéter, mais elle est en danger. Elle a besoin d'être protégée, mais je doute qu'elle accepte de me parler.

Matt était profondément touché que son fils, avec lequel il entretenait une relation presque hostile, soit venu lui demander conseil.

Il ne le lui montrerait pas, évidemment. Il avait sa fierté.

— Je vois.

Tate se leva et fit quelques pas jusqu'à la fenêtre, regardant sans vraiment le voir le jardin plongé dans la torpeur hivernale.

— Je ne sais pas quoi faire. Elle est partie en étant convaincue que j'allais épouser Audrey.

— Tu n'avais pas remarqué qu'Audrey portait une bague semblable à la tienne ?

Faisant de nouveau face à son père, il baissa machinalement les yeux vers sa chevalière.

— J'avais pris ça pour une lubie sans importance. Mais j'ai remarqué que vous-même vous intéressiez beaucoup à cette bague. Pourquoi ?

— Ta mère me l'avait donnée la veille du jour où je lui ai appris que j'étais marié. Je lui ai rendue quand nous nous sommes séparés.

Ainsi, c'était ça le mystère de la bague, songea Tate. Il comprenait maintenant pourquoi Matt avait eu l'air surpris la première fois qu'il l'avait vue à son doigt.

— Cecily est au courant pour la bague d'Audrey,

reprit ce dernier. C'était difficile de ne pas la remarquer avec toutes ces photos dans la presse où vous posiez ensemble.

Les mâchoires de Tate se crispèrent.

— Audrey avait tout manigancé. Elle ne me lâchait pas d'une semelle. Dès qu'elle voyait un objectif, elle se pendait à mon bras, et je ne pouvais plus faire un pas dehors sans qu'une meute de journalistes se précipite sur moi.

— Nous avons tous connu ça. Ce n'était pas facile à vivre, mais tout est rentré dans l'ordre. Les criminels sont derrière les barreaux, et Tom Black Knife a retrouvé ses fonctions au sein de la tribu. Je ne sais d'ailleurs pas comment Colby a fait pour retrouver un témoin qui l'a disculpé.

— Je n'en sais pas plus que vous. Mais j'ai toujours pensé que Colby était un homme plein de ressources.

— Vous étiez amis, autrefois, je me trompe ?

— Nous l'étions jusqu'à ce qu'il se mette à tourner autour de Cecily.

— Ce n'est pas du tout ce que tu crois. Colby était en train de sombrer quand Cecily l'a remis sur le droit chemin. Ce qu'il éprouve pour elle, c'est de la gratitude. Mais je ne crois pas qu'il s'en rende compte pour le moment. Il est encore partagé entre le chagrin causé par le départ de son ex-femme et l'envie de trouver quelqu'un pour la remplacer.

Matt se laissa aller contre son dossier.

— C'est triste pour lui… Il était l'homme d'une seule femme, et il l'a perdue.

Tate revint s'asseoir.

— En tout cas, il n'aura pas Cecily. Elle est à moi, même si elle refuse de l'admettre.

— Tu ne connais donc rien aux femmes amoureuses ? demanda Matt en le dévisageant d'un air amusé.

— Pas vraiment. J'ai passé la plus grande partie de ma vie à les éviter.

— Surtout Cecily, commenta Matt. Elle est un peu comme une ombre. Tu ne la remarques pas jusqu'au moment où tu ne la voies plus derrière toi.

— Elle s'est éloignée de moi, et je ne sais pas comment réduire ce fossé qui s'est creusé entre nous. Je crois qu'elle ressent encore quelque chose pour moi, mais elle n'a pas eu envie de rester et de se battre.

Il leva les yeux vers le visage pensif de Matt.

— Elle porte mon enfant. Je les veux tous les deux, même si cela signifie que je vais devoir faire quelques ajustements dans ma vie. Cecily est la seule femme que j'aie jamais voulue.

Matt soupira.

— Je ne peux pas t'aider, malheureusement. Si Cecily t'aime, elle finira par céder un jour ou l'autre. Si j'étais toi, j'irais la voir et je lui dirais ce que je ressens.

Comme il baissait les yeux vers ses chaussures, cherchant les mots pour exprimer ce qu'il éprouvait, son père reprit :

— Tu as vécu beaucoup de changements, dernièrement, Tate. Ne précipite rien. Laisse le temps faire son œuvre. Souvent, la vie finit par décider toute seule.

Il releva la tête.

— Peut-être… Vous savez quoi ? Ce n'est pas si difficile

que ça, finalement, d'avoir un pied dans deux mondes différents. Je commence à m'y habituer.

— Tu possèdes quand même une ascendance exceptionnelle... Mon père était apparenté à la famille royale du Maroc, et ma mère était la petite-fille d'un aristocrate français.

— Vous avez des photos d'eux ?

— Deux albums pleins. Lorsque ta mère rentrera, nous y jetterons un coup d'œil ensemble. Et ensuite, tu pourras rester pour dîner, si tu veux. Mais non, que je suis bête ! Tu as sûrement envie d'aller chercher Cecily.

Tate hocha la tête.

— J'ai réservé un billet. Je pars ce soir.

— Tu as raison. Tu veux un café ?

— Avec plaisir.

Les deux hommes terminaient leur café quand Leta rentra, les bras chargés de paquets. Elle s'arrêta sur le seuil du salon, hésitante, se mordillant la lèvre.

Le changement était phénoménal, songea Tate en se levant pour l'accueillir. Elle rayonnait de bonheur et paraissait avoir rajeuni de dix ans. Jusqu'à présent, il ignorait les changements que Matt Holden avait apportés à sa vie, mais c'était évident maintenant.

— Je suis passé vous dire bonjour, dit-il.

Leta adressa un regard inquiet à Matt, qui la rassura d'un sourire.

— Je suis contente de te voir, dit-elle enfin.

Tate prit ses mains délicates entre les siennes, remarquant combien elles étaient froides et lui dit quelques mots en lakota pour lui exprimer sa joie de la retrouver, avant de l'embrasser.

Eclatant en sanglots, Leta jeta ses bras autour de lui.

— Je croyais que nous ne nous reverrions jamais.

Obligé de lutter à son tour contre les larmes qui lui montaient aux yeux, Tate la serra contre lui et l'embrassa sur le dessus du crâne. Elle avait supporté tant de choses pour lui quand il était petit. Jamais il ne pourrait assez la remercier pour son sacrifice, et il s'en voulait amèrement d'avoir été si dur avec elle.

— Tout va bien, maintenant, dit-il d'un ton rassurant.

— Si ce n'est que Cecily est enceinte…, intervint Matt, paraissant amusé par le regard exaspéré de Tate et celui, choqué, de Leta.

— Comment ça, enceinte ?

Elle frappa le bras de son fils du plat de la main.

— Espèce de voyou ! Comment as-tu pu faire une chose pareille ?

Une autre tape lui fut assénée, et Tate leva les bras pour se défendre.

— Comment sais-tu qu'il est de moi ? dit-il dans un effort un peu maladroit pour détendre l'atmosphère.

— Et de qui d'autre pourrait-il être ? Je sais bien que ma fille chérie ne laisserait jamais un autre homme la toucher.

Matt vit l'air penaud de Tate, puis la lueur nouvelle qui s'alluma dans ses yeux.

Enchanté par cette scène attendrissante, il décida de

quitter la pièce et de laisser mère et fils à leurs retrouvailles.

Tate enfouit les mains dans ses poches et baissa les yeux vers sa ravissante et frêle maman.

— Je suis tellement content que nous ayons renoué le dialogue.

— C'était ta décision, dit-elle d'un ton compréhensif. Tu avais besoin de temps pour accepter la vérité.

— Au début, ce n'était pas facile, même si ça expliquait beaucoup de choses. J'étais incapable d'aimer Jack Winthrop, et il ne m'aimait pas non plus. Maintenant, je comprends pourquoi.

Elle soupira.

— Tu as toujours été un bon fils. J'ai eu souvent l'envie de te parler de Matt, mais j'avais peur de ce que tu penserais de moi quand tu apprendrais la vérité. Pourtant, Matt t'aurait aimé, lui.

Emu, ne sachant pas quoi dire, chose qui semblait lui arriver souvent ces derniers temps, il prit sa mère par les épaules et se pencha pour lui embrasser le front.

— Ne lui dis pas, parce qu'il est déjà assez arrogant comme ça, mais je l'aurais aimé aussi.

Ils s'étreignirent dans un silence chargé d'émotion, puis Tate recula d'un pas pour observer le visage de sa mère.

— Alors, qu'est-ce que ça fait d'être la femme d'un sénateur ?

— C'est Matt Holden que j'ai épousé, et le fait qu'il

soit sénateur est secondaire. Mais je me rends compte que je m'adapte très bien à son monde, et ses amis ont l'air de m'avoir adoptée. Mais ce n'est pas parce que je vis ici que j'ai oublié les nôtres. Au contraire, j'essaie de me servir de ma nouvelle position pour plaider leur cause.

Tate éclata de rire.

— Est-ce que mon père sait que tu te sers de son nom comme ça ?

— Ton père..., répété Leta avec émotion. J'ai l'impression que tu commences à accepter la situation.

— Tu sais, je l'ai toujours admiré, même quand je croyais ne pas l'apprécier. Il me connaissait à peine quand cette histoire a éclaté, mais il a tout fait pour me protéger. Je suis fier d'avoir un tel homme pour père.

Matt, qui s'apprêtait à entrer dans le salon, fit demi-tour, les larmes aux yeux. Son fils ne le haïssait pas. C'était bien plus qu'il n'en avait espéré, et dans son cœur une douce chaleur vint remplacer l'angoisse des dernières semaines.

— Je suis contente que tu ne sois plus fâché contre moi, reprit Leta qui se haussa sur la pointe des pieds pour lui caresser ses cheveux courts. Quelle idée vous avez eue, toi et Cecily, de vous couper les cheveux.

— J'étais en deuil.

— Elle aussi. Tu ne l'as pas traitée comme il convenait. Je n'ai certes pas de leçons à te donner, mais je connais suffisamment cette situation pour savoir que ce n'est pas facile d'épouser un homme alors qu'on en aime un autre.

Elle chercha le regard de son fils.

— Colby veut l'épouser, tu sais.

Une lueur dangereuse s'alluma dans les yeux sombres de Tate.

— Jamais ! Si elle doit épouser quelqu'un, ce sera moi.

— Ah bon ? Mais Audrey lui avait parlé d'une bague et d'une robe de mariée…

— Ce n'était que pure invention de sa part. J'ai d'ailleurs prévenu la presse que le mariage n'aurait pas lieu. Audrey a des problèmes de drogue, et il m'a fallu un moment pour comprendre pourquoi elle agissait ainsi. Elle va passer quelque temps dans un centre de désintoxication, et j'espère qu'ils pourront faire quelque chose pour l'aider. Je suis désolé pour elle, mais elle m'a vraiment compliqué la vie.

— Cecily pensait que tu ne verrais plus d'obstacle à épouser une femme non amérindienne, après avoir appris ton métissage. Et Audrey est une très jolie femme. Elégante, cultivée…

Tate grimaça.

— C'est à peu près ce que Cecily m'a dit quand je lui ai promis que je ne voyais plus Audrey. J'ai l'impression qu'elle s'est mis en tête que je ne voulais pas d'elle parce qu'elle n'était pas assez jolie. C'est n'importe quoi ! Et je suis sûrement responsable de ce quiproquo.

— Oui, dit Leta d'un ton neutre. Et maintenant, Cecily est enceinte et seule.

— Il y a pire… Elle a failli être renversée par une voiture pendant que vous étiez en voyage de noces, dit-il d'une voix sourde d'émotion.

— Quand ? Est-ce qu'elle va bien ?

— Elle souffre simplement d'une entorse au poignet. Ils l'ont gardée une nuit à l'hôpital, et elle leur a dit qu'elle n'avait pas de famille. Tu n'imagines pas à quel point ça fait mal.

— Si, je peux l'imaginer…

Leta se dirigea vers le canapé et s'y assit, l'air songeur, tandis que son fils prenait place en face d'elle dans un fauteuil.

— Vous vous parlez encore ?

— Elle s'est enfuie, répondit Tate entre ses dents. Comme elle était persuadée que j'allais épouser Audrey, elle a tout laissé tomber et elle a quitté la ville pour ne pas me déranger. Est-ce que ça te rappelle quelque chose ?

— Oh ! mon Dieu, ma pauvre Cecily…, murmura Leta.

— Le plus tragique de l'histoire, c'est qu'Audrey n'était rien pour moi et que je m'en servais uniquement pour tenir Cecily à distance.

— Mais enfin, pourquoi ?

Il soupira.

— Je crois que j'avais peur de m'engager. Je commençais à tenir un peu trop à Cecily, et cela m'effrayait.

— Pauvre Cecily, répéta Leta.

— J'ai mené l'existence que je souhaitais : les voyages, les missions périlleuses… Je n'ai jamais eu à m'inquiéter de personne depuis que j'ai quitté la maison. J'étais responsable de Cecily, mais seulement à distance. Je ne voulais partager ma vie avec personne.

— Eh bien, il semble que tu as obtenu ce que tu voulais, dit Leta d'un air désapprobateur.

— Ce n'est plus ce que je veux maintenant. Ça ne me dérange pas de renoncer à mon travail ou à mon indépendance. Je veux mon enfant, et je veux Cecily. Et je donnerais n'importe quoi pour y arriver. Mais je n'ai pas la moindre idée de ce que je vais pouvoir lui dire pour la convaincre de revenir.

Il se leva, incapable de tenir en place, inquiet, et alla se poster à la fenêtre.

Apportant des cafés, Matt choisit ce moment pour les rejoindre et il alla s'asseoir près de Leta, qu'il embrassa tendrement sur le front.

— Allons, viens t'asseoir, dit-il à son fils.

Se sentant complètement perdu, Tate obtempéra à regret.

Matt, quant à lui, nageait dans le bonheur de voir sa famille ainsi réunie. Il compatissait bien sûr aux problèmes de son fils, mais c'était quelque chose que ce dernier devait régler seul. Il pouvait toujours lui donner des conseils, mais il ne pouvait régler la situation pour lui.

— Tu as décidé de ce que tu voulais faire ? demanda-t-il.

Tate secoua lentement la tête.

— Tu as besoin d'un plan de bataille, reprit Matt. Je n'ai jamais quitté la base sans une stratégie parfaitement détaillée, et c'est grâce à ça que je suis toujours en vie.

— C'est une femme, pas une forteresse ennemie, dit Tate en esquissant un sourire.

— C'est là que tu te trompes. La plupart des femmes sont des forteresses à conquérir.

Il adressa un clin d'œil à sa femme qui le contemplait avec adoration.

— Et cela demande une certaine maîtrise pour forcer les barrages…, ajouta-t-il.

— Je crois que sur ce plan-là, il sait comment faire, intervint Leta. Sinon, nous n'attendrions pas un petit-fils ou une petite-fille.

Quand elle joignit les mains, au comble du ravissement, Matt échangea un regard amusé avec Tate.

— Il est vrai que cela apporte un autre éclairage à la situation, mon fils…

Le mot lui était venu si naturellement que Tate n'en fut même pas surpris.

— Tu vas aller la chercher et lui dire que tu veux l'épouser, décida Leta.

— Bien sûr ! Après tout ce que je lui ai fait endurer ces dernières semaines, je suis certain qu'elle me sautera au cou…

— Mais tu ne vas pas renoncer, n'est-ce pas ? demanda Matt.

— Je ne peux pas. Il faut que je la trouve avant Gabrini, même si je me dis qu'il a peu de chance de la localiser, étant donné le mal que j'ai eu à le faire moi-même. Il faut seulement que je réfléchisse à une nouvelle approche pour la convaincre de rentrer.

Puis Tate contempla ses parents avec attendrissement.

Pour la première fois de sa vie, il découvrait ce qu'était une famille aimante.

Son père était un sacré personnage, décida-t-il. Naturellement, il ne lui en dirait rien, l'homme étant déjà bien assez arrogant comme ça.

Chapitre 15

Si la décision d'aller chercher Cecily avait été facile à prendre, passer à l'action l'était beaucoup moins.

Après avoir finalement reporté son départ d'une journée, Tate demanda une semaine de vacances à Pierce Hutton parce qu'il s'attendait à avoir du mal à la convaincre et qu'il ne la laisserait pas tant qu'elle ne serait pas en sûreté.

Pierce Hutton lui lança un regard amusé.

— Finalement, vous avez décidé de faire quelque chose au sujet de Cecily. Il était temps… Je commençais à en avoir assez de votre tête d'enterrement.

— Je croyais bien faire en la tenant à distance. Mais il se trouve qu'elle est enceinte, maintenant.

Son employeur se mit à rire.

— Il faut croire qu'elle n'était pas si éloignée que ça ! A quand le mariage ?

— Nous n'en sommes pas là. Elle s'est enfuie, mais je l'ai finalement retrouvée, et je dois maintenant la convaincre que je veux l'épouser, sans qu'elle croie que c'est uniquement pour le bébé.

— Je ne vous envie pas. J'ai dû moi-même affronter

quelques péripéties avant d'en arriver au mariage, comme vous le savez.

— Comment va le bébé ?

Pierce afficha un sourire béat.

— Nous sommes complètement gâteux. Je ne m'attendais pas à ce que la paternité me change à ce point-là. Parfois, j'ai peur que ce ne soit qu'un rêve et j'appréhende de me réveiller seul.

Paraissant embarrassé par cet aveu, il s'agita sur son siège.

— Vous pouvez prendre une semaine, bien sûr. Mais il faudrait que vous me proposiez un remplaçant de confiance.

— J'avais pensé à Colby Lane.

Comme Hutton grimaçait, il précisa en hâte :

— Il ne boit plus. Cecily l'a convaincu de se faire soigner. Il n'est plus le même.

— Vous en êtes bien sûr ?

— Absolument, dit Tate avec un sourire confiant.

— Eh bien, dans ce cas, je n'y vois pas d'inconvénient.

— Parfait. Je vais passer le voir avant de quitter la ville.

Colby éprouva le choc de sa vie en découvrant devant chez lui un Tate parfaitement calme et souriant. Après leur dernière conversation téléphonique pour le moins animé, il s'attendait plutôt à un assaut armé.

— Je suis venu te proposer un job…

— Ça inclut une capsule de cyanure ? demanda Colby, l'observant, les yeux plissés.

Tate lui tapa sur l'épaule.

— Je suis désolé d'avoir agi comme ça avec toi. Je n'étais pas capable de raisonner sereinement. Mais sache que je te suis très reconnaissant de m'avoir dit la vérité au sujet de Cecily.

— J'en déduis que tu es maintenant certain que cet enfant est le tien ?

— Oui, et je pars la chercher.

Colby haussa les sourcils.

— Elle le sait ?

— Pas encore. Je veux lui faire la surprise.

— Je crois que c'est toi qui vas avoir une surprise. Elle a beaucoup changé ces dernières semaines.

— Je m'en doute, dit Tate en prenant appui contre le mur. Je voudrais que tu me rendes un service.

— Tu veux que je t'accompagne ?

— Tu peux toujours courir ! Non, il s'agit d'autre chose. Je voudrais que tu me remplaces pendant quelques jours auprès de Pierce Hutton.

— Je dois être en pleine hallucination…

— Avec mon père, ça fait deux, marmonna Tate en secouant la tête. Ecoute, j'ai changé.

— Je demande à voir.

— Sois sérieux deux minutes… C'est un bon job. Tu auras des horaires réguliers et tu pourras apprendre à dormir sans un revolver sous ton oreiller. Ecoute, je voudrais te dire quelque chose, ajouta-t-il, pensif. Ce n'est pas très facile… J'ai été un bien mauvais ami. Mais j'étais jaloux de toi.

— Il n'y avait aucune raison, Tate. Cecily est une femme extraordinaire, c'est vrai, mais je l'ai toujours considérée comme une simple amie. Depuis que je la connais, j'ai toujours su qu'elle était amoureuse de toi et qu'elle ne s'intéresserait jamais à aucun autre homme.

Tate sentit une réconfortante chaleur l'envahir.

— Je lui ai fait vivre un enfer. Elle n'est peut-être plus dans les mêmes dispositions aujourd'hui.

— On ne peut pas tuer l'amour. Et je sais de quoi je parle, j'ai essayé…

Tate se sentit désolé pour son ami, mais il ne trouva pas les mots pour lui exprimer sa sympathie.

— Enfin, j'ai appris à vivre avec mes fantômes, grâce à la psychologue que Cecily m'a recommandée, reprit Colby. Elle a des serpents chez elle, tu imagines ça ?

— Elle est peut-être allergique aux animaux à fourrure.

Colby éclata de rire.

— Qui sait ? Bon, je commence quand ?

— Tout de suite, dit Tate en sortant son portable de sa poche et appuyant sur une touche de numérotation abrégée. Je vous envoie Colby Lane. Il va me remplacer pendant mon absence. Si vous avez le moindre problème, adressez-vous à lui.

Après avoir raccroché, il se tourna vers Colby.

— Bon, voilà ce que tu vas faire…

***

Deux heures plus tard, Tate était dans un avion pour Nashville, bouillant d'impatience, car le vol avait été retardé en raison de chute de neige. A l'arrivée, il pesta contre les interminables formalités de débarquement, puis il se rua vers le comptoir de location de voitures. Il eut la chance de pouvoir louer un véhicule à quatre roues motrices et se mit en route pour Cullenville.

Le musée ne fut pas difficile à repérer. Il se trouvait en plein centre-ville, juste après le seul feu de signalisation de la petite bourgade. Là, il demanda l'adresse de Cecily, et on lui apprit qu'elle vivait à deux pas.

— Etes-vous un parent de son défunt mari ? demanda la secrétaire qui le dévisageait avec insistance.

Tate écarquilla les yeux.

— Je vous demande pardon ?

— Ce doit être tellement difficile pour elle de se retrouver veuve en étant enceinte. Pauvre petite… Nous faisons tous notre possible pour qu'elle se sente bien parmi nous. M. Johnson, le conservateur, est veuf lui aussi, et il l'apprécie beaucoup. Ce serait tellement bien pour tous les deux s'ils unissaient leur solitude. Mais je vous retiens. Vous devez être pressé de voir Mme Peterson. Voulez-vous que je l'appelle pour la prévenir que vous arrivez ?

— Non, merci, dit-il avec une politesse forcée. Je veux lui faire une surprise.

Il sortit, abandonnant la voiture où il l'avait garée, et fit à pied le court trajet jusqu'à la maison de Cecily, tout en observant d'un air moqueur la circulation ralentie par le mauvais temps. La fine couche de neige n'était rien en comparaison des rudes hivers qui sévissaient à la réserve. Les gens du Sud s'affolaient vraiment pour un rien, songea-t-il avec un rien de mépris.

Quant au mari de Cecily, se dit-il en montant les marches du perron de la modeste maison en briques rouges où elle vivait, il s'apprêtait à faire un spectaculaire retour à la vie.

Il frappa à la porte et attendit.

Il y eut un murmure irrité derrière le battant puis le bruit d'un verrou qu'on tournait.

Quand il se retrouva nez à nez avec Cecily, il eut tout juste le temps de se précipiter pour la retenir avant qu'elle ne s'évanouisse.

Lorsqu'elle revint à elle, Cecily découvrit qu'elle était étendue sur le canapé. Tate était assis près d'elle et lui caressait doucement les cheveux. Une vague de nausée monta à sa gorge et, fort heureusement, reflua. Elle le contempla longuement, éperdue de bonheur.

De son côté, Tate éprouvait le même sentiment d'émerveillement. Cédant à un brusque élan, il lui inonda les tempes, le front, les joues d'un déluge de baisers légers. Puis ses mains s'attaquèrent aux boutons de la robe de chambre, en écartèrent les pans et caressèrent le ventre tendrement arrondi.

— Quand l'avons-nous conçu ? demanda-t-il.

Cecily sentit éclater la bulle de bonheur dans laquelle elle flottait depuis quelques minutes.

Il savait pour le bébé.

Evidemment ! C'était pour ça qu'il était venu.

Tate chercha son regard et y trouva tout à la fois de l'hostilité et une profonde désillusion.

— Je serais venu même s'il n'y avait pas eu le bébé, dit-il, devinant ses pensées.

— Ce bébé est à moi.

— Et à moi.

— Audrey n'aura pas mon enfant !

Voyant qu'elle essayait de se redresser, il la maintint fermement couchée.

— Je ne vais pas épouser Audrey. Elle est dans un centre de désintoxication, ayant perdu la raison à cause de toutes les drogues qu'elle prenait. Elle m'a avoué qu'elle avait raconté n'importe quoi à la presse en essayant de te faire porter le chapeau.

— Quoi ?

Il laissa échapper un lourd soupir.

— C'est une déséquilibrée, une mythomane. Je n'ai jamais eu l'intention de l'épouser, contrairement à ce que tu as pu croire. Comme je l'ai repoussée, elle a voulu se venger.

Tate éprouvait une étrange sensation à caresser le ventre de Cecily, en sachant que son enfant y grandissait. Il s'apprêtait à reprendre la parole, quand le bébé eut un brusque sursaut. Otant sa main comme s'il venait d'être touché par une décharge électrique, il regarda, ébahi et un peu effrayé, la peau qui frémissait.

— Est-ce que c'est… normal ? demanda-t-il.

Cecily ne put s'empêcher de rire.

— On ne peut plus normal. C'est le bébé qui bouge.

Pour le moment, ses mouvements sont encore faibles, mais à mesure qu'il grandira, ça va s'amplifier.

— Je ne savais pas que ça se manifestait de cette façon. Est-ce que ça te fait mal quand il…

Il fronça les sourcils, paraissant hésiter.

— Il ?

Elle hocha la tête.

— On peut le savoir aussi vite ?

— Oui. J'ai fait une échographie.

Un fils !

Il allait avoir un fils, songea-t-il avec émotion.

C'était un tel choc. Il n'avait pensé qu'à la grossesse, mais à présent, il prenait conscience qu'une version miniature de Cecily et de lui allait venir au monde, un enfant qui porterait en lui la marque de tous ses ancêtres.

Tous ses ancêtres… Cette pensée l'impressionnait tout à coup, le rendait humble face au mystère de la vie.

— Comment m'as-tu trouvée ?

Revenant à des préoccupations plus immédiates, il la toisa avec sévérité.

— Pas grâce à ton aide, en tout cas. Ça m'a pris un temps fou de retrouver un chauffeur d'autocar qui se souvenait de toi. Il était en congé maladie, et ce n'est que cette semaine que sa direction s'est miraculeusement rappelé qu'il était de service la semaine de Noël.

Cecily détourna le regard.

— Je ne voulais pas être retrouvée.

— C'est ce que j'ai cru comprendre. Mais je t'ai retrouvée quand même, et je vais te ramener à la maison.

— Je n'irai nulle part avec toi. Je me suis créé une nouvelle vie ici, et j'ai l'intention de rester.

— Que tu crois !

Se levant, Tate se dirigea vers la chambre. Il trouva ses valises en un clin d'œil, les ouvrit sur le lit et commença à les remplir.

— Je ne viendrai pas, dit-elle depuis le seuil de la porte. Tu peux faire les valises si ça t'amuse, tu peux même les emporter avec toutes mes affaires, mais je reste ici. C'est la vie que j'ai choisie. Tu n'y as pas ta place.

Il fit brusquement volte-face, hors de lui.

— Tu portes mon enfant !

Le voir lui déchirait le cœur, songea Cecily.

Elle l'aimait, elle avait besoin de lui, mais il n'était venu vers elle que par devoir, et sans doute aussi par culpabilité.

Elle savait qu'il ne voulait pas de liens, pas d'engagements. Il le lui avait répété assez souvent.

Et puis surtout, il ne l'aimait pas.

— Colby a proposé de m'épouser pour le bien de l'enfant, dit-elle. J'aurais peut-être dû accepter.

— Je ne l'aurais jamais permis.

— C'est pour ça que je ne voulais pas que tu le saches. Tu fais exactement ce que je pensais que tu ferais. Je suis de nouveau une responsabilité pour toi, un devoir, une contrainte.

Incapable de s'en empêcher, elle éclata en sanglots.

Tate, qui ne l'avait jamais vue pleurer, se sentit complètement désemparé. Abandonnant les valises, il vint vers elle, la mine sombre, cherchant toujours comment lui dire pourquoi il était venu.

Elle se mordit la lèvre inférieure, dans un effort inutile pour endiguer ses larmes.

— Va-t'en, s'il te plaît, murmura-t-elle. Laisse-moi en paix.

— Cecily…

— S'il te plaît, Tate. Rentre chez toi et oublie-moi. J'ai coupé tous les ponts à Washington. J'ai tourné la page. Il n'y a plus que le bébé et moi, maintenant.

— Le bébé, toi et ton regretté mari… Bon sang, que dois-je faire pour te faire changer d'avis ?

— Rien. Tu n'as aucune idée des contraintes que t'imposera un enfant, de la manière dont ça va changer ta vie. Tu as toujours été un solitaire. Tu ne sais pas partager tes sentiments, tes peurs, tes rêves. Un bébé, ça pleure sans arrêt. Il faut le surveiller, s'en occuper… Tu as horreur du bruit, des contraintes, du manque de tranquillité. Au bout d'un moment, tu finirais par nous détester…

Elle lui tourna le dos.

Tandis qu'il la regardait se diriger vers le salon, un sentiment d'abandon et de détresse s'empara de Tate.

— Tu crois que je ne veux pas de vous ?

Elle lui fit face.

— Tout ce que tu as pu faire ou dire durant ces huit dernières années m'a prouvé que tu ne voulais pas d'une relation suivie avec une femme. Et surtout pas avec moi.

Il enfouit les mains dans les poches de son jean et plissa le front, cherchant les mots qui pourraient la convaincre.

—Tu sais pourquoi je t'ai tenue à l'écart, Cecily… A l'époque, je croyais que nous appartenions à deux cultures différentes. Et puis, j'étais en quelque sorte ton tuteur. J'aurais eu l'impression de profiter de toi.

Les bras croisés, elle regardait tomber la neige par la fenêtre.

— Dis plutôt que je n'étais pas assez belle pour toi, dit-elle d'une voix blessée.

Rien n'avait jamais fait autant de mal à Tate que cette remarque simple et douloureusement honnête. A ses yeux, Cecily était la plus belle femme sur terre, et tout particulièrement maintenant qu'elle était enceinte.

Elle se tourna vers lui, un sourire triste aux lèvres.

— Si tu t'inquiètes de ma sécurité, sache que je n'ai eu aucun problème depuis que je suis ici. Je ne crois pas qu'ils s'en prendront de nouveau à moi. Tu peux me laisser et partir tranquille. Je suis heureuse ici, Tate. Et ne t'en fais pas pour le bébé. Je te préviendrai quand il sera né et tu pourras le voir autant que tu voudras.

Empli d'une rage impuissante, il serra les poings.

— Je te veux, dit-il avec détermination, ce qui n'était pas du tout ce qu'il avait prévu de dire.

— Mais moi, je ne veux pas de toi… Merci d'être venu prendre de mes nouvelles. J'appellerai Leta et Matt quand ils seront rentrés.

— Ils sont déjà là. J'ai fait la paix avec eux.

— C'est vrai ? J'en suis heureuse. Leta avait le cœur brisé de ne plus te voir.

— Et que crois-tu qu'elle pensera quand elle apprendra que tu ne veux pas épouser le père de ton enfant ?

Cecily écarquilla les yeux.

— Elle sait ?

— Ils sont au courant tous les deux. Ils avaient hâte de te revoir, de s'occuper de toi.

Blessé lui aussi, il se dirigea vers la porte.

— Tu n'auras qu'à appeler ma mère pour lui dire toi-même que tu ne rentres pas.

Sur le seuil, il jeta un bref coup d'œil par-dessus son épaule.

— Quant à moi, rassure-toi, tu ne risques pas de me revoir.

Les yeux brouillés de larmes, Cecily le regarda quitter la pièce. Pourquoi était-il aussi furieux ?

Il était impossible qu'il veuille d'elle, sinon il lui aurait demandé de l'épouser depuis des années.

Non, il ne faisait cela que pour le bébé.

Si elle lui avait demandé de partir, c'était pour son bien. Ne le comprenait-il pas ?

Elle supposait que sa réaction n'était due qu'à un mouvement d'orgueil. Mais elle aurait préféré qu'il ne vienne pas. Ce serait tellement plus difficile de vivre dans cette maison maintenant que son image hantait les lieux.

En tout cas, il ne reviendrait pas. Elle avait fait le nécessaire pour ça.

Arrivé à la hauteur de sa voiture de location, Tate tapa du poing sur l'aile, faisant voler des particules de neige.

Il avait perdu son sang-froid, et c'était vraiment la dernière chose à faire. Surtout avec une femme enceinte qui se sentait déjà rejetée et pas assez séduisante.

Il jeta un dernier coup d'œil à la maison et soupira. Ce n'était pas l'envie qui lui manquait d'y retourner pour s'excuser, mais il savait que cela ne servirait à rien. Cecily n'était pas en état de l'écouter, et il valait mieux qu'il la laisse tranquille.

Pour le moment.

Un faible craquement attira alors son attention, et il se pencha en hâte pour se dissimuler derrière son véhicule.

Rien ne se produisit et il commençait à se détendre quand il aperçut une silhouette sombre s'approcher de la maison plongée dans l'obscurité…

Etendue sur son lit, dans sa jolie robe de chambre de flanelle rose, les yeux rougis par les larmes, Cecily ne parvenait pas à se sortir Tate de l'esprit.

Lorsqu'elle l'avait découvert sur le seuil de sa porte, elle avait cru un instant qu'il venait la chercher parce qu'il l'aimait, et l'émotion qui l'avait submergée avait été si forte qu'elle s'était évanouie. Hélas, elle avait vite compris que c'était son sens des responsabilités qui l'avait conduit jusqu'à elle, et pas autre chose.

Il ne l'aimait pas. C'était son instinct chevaleresque qui s'exprimait, une fois de plus. L'histoire semblait devoir se répéter à l'infini.

Et il ne l'aimerait jamais, elle ne devait pas se faire d'illusions.

Il s'était inventé excuse après excuse, mais la vérité était bien plus simple que ça : il ne voulait tout simplement partager sa vie avec personne.

Il ne changerait jamais, il y avait longtemps déjà qu'elle l'avait compris.

Elle se redressa soudain, tous ses sens en alerte. Elle avait entendu un bruit, comme une branche cassée.

Se pouvait-il que Tate soit de retour ?

Elle se leva et avança pieds nus sur le froid linoléum du couloir. Elle tendit alors l'oreille, mais il n'y avait plus aucun bruit.

Soudain, elle crut entendre un léger frottement, comme quelqu'un qui se déplacerait le plus silencieusement possible dans l'obscurité.

Son pouls s'emballa tandis qu'elle songeait à l'inconnu qui avait essayé de la renverser en voiture.

Le syndicat avait-il retrouvé sa trace ?

Elle avait pourtant pris toutes les précautions possibles. Mais Tate l'avait bien retrouvée, et les membres d'une organisation mafieuse devaient avoir les moyens de faire comme lui…

Elle déglutit avec peine, posant d'instinct les mains sur son ventre, consciente soudain des risques qu'elle avait pris. Et tout cela par fierté.

Elle aurait mieux fait de rester où elle était. Là où on pouvait la protéger. En temps normal, elle était capable de se débrouiller toute seule, mais elle n'avait guère d'illusions sur ses capacités à se défendre face à un tueur professionnel. Elle savait se servir d'une arme, encore eût-il fallu qu'elle en possède une. Elle avait pris aussi quelques leçons de karaté avec Tate, ce qui ne servirait pas à grand-chose face à une arme.

Elle pourrait toujours crier, courir… Mais elle n'avait pas de voisins vraiment proches.

Tate aurait pu la protéger, mais elle l'avait renvoyé dans un accès de colère, et il était probablement en route vers Washington, en ce moment.

Ce n'était vraiment pas malin ! Ah, ils seraient jolis les gros titres : « La protégée de Tate Winthrop assassinée par la mafia. » Les gens auraient de quoi parler.

Elle prit une lente inspiration tremblante.

Quelque chose tomba, comme si l'intrus — elle était certaine à présent qu'il y avait quelqu'un dans la maison — avait fait tomber quelque chose.

La panique l'envahit.

Que pouvait-elle faire ?

Elle n'avait rien dans la chambre qui aurait pu servir d'arme. Ses meubles, fournis avec la maison, étaient tous anciens et passablement délabrés. Si seulement elle avait eu un club de golf, ou quelque chose du même genre…

Soudain, elle pensa à la cale de bois qui bloquait la fenêtre. Ce n'était peut-être pas très impressionnant, mais c'était mieux que rien.

Luttant contre un début de nausée, elle s'approcha silencieusement de la fenêtre et tira sur la pièce de bois. Celle-ci céda sans effort et elle poussa un soupir de soulagement. Le poids de l'objet dans sa main avait quelque chose de rassurant Si elle s'en servait correctement, cela pourrait peut-être lui sauver la vie.

Elle retourna vers la porte qui était ouverte, en s'exhortant au calme.

Il y avait des bruits de pas dans le couloir, à présent, et ils se rapprochaient. Elle se plaça derrière la porte, le cœur battant si fort qu'elle redoutait que l'homme puisse l'entendre.

Puis elle ferma les yeux, avala sa salive et crispa les mâchoires.

Elle pouvait le faire.

Elle pouvait…

Une ombre se déplaça dans le couloir, hésita.

Ses mains étaient moites et tremblantes, et sa gorge était aussi sèche que du carton. Elle n'allait quand même pas craquer maintenant, se dit-elle en rajustant sa prise sur le morceau de bois.

L'ombre se remit en mouvement, se rapprocha.

Cecily leva le bout de bois à hauteur d'épaule et attendit.

Quand une main tenant un pistolet s'avança dans l'ouverture de la porte, Cecily réagit dans la seconde. Elle abattit sa massue avec une telle force que l'arme fit un vol plané.

Il y eut un cri de douleur, un juron sonore, puis une poigne de fer se referma autour de son poignet, lui faisant lâcher son morceau de bois.

Une longue silhouette sombre se jeta alors sur son assaillant, lui faisant lâcher prise, et le précipita à terre.

Il y eut une courte lutte sur le plancher et le plus petit des deux fut mis K.O.

Cecily poussa un cri de terreur en voyant l'autre homme venir vers elle.

— Cecily…

Cette voix !

Un intense frisson de soulagement lui coupa le souffle pendant plusieurs secondes quand deux bras puissants se refermèrent autour d'elle, la plaquant contre un corps vigoureux.

Sauvée, elle était sauvée.

— Tate, oh Tate…, murmura-t-elle.

Il l'embrassa avec avidité.

— J'avais peur de ne pas arriver à temps, dit-il. Il s'en est vraiment fallu de peu. Heureusement que tu as réussi à le désarmer.

— J'ai eu tellement peur !

— Je sais.

Il s'écarta pour aller tourner l'interrupteur, et la pièce fut inondée de lumière.

A terre, l'homme était recroquevillé et gémissait. Après avoir récupéré son arme, un petit automatique, Tate sortit son téléphone de sa poche pour appeler la police.

Puis il posa un genou à terre et retira la cagoule sombre que l'homme portait sur le visage, révélant un visage aux traits banals.

— Tiens, tiens, ce cher Gabrini ! Tu pensais vraiment que je te laisserais le champ libre après t'avoir conduit jusqu'ici ? J'ai vérifié auprès du service de location de voitures. Aujourd'hui, il n'y a eu que deux personnes qui se sont fait expliquer comment se rendre à Cullenville. Toi et moi…

— Allez vous faire voir ! haleta l'homme. Elle a tout gâché. Nous avions presque réussi… Mais nous finirons par l'avoir. Et toi aussi.

Tate saisit Gabrini par les cheveux.

— Tu connais Marcus Carrera ?

L'homme blêmit. Evidemment qu'il connaissait Carrera. Tout le monde le connaissait. Ce type était une pointure, une légende dans les cercles où il évoluait.

— Ouais.

— Il sait où tu habites…

Une lueur de panique passa dans le regard de Gabrini.

— Hé, vous n'avez pas le droit !

— Eh bien, je l'ai pris. S'il arrive quoi que ce soit à Cecily, je n'ai pas à t'expliquer ce qui t'attend. Et tu peux dire à tes amis que j'ai aussi enquêté sur eux.

— Vous bluffez !

Lui lâchant les cheveux, Tate le considéra froidement.

— Beaucoup de gens me doivent des faveurs. Certains d'entre eux sont en prison. Tu n'auras pas le temps de voir d'où ça viendra, et tes amis non plus.

Jugeant que la menace avait porté, il retourna vers Cecily pour s'assurer qu'elle allait bien.

Encore trop choquée pour parler, Cecily laissa Tate la prendre dans ses bras et la bercer jusqu'à ce que ses tremblements s'arrêtent.

Elle s'aperçut alors combien elle avait besoin de lui, et cette pensée l'effraya.

La police était accompagnée d'un homme en costume noir qui avait tout à fait la tournure d'un agent fédéral, et Cecily ne fut pas étonnée que ce dernier entraîne Tate à l'écart pour un long conciliabule.

Tandis qu'on la faisait monter dans une ambulance pour l'examiner, Gabrini fut emmené par deux fédéraux chargés de l'escorter dans le New Jersey où il était recherché pour meurtre.

Lorsque Tate la rejoignit pour la ramener à la maison, son regard brillait de fierté.

— Tu as fait preuve d'un sang-froid exceptionnel. Je te félicite pour la façon dont tu as su gérer la situation.

Elle sourit devant ce trop rare compliment.

— J'étais terrifiée.

— Je lui ai laissé un tout petit peu trop d'avance pour avoir des preuves. Ensuite, j'aurais pu tirer, mais j'ai essayé de régler ça en douceur.

— Tu m'as sauvée.

Ils se dirigèrent vers la cuisine, et Cecily prépara un café pour Tate.

— Cet homme semblait avoir peur de toi, remarqua-t-elle, en s'asseyant tandis que l'eau passait.

— Il y a de quoi. Je possède certaines connexions qu'il n'imagine même pas. De toute façon, il te laissera tranquille car il risque d'aller en prison pour un moment.

— Merci.

— Le danger est passé, mais je veux quand même te ramener avec moi à Washington.

Cecily hésita.

Il lui avait sauvé la vie, cette nuit. A sa façon, il tenait à elle, mais si elle rentrait, il se croirait obligé de veiller sur elle en permanence. Par ailleurs, il aimait vivre seul et il ne pourrait jamais renoncer à son métier.

Alors quel genre d'existence aurait-elle, en marge de sa vie ?

Elle avait vécu un merveilleux moment d'amour dans ses bras, un moment dont elle avait rêvé toute sa vie, et son enfant grandissait en elle. Le souvenir du passé suffirait à assurer son bonheur.

— Je veux rester, dit-elle avec fermeté.

Il soupira.

— Mes parents veulent que tu reviennes pour qu'ils puissent profiter de leur petit-fils.

— Tiens, c'est nouveau… Tu es à court d'arguments ?

Une étincelle de rébellion passa dans le regard de Tate.

— Ne t'imagine pas que je ne peux pas vivre sans toi !

— Je ne l'ai jamais pensé. Comment une femme pourrait-elle soutenir la comparaison avec cette vie palpitante que tu mènes ?

— Je suis prêt à y renoncer.

— Bien sûr que non ! J'ai eu l'occasion de te voir à l'action, pas plus tard qu'il y a une heure. Tu étais vraiment dans ton élément. Tu vis pour ces poussées d'adrénaline.

Je me souviens encore de ta joie quand tu as sauvé la vie de Pierce Hutton et de sa femme alors qu'ils étaient détenus au Moyen-Orient. Et tu voudrais renoncer à tout ça pour m'épouser ? Je sais bien que non, poursuivit-elle sans le laisser répondre. Et je ne veux pas me marier, non plus... Quand bien même nous aurions chacun notre appartement, je ne veux pas élever mon fils dans une zone de combat, avec des assassins devant ma porte toutes les nuits. Je suis beaucoup plus en sécurité ici.

Tate n'y comprenait plus rien. Elle avait toujours rêvé de l'épouser, et maintenant qu'elle était enceinte, elle ne le voulait plus ?

Le café avait fini de passer, et il se leva pour aller se servir.

— Je croyais que tu voulais te marier.

— J'ai changé d'avis, dit-elle en évitant son regard. Je suis heureuse de la vie que j'ai maintenant.

Elle caressa doucement son ventre et ajouta :

— Le bébé sera heureux ici. Et, bien sûr, tu pourras le voir quand tu voudras... Tate ?

Médusée, elle le regarda poser la tasse à laquelle il n'avait pas touché, quitter la pièce et claquer la porte derrière lui.

Courant à la fenêtre, elle le vit parler avec un policier et désigner la maison d'un grand geste. Apparemment, elle allait être placée sous surveillance.

Avec un soupir, elle entreprit de nettoyer la cuisine. Eh bien, il avait une bonne excuse à présent pour ne pas lui proposer le mariage.

Elle se sentit soudain terriblement seule et devina que

les jours à venir seraient difficiles. Mais elle ne voulait pas le piéger dans un mariage dont il n'avait pas envie, avec un enfant qu'il n'avait pas désiré.

Sa vie serait solitaire, mais elle aurait le bébé.

Tate, quant à lui, aurait son travail, sa liberté… Pour la première fois depuis huit ans, il n'aurait plus à se préoccuper d'elle.

Puis, songeant à toutes ces longues années qu'elle aurait désormais à vivre sans lui, elle fit le vœu que son nouvel emploi et le bébé suffisent à remplacer ce qu'elle avait perdu.

Chapitre 16

Colby Lane et Pierce Hutton demandèrent au gardien de leur ouvrir la porte de l'appartement de Tate.

Ils savaient que ce dernier était rentré du Tennessee et avait sauvé Cecily des griffes de Gabrini, mais personne ne l'avait vu depuis une semaine. Par ailleurs, comme son répondeur était branché en permanence et qu'il ne répondait pas aux coups frappés à la porte, son ami et son employeur avaient fini par s'inquiéter de ce comportement si étrange.

Ils ne furent pas spécialement rassurés quand ils le découvrirent endormi sur le canapé, au beau milieu d'une débauche de canettes de bière et de cartons de pizza. Il ne s'était pas rasé depuis son retour — ni lavé, apparemment.

— Bon sang ! marmonna Pierce.

— C'est un spectacle qui me rappelle quelque chose, commenta Colby. On dirait moi, il y a quelque temps.

Pierce lui lança un regard sévère.

— Ne soyez pas insultant !

S'avançant vers le canapé, il secoua Tate sans ménagement.

— Allez, réveillez-vous !

Tate ronchonna et se retourna sans un ouvrir un œil.

— Ne reviendra pas, murmura-t-il d'une voix pâteuse… Me déteste.

Puis il sombra de nouveau.

Pierce et Colby échangèrent un regard entendu puis, sans un mot, ils retroussèrent leurs manches et s'attaquèrent d'abord à l'appartement.

Le tour de Tate viendrait ensuite.

Le lendemain, Tate somnolait dans son lit, vêtu d'un pyjama propre, quand le bruit d'une porte qu'on ouvrait se fraya un chemin jusqu'à son cerveau.

L'esprit confus, il ouvrit les yeux, essaya de se redresser, et sentit comme un poignard lui transpercer la tête.

Malgré un bain, plusieurs tasses de café et des cachets d'aspirine qui lui avaient été imposés la veille par deux hommes qu'il croyait ses amis, il avait le plus grand mal à refaire surface.

En fait, il n'avait pas envie de reprendre pied dans la réalité. Il voulait dormir et oublier Cecily.

Faisant un effort, il se traîna quand même jusqu'au salon et atteignit le seuil au moment où la porte d'entrée se refermait.

Cecily se tenait au beau milieu de la pièce, aussi raide que la justice, le visage écarlate, et marmonnait quelques jurons bien sentis qu'il ne lui avait jamais entendu prononcer.

— Qu'est-ce que tu fais là ?

— Ton patron et ce traître de Colby m'ont ramenée de force avec deux gardes du corps, dont une version féminine d'Ivan le Terrible. Ils m'ont habillée, ont emballé mes affaires, et m'ont embarquée dans le jet de M. Hutton. Comme je refusais de sortir de la voiture, le garde masculin m'a soulevée dans ses bras et m'a portée jusqu'ici.

Tate prit appui contre le mur, pas encore tout à fait réveillé, et songea qu'elle était époustouflante de beauté, avec son ventre rond et ses yeux verts qui lançaient des éclairs.

De son côté, Cecily mit quelques minutes avant de remarquer qu'il n'était pas dans son état normal.

— Qu'est-ce que tu as ?

Il ne répondit pas, se contentant de porter une main à sa tête.

— Tu as bu ! s'exclama-t-elle, choquée.

— Oui. Pendant une bonne semaine, je pense. Pierce et Colby ont persuadé le gardien de les laisser entrer. La dernière fois qu'il a laissé entrer Audrey, ajouta-t-il avec un ricanement, je lui ai interdit de faire monter qui que ce soit en mon absence, mais Colby a sorti le grand jeu. Rien n'impressionne plus les gens qu'un insigne de la CIA. Même s'il est périmé…

Cecily fit quelques pas vers lui.

— Tu as bu ? Mais, pourquoi ? Tu ne bois jamais…

— Je ne sais pas… Parce que la mère de mon enfant ne veut pas m'épouser.

— Je t'ai dit que tu pourrais le voir.

Ses yeux sombres coururent sur elle, lui faisant l'effet d'une caresse, et elle comprit combien il lui avait manqué.

Pourquoi se sentait-elle aussi coupable, pour l'amour du ciel ?

— J'ai été enlevée, dit-elle, en essayant d'alimenter sa colère.

— Je n'y suis pour rien. Tiens, on dirait qu'ils ont fait le ménage, ajouta-t-il en regardant autour de lui, l'air perplexe. C'est dommage, je crois qu'il restait un morceau de pizza. J'ai une de ces faims ! Je n'ai rien mangé depuis hier.

— Hier !

Oubliant sa rancœur, elle ôta son manteau et se dirigea vers la cuisine où elle inspecta le contenu du réfrigérateur. Elle fit la grimace.

— Le lait est périmé depuis longtemps, et tout le reste est moisi.

— Commande une pizza.

— Tu ne vas pas manger une pizza pour le petit déjeuner !

— Et pourquoi pas ?

Elle leva les yeux au ciel et inventoria de nouveau le réfrigérateur.

— Bon, il y a des œufs qui sont bons jusqu'à aujourd'hui, et j'ai trouvé une plaquette de bacon non entamée. Je vais te faire une omelette.

Tate se laissa tomber sur une chaise.

— On dirait une vraie petite femme d'intérieur, dit-il avec un faible sourire en l'observant. Quand tu auras fini, tu viendras au lit avec moi ?

Elle lui lança un regard choqué.

— Je suis enceinte.

Il hocha la tête avant d'éclater de rire.

— Oui, je sais. Et c'est très excitant.

Une spatule de bois à la main, elle se tourna à demi vers lui.

— Quoi ?

— Attention ! Ça va brûler.

Elle retourna rapidement l'omelette et ajouta le bacon qui était en train de frire dans une autre poêle.

Il la trouvait sexy dans son état ? A en juger par son regard brillant, c'était bien le cas.

— M. Hutton a dit au conservateur du musée que je ne reviendrais pas et s'est chargé de toutes les formalités. Seulement, je n'ai aucun endroit où aller, maintenant.

— Bien sûr que si ! Tu n'as qu'à rester avec moi.

Evitant son regard, elle fit glisser l'omelette sur une assiette et posa celle-ci devant lui d'un geste excédé.

— Nous y revoilà ! dit-elle.

— Où ça ?

Elle soupira.

— C'est ton sens du devoir qui parle.

— Pas cette fois, dit-il d'une voix si tendre qu'un frisson la traversa. Cette fois, c'est de l'amour, Cecily.

Elle sentit son cœur se dilater de joie, mais n'osa croire totalement à son bonheur. Il ne pouvait pas lui avoir dit qu'il voulait s'occuper d'elle parce qu'il l'aimait.

Pourtant, il n'avait pas l'air de plaisanter. Son visage était presque sévère.

— Je sais que tu ne me crois pas, mais c'est la vérité. Je t'aimais déjà quand tu avais dix-sept ans, mais j'étais persuadé de ne rien avoir d'autre à t'offrir qu'une liaison.

Il laissa échapper un lourd soupir puis poursuivit :

— Les raisons que je t'ai données n'étaient pas les bonnes. En réalité, l'exemple du mariage désastreux de ma mère me faisait peur. Il m'a fallu ce scandale pour admettre que tous les mariages n'étaient pas comme ça. Il suffit de voir ma mère et Matt ensemble pour prendre conscience des miracles que l'amour peut accomplir.

— Ton enfance a été terrifiante.

— La tienne aussi. Je ne t'ai jamais dit que j'avais mis une raclée mémorable à ton beau-père après t'avoir installée à la réserve, n'est-ce pas ?

— Non. Je ne sais pas ce que je serais devenue sans ton aide.

Tate se mit à jouer avec sa fourchette, pensif.

— Cette nuit-là, pendant que tu dormais, j'ai déboutonné ton pyjama et j'ai regardé les marques qu'il t'avait faites. Après quoi, je suis allé chez lui et j'ai failli le tuer. S'il n'était pas tombé à genoux en pleurant… C'est à ce moment-là que j'ai compris ce que je ressentais pour toi.

Elle le considéra avec surprise.

— Tu m'as regardée ?

Il hocha la tête, une flamme nouvelle dans les yeux.

— Tu avais les plus jolis petits seins qu'il m'ait été donné de voir, et ils étaient pleins de bleus. J'avais envie de les couvrir de baisers, de te prendre dans mon lit et de te serrer dans mes bras toute la nuit. Je n'ai pas osé. Ma mère m'aurait corrigé au fouet, ajouta-t-il avec un sourire amusé.

Cecily sentit un frisson de ravissement la parcourir.

— Je ne m'en suis jamais doutée.

— Tu oublies que je suis champion de poker. Mais ce fut une véritable torture de vivre près de toi qui devenais une femme. Il était inévitable qu'un jour je cède à la tentation… Et le pire, c'était peut-être de savoir que tu n'opposerais aucune résistance.

Elle fit machinalement courir ses doigts sur le rebord de sa tasse.

— Je t'aimais tellement ! dit-elle doucement.

— Je sais.

Sa voix exprimait toute la douleur du monde. Elle plongea les yeux dans son regard sombre et découvrit tout ce qu'elle avait tellement rêvé d'y voir : la tendresse, la chaleur, la complicité…

— Tu ne me l'as jamais dit.

— Je ne pouvais pas, Cecily. Jusqu'à ces dernières semaines, je n'étais pas certain de vouloir me marier un jour. Et ce n'était pas pour ne pas entacher ma lignée. Cet attachement à ma culture n'était qu'une excuse comme les autres.

Elle le dévisagea avec surprise.

— Et moi qui essayais de te comprendre, qui partageais tes idées sur la transmission de l'héritage culturel…

Il eut un petit sourire contrit.

— Je sais, j'ai eu tort. Finalement, tout ça ce n'était

qu'un prétexte pour préserver ma liberté. Ma vie me plaisait telle qu'elle était et je n'avais aucune envie de m'engager.

Il l'enveloppa d'un regard brûlant de désir.

— Surtout pas avec toi, continua-t-il. Parce que je savais que je serais incapable de t'oublier une fois que nous serions devenus intimes. Je ne peux pas vivre sans toi, Cecily.

Elle émergeait brusquement d'un cauchemar pour plonger dans le plus beau des rêves, songea-t-elle en cherchant son regard.

Il se leva soudain et, avant qu'elle ait eu le temps de deviner ses intentions, la souleva dans ses bras pour la porter jusqu'à la chambre.

Voyant la lueur d'inquiétude dans ses yeux, il la posa délicatement sur le lit et lui caressa le visage.

— Je ferai attention, murmura-t-il en se penchant pour effleurer ses lèvres. Rien ne presse, nous avons toute la vie pour nous aimer.

Et l'amour fut en effet au rendez-vous.

Chaque baiser de Tate, semblable à la délicate caresse d'une plume, chaque effleurement sur son corps fut l'expression de ce qu'il ressentait pour elle. Et cette douceur réveillait en Cecily plus de brasiers que ne l'aurait fait une étreinte passionnée.

Le mouvement lent et sensuel qu'il lui imprimait était comme un ballet d'une grâce infinie et lui procurait un plaisir nouveau et terriblement émouvant. Bientôt, elle le sentit frémir et comprit l'effort que cela lui demandait de se contrôler ainsi.

— Tate..., murmura-t-elle, en s'accrochant à ses hanches. Viens.

— Non, je veux que ce soit comme ça. Que ce soit lent et doux... Tellement tendre que les larmes nous submergeront quand ce sera fini.

Elle n'était pas certaine de pouvoir y survivre.

Agrippée aux bras de Tate, dont les mains étaient posées de chaque côté de sa tête, elle frissonna, tandis que le plaisir montait lentement en vagues brûlantes.

— Tu sens comme je suis loin en toi ? dit-il d'une voix hachée. Tu sens comme je te remplis ?

Il ferma soudain les paupières laissant un cri rauque s'échapper de sa gorge.

— Cecily... Oh, Seigneur, comme je t'aime.

Elle bascula à son tour dans un vertige de sensations éblouissantes, criant le nom de Tate, alors qu'une larme de bonheur roulait sur sa joue.

Plus tard, elle reposa sa tête sur l'épaule de Tate, pendant qu'il la berçait doucement dans ses bras en lui murmurant des mots tendres.

— C'était incroyable..., dit-elle. Presque effrayant.

— Très effrayant, répondit-il en crispant la main dans ses cheveux. J'espère que nous n'avons pas fait mal au bébé.

— Non. Il n'a que cinq mois. Et ce n'était pas brutal. C'était... Intense.

— Oui.

Tate la serra soudain très fort contre lui, traversé par la peur irraisonnée de la perdre.

C'était cela, la vraie raison qui l'avait tenu si longtemps à l'écart d'elle. Il n'avait pas le courage de s'exposer à aimer avec cette intensité de peur de tout perdre.

— Tate ? murmura-t-elle, paraissant surprise. Je vais bien, je t'assure.

Sa respiration s'apaisa, mais la peur était toujours là.

Il se souvenait de Gabrini et de l'épisode dramatique au cours duquel il avait failli la perdre. Depuis ce jour, cela ne cessait de le hanter, le poussant même à boire, lui qui s'autorisait rarement une bière.

Il n'avait peur de rien sur cette terre, à part de perdre Cecily.

Les yeux fermés, il posa son front contre le sien.

— Je ne supporterai pas que tu me quittes, dit-il.

— Mais je n'en ai pas l'intention, répliqua-t-elle, étonnée.

Prenant un peu de recul, elle chercha son regard.

— Je t'aime plus que tout, Tate. Jamais je ne pourrai te quitter.

— Tu l'as déjà fait ! Tu m'as abandonné.

— Parce que je croyais que tu ne m'aimais pas. Je voulais seulement que tu sois heureux. Je te laissais le champ libre…

La voix de Cecily se brisa au souvenir de ces interminables et douloureuses semaines passées sans lui.

— Ça ne m'a pas rendu heureux, bien au contraire. Ma vie était vide. Une partie de moi était comme morte sans toi… Tu ne peux pas savoir la torture que j'ai endurée quand j'ai appris que tu attendais mon enfant, et que je ne parvenais pas à te retrouver. Je t'aime tellement Cecily. Tellement !

— Moi aussi je t'aime. Depuis toujours. Et je n'ai jamais cessé de t'aimer malgré tout ce qui s'est passé.

— Je resterai avec toi jusqu'à la naissance du bébé, dit-il avec ferveur. Je ne te quitterai pas un seul instant.

Cette démesure la fit sourire.

— Inutile de t'inquiéter. Je suis en excellente santé et notre enfant aussi.

— D'accord.

Le silence retomba sur la chambre tandis qu'elle se laissait gagner par une légère somnolence. Puis une idée la traversa.

— Je pensais à quelque chose…

— Oui ?

— J'ai vraiment bien fait de t'attendre.

— J'en suis heureux, moi aussi. La première fois que nous avons fait l'amour, c'était comme si les dieux consacraient notre union. C'est là que nous avons conçu notre enfant, n'est-ce pas ?

— Oui.

Elle lui caressa paresseusement le torse, s'émerveillant comme toujours de sa magnifique musculature.

— J'ai toujours su que tu serais un amant extraordinaire.

Tate lui embrassa le front avec tendresse.

— Merci pour le compliment. Mais si tu veux que nous recommencions, il va falloir m'épouser.

Brusquement réveillée, elle se redressa sur un coude et vit une flamme moqueuse briller dans ses yeux.

— Quoi ?

— Tu m'as très bien entendu. Je ne serai pas séduit et abandonné. Tu as détruit ma réputation. Maintenant, il faut réparer.

Elle éclata de rire.

— Tu n'as pas l'air détruit du tout. Je te trouve absolument parfait, ajouta-t-elle, l'air mutin, en contemplant son corps splendide.

— La flatterie ne marche pas avec moi. Je te le dis, je suis désespéré. Tu dois m'épouser.

Elle hésita, consciente qu'il ne la quittait pas du regard.

— J'en ai envie, mais je ne suis pas sûre…

— Pourquoi ?

— Tu es un solitaire. Le mariage t'imposera des contraintes et tu vas être obligé de changer de vie.

Il haussa les épaules.

— C'est déjà fait. J'ai dit à Pierce Hutton qu'il allait devoir trouver quelqu'un d'autre pour les missions dangereuses. Je suis toujours responsable de la sécurité, mais je n'irai plus sur le terrain. Je lui ai recommandé Colby pour me remplacer. C'est le genre de job qu'il adore, et c'est beaucoup moins dangereux que ce qu'il fait en ce moment.

— J'aime beaucoup Colby.

— Moi aussi. Surtout maintenant que je sais qu'il n'y a rien entre vous.

Elle leva un sourcil.

— Comment le sais-tu ?

— Entre autres, parce que tu étais très amoureuse, il y a quelques instants.

— Toi aussi…

Il se mit à rire.

— C'est normal. J'ai toujours envie de toi.

Il s'étira paresseusement puis il lui posa doucement la tête sur son torse et lui caressa les cheveux.

— Je te désirais déjà quand tu avais dix-sept ans, mais j'étais responsable de toi. Je ne pouvais pas profiter des sentiments que tu éprouvais, alors que tu étais incapable de faire la différence entre la gratitude et l'amour.

— Ce qui est incroyable, c'est que tu n'aies jamais craqué. J'ai pourtant essayé.

— Et tu as failli réussir ! Tu te souviens de ce voyage en Oklahoma ? Tu ne t'en es sûrement pas rendu compte, mais j'ai failli te faire l'amour sur le siège de la voiture…

— Non…

— Si nous avions été dans un endroit un peu plus isolé, je n'aurais pas pu résister.

— Quel gâchis !

— Je ne trouve pas. Nous avions tous les deux besoin de temps pour nous faire à cette situation. A cette époque-là, je croyais que mon travail passait avant tout, et je n'étais pas sûr de vouloir me ranger. Surtout, je crois que je n'avais pas envie d'appartenir à quelqu'un.

— Personne n'appartient à personne, tu le sais.

— Peut-être. En tout cas, j'ai appris que c'était risqué de montrer ses sentiments et qu'on pouvait en souffrir. Mon beau-père savait que j'aimais ma mère, et il me punissait en lui faisant du mal, jusqu'au jour où j'ai été assez grand pour le faire arrêter.

— Matt se sent coupable à cause de ça.

— Je le sais. Mais il ignorait mon existence. Ma mère avait bien gardé son secret.

— Elle a cru bien faire.

— Naturellement. Mais on ne fait pas de bien aux gens en leur mentant.

Cecily lui caressa doucement la joue.

— Tu sais, je crois qu'il est temps de tourner la page et de penser plutôt à l'avenir. Tiens, pour commencer, dis-moi où nous allons vivre.

Tate resta un moment interdit, puis il éclata de rire.

— Je n'y avais pas pensé… Mais je suppose qu'il va nous falloir une maison. Que dirais-tu d'habiter près de chez Matt et Leta ? Ça leur fera tellement plaisir. Ils sont déjà en train de dévaliser les magasins pour leur petit-fils.

— Tu sais comme ces banlieues chic peuvent être ennuyeuses…, dit-elle avec une moue. Tu vas y tourner comme un lion en cage. D'ailleurs, je suis sûre que tu te lasseras très vite d'un emploi de bureau.

— Pas du tout ! J'ai l'intention de devenir un père de famille respectable. Marions-nous le plus vite possible, chérie… Je ne veux pas prendre le risque que tu te réveilles un beau matin en te disant que tu pourrais trouver un bien meilleur mari que moi.

— Tu m'aimes vraiment, alors ? dit-elle, une boule d'émotion lui nouant la gorge.

Du bout des doigts, il caressa tendrement le contour de son visage.

— Comme si tu ne le savais pas !

— Je n'étais pas sûre. Je suppose que tu devais tenir un peu à moi pour me faire l'amour en sachant que, comme je n'avais aucune expérience, cela me marquerait forcément. Mais ton attitude n'a pas toujours été claire. Et tant d'obstacles se sont dressés entre nous.

— Je sais. J'aimerais pouvoir changer le passé. Tu as pris la fuite à cause de moi, te jetant droit dans les griffes de Gabrini… Il aurait pu te tuer, tu sais.

Elle passa les bras autour de son cou.

— Tu m'as sauvée. Tu as toujours été là pour me protéger. Même de toi… J'espère que notre enfant aura tes yeux. Ils sont magnifiques, ajouta-t-elle, pensive, en redessinant amoureusement du doigt ses sourcils parfaitement dessinés.

— Ce sera un drôle de mélange, dit-il avec émotion. J'ai des ancêtres marocains et français.

— Alors, Matt t'a dit ?

— Oui… Il sera ravi d'avoir un petit-fils à qui raconter tout cela.

— Leta aussi, ajouta Cecily. Elle pourra lui apprendre les traditions lakota.

— Je suis allé les voir pour leur demander conseil à ton sujet, et nous avons fait la paix. Ce qui me fait penser que je n'ai jamais reçu d'excuses pour le plat de bisque renversé sur mon smoking…, ajouta-t-il, faussement sérieux. Devant les caméras de télévision, en plus !

— Tu as absolument raison, dit-elle en l'embrassant sous l'oreille. Tate, je suis vraiment désolée.

— Désolée comment ?

Elle lui adressa un sourire malicieux et se glissa, sensuelle et douce, sur lui.

— Désolée comme ça…, murmura-t-elle tout contre ses lèvres.

Chapitre 17

Le lendemain, Tate emmena Cecily chez Matt et Leta. Comme une fine couche de glace recouvrait l'allée goudronnée, il souleva la jeune femme dans ses bras quand elle sortit de la voiture, et la porta jusqu'au perron, tel un fragile trésor. Il avait pris soin auparavant de l'envelopper dans le douillet manteau de cachemire noir qu'il lui avait offert l'année précédente.

— Appuie sur la sonnette, dit-il.

— Non.

Elle portait ses lunettes au lieu de ses lentilles de contact et, derrière les verres, ses yeux verts brillaient d'un éclat espiègle.

— Bien… Alors, il va me falloir employer les grands moyens, murmura-t-il avant de pencher la tête pour l'embrasser. Allez, capitule ! C'est moi le plus fort.

Serrant un peu plus les bras autour de son cou, elle l'embrassa à son tour avec une ardeur qui lui arracha un gémissement.

Ni l'un ni l'autre n'entendirent la porte s'ouvrir.

— Vous ne voudriez pas faire ça à l'intérieur ? demanda une voix amusée. Il fait moins froid.

Ils se séparèrent en riant, et Matt adressa à son fils un regard entendu.

— Tu as peut-être quelque chose à nous annoncer ?

Tate acquiesça.

— Nous allons nous marier.

— Ah bon ? dit Matt, avec une surprise feinte.

Puis éclatant de rire, il ouvrit la porte en grand pour les laisser passer.

Au passage, il donna une claque amicale sur l'épaule de Tate.

— Tu vois ce que je t'avais dit pour le plan de bataille, mon fils. Ça marche toujours.

— Bof, pas si bien que ça ! Je suis allé la chercher, mais elle n'a pas voulu me suivre. Alors, je suis rentré me soûler, et quand je me suis réveillé, Pierce Hutton me l'avait livrée chez moi, tel un cadeau de Noël un peu tardif.

— Sacré patron que tu as là ! commenta Matt. Leta ! ajouta-t-il en haussant le ton. Nous avons de la visite.

Tate emporta son précieux fardeau jusqu'au salon.

Il venait de la déposer sur le canapé lorsque Leta fit son apparition.

— Ma chérie ! s'écria-t-elle en se précipitant pour serrer Cecily dans ses bras. Ma pauvre petite chérie. Tu vas bien ?

Submergée par l'émotion, celle-ci éclata en sanglots.

— Je pleure, mais… ce n'est rien. Oh, je suis tellement heureuse !

Leta jeta un regard à son fils puis lui sourit, le visage

rayonnant de bonheur. Il lui sourit en retour, et tout fut dit…

Plus tard, au cours du dîner qui se déroula dans une ambiance joyeuse et détendue, Tate raconta l'histoire de la capture de Gabrini, insistant sur le courage de Cecily.

Ils s'apprêtaient à prendre le dessert quand un membre du Sénat, ami de Matt, se présenta à l'improviste. Ce dernier s'excusa pour aller lui parler, suivi de Leta, laissant seuls Tate et Cecily autour de la grande table de bois de cerisier.

— Arrête de me regarder, dit-elle, consciente que le regard de Tate, tandis qu'elle dévorait sa part de gâteau avec un bel appétit, ne la quittait pas.

— La grossesse est une expérience très déroutante pour un homme. Je suis complètement fasciné.

— J'avais remarqué, dit-elle avec une grimace, ce qui le fit rire.

— Toutes ces grandes déclarations sur le refus de la mixité culturelle ! reprit-il pensivement. Et la première fois que nous avons fait l'amour, je n'ai même pas pensé que nous pourrions avoir un enfant. Ça ne te semble pas un peu irresponsable ?

— Si. Mais tu ne pouvais pas savoir que je n'avais aucune expérience.

— Bien sûr que si. Je l'ai toujours su, bien avant d'en avoir la preuve.

Elle rougit, se rappelant les sensations qu'elle avait éprouvées avec lui cette première fois.

— C'était une vraie révélation…, ajouta-t-il. Et puis, il y a eu cette étreinte sur le tapis de ton bureau ! Je n'arrive pas à croire que j'ai pu faire ça. Tu étais déjà enceinte à ce moment-là. J'aurais pu blesser le bébé.

— Mais non, quelle drôle d'idée ! Et puis, souviens-toi, c'est moi qui t'avais séduit. Et j'en ai gardé le meilleur des souvenirs.

— Quand même… Je me sens un peu honteux. Je t'ai traitée sans trop d'égards. Et pas seulement cette fois-là, d'ailleurs…

— Je n'ai aucun regret.

— J'aimerais pouvoir en dire autant.

Croisant les mains derrière la nuque, il l'enveloppa d'un regard caressant.

— Tu es très sexy avec ce ventre rond…

Elle haussa les épaules.

— La grossesse n'est pas supposée être sexy.

— Eh bien, c'est le cas. Tu irradies, dit-il avec un sourire tendre. Je suis content que tu aies voulu garder ce bébé. Et je me réjouis de l'avoir.

Il se pencha vers elle, les coudes sur la table, et lui prit les mains.

— Je suis désolé de t'avoir fait vivre tout ça, Cecily. Je n'étais pas préparé à un tel choc. J'avais besoin de m'accoutumer.

— Je sais. Aucun d'entre nous ne voulait te voir malheureux. Nous ne savions tout simplement pas comment te le dire.

Elle se perdit dans les profondeurs de son regard

sombre, songeant que leur enfant aurait peut-être les mêmes yeux.

— Les mensonges sont dangereux, reprit-elle. Tous les mensonges, même ceux qui partent d'un bon sentiment.

— J'en ai conscience… En tout cas, j'étais sincère quand je t'ai dit que je voulais me marier rapidement.

— C'est d'accord.

Tate laissa échapper un soupir de soulagement, ravi qu'elle ne se perde pas une fois de plus dans des argumentations sans fin.

— J'irai voir le prêtre qui a marié mes parents. Mais si tu veux seulement un mariage civil…

— Non, pas du tout. Je serai heureuse de me marier à l'église.

Il afficha un sourire radieux.

— Parfait. Et le plus tôt sera le mieux.

La cérémonie eut lieu une semaine plus tard, en présence de Leta, Matt et Colby. Pierce Hutton et sa femme, Brianne, y assistèrent également avec leur fils âgé de quelques mois.

Relevant la voilette beige de son chapeau, parfaitement assorti à son élégant tailleur de soie, Cecily tourna la tête vers son mari et songea qu'elle n'avait rien vu de plus beau que la lueur d'émerveillement qui brillait à cet instant dans ses yeux. Et quand il se pencha pour l'embrasser avec une infinie tendresse, elle ne put retenir ses larmes.

Une foule d'invités se pressa à la réception donnée

chez Matt, dans sa somptueuse propriété du Maryland. Profitant d'un moment d'accalmie, après les félicitations de rigueur, Cecily se rapprocha de Brianne, qui avait des yeux verts comme elle et des cheveux blonds un peu plus foncés que les siens.

Elles échangèrent quelques mots, sympathisant immédiatement. Puis, voyant que son fils s'était endormi dans ses bras, Brianne proposa d'aller s'asseoir dans l'un des canapés.

Penchée au-dessus de l'enfant, Cecily le contempla avec attendrissement, pressé de pouvoir elle aussi tenir son bébé dans ses bras.

— Il s'appelle Edward Lawrence, et Pierce ne veut surtout pas qu'on utilise un diminutif, expliqua Brianne.

— Il est magnifique…

Le visage de la jeune mère s'illumina de fierté.

— Oui, n'est-ce pas ? Il ressemble à son père.

— C'est vrai…, intervint Tate, qui venait de les rejoindre.

Matt Holden s'approcha d'eux d'un pas nonchalant et posa affectueusement un bras autour des épaules de Tate.

— Il est mignon, ce petit, dit-il.

L'air taquin, il donna une légère bourrade à son fils.

— Le mien aussi, vous ne trouvez pas ? Je me demande à qui il me fait penser…

Entrant dans le jeu, Tate lui donna un petit coup de coude.

— Laisse tomber… Je suis beaucoup plus beau que toi.

— Quoi ?

— Et j'ai meilleur caractère, aussi.

Leta se glissa auprès de son mari et lui prit la main.

— Ça fait plaisir de voir qu'ils s'entendent aussi bien, n'est-ce pas, Cecily ?

Elle hocha la tête.

— Oui. Je crois que je m'habitue très bien au calme et au bonheur.

— Ah bon ? dit Tate. C'est dommage, parce que j'ai une nouvelle qui devrait mettre un peu d'animation dans la famille. J'ai relancé le projet de casino.

— Tu peux relancer tout ce que tu veux, je me battrai bec et ongles pour te barrer la route, répliqua Matt.

— Je te souhaite bien du courage... Tous les soupçons de malversation sont levés, et la réserve a voté majoritairement pour la création du casino.

— Je n'ai pas dit mon dernier mot !

— Arrêtez ! dit Leta en se plaçant entre les deux hommes. Nous sommes là pour fêter un événement familial. Vous parlerez de ça plus tard.

Matt et Tate échangèrent un regard noir, ni l'un ni l'autre ne paraissant prêt à céder.

— C'est dans des moments comme ça que la ressemblance est la plus flagrante..., commenta Leta.

— Tate, franchement..., intervint Cecily, contrariée.

Le clin d'œil qu'il lui adressa coupa court à ses protestations. Quand Matt fit la même chose, elle comprit alors qu'elle venait de se faire piéger.

— Oh, vous deux ! Vous êtes impossibles.

Tandis que les deux hommes s'éloignaient en riant, Leta serra sa belle-fille dans ses bras.

— Ils te faisaient marcher… En réalité, ils sont parvenus à un compromis. Nous verrons bien ce qui se passera, mais je crois que nous aurons notre casino.

Cecily l'embrassa avec tendresse.

— Quel merveilleux cadeau de mariage !

— Rien n'est fait pour le moment. Mais nous avons beaucoup mieux. Nous allons vous offrir tout ce qu'il faut pour la chambre du bébé quand vous serez installés chez vous.

— Je ne sais pas comment Tate a fait pour dénicher une maison si près de chez vous, mais c'est formidable. Nous pourrons pendre le café ensemble tous les matins et parler de nos projets pour la réserve. Parce que, maintenant, je fais vraiment partie de la famille.

— C'est vrai, et rien n'aurait pu me rendre plus heureuse.

Elles s'étreignirent une fois encore avec émotion puis Leta alla rejoindre son mari.

Brianne se tourna alors vers Cecily.

— J'espère que vous n'en voulez pas trop à Pierce. Il exagère, parfois… Il n'aurait pas dû vous causer un tel choc alors que vous êtes enceinte.

— Je n'ai pas été choquée, mais furieuse d'être emportée comme un paquet et livrée directement au père de mon bébé…

Repérant son mari dans la pièce, elle lui fit un petit signe de main.

— Mais quelles retrouvailles ça a été ! Je décerne le prix de marieur de l'année à Pierce.

— Tate est fou de joie à propos du bébé, n'est-ce pas ? Je l'ai entendu dire à Pierce qu'il était déjà en train de se renseigner sur les différentes universités.

— Il sera un bon père... Et un excellent mari, ajouta-t-elle en lui souriant à travers la pièce.

— Difficile à imaginer, non ? Il avait l'air tellement sombre, si réservé... Il faut croire qu'on ne connaît jamais vraiment bien les gens.

— C'est justement ce qui est intéressant. Plus je le découvre, plus je me rends compte que je ne savais pas grand-chose de lui. Il a toujours été très secret.

— Pierce aussi. Mais vous savez quoi ? Malgré tout ce qu'ils nous font endurer, la vie serait épouvantable sans les hommes.

Cecily éclata de rire.

— Et ils savent si bien se faire pardonner, dit-elle.

Le bébé vint au monde en été, le jour le plus chaud jamais enregistré pour la saison.

Tate eut tout juste le temps d'arriver à l'hôpital, et le petit Joseph Matthew Winthrop vit le jour quelques minutes après que sa mère eut été admise en salle de travail.

Lorsqu'on plaça le nouveau-né dans les bras de son père, celui-ci ne put retenir ses larmes.

— Tous nos ancêtres sont là, réunis dans ce petit visage, dit-il d'une voix enrouée par l'émotion.

Tournant la tête vers sa femme, il plongea son regard bouleversé dans le sien.

— Il est magnifique…

Epuisée, mais comblée, Cecily lui répondit en dialecte lakota :

— Mon cœur est heureux.

Il sourit et lui répondit dans la même langue.

— Mon cœur est heureux aussi.

Plus tard, après que le défilé des amis et de la famille eut cessé, ils se retrouvèrent seuls dans la chambre envahie de roses.

Songeant à la magnifique rose de papier que Tate lui avait rapportée du Japon, Cecily sentit les larmes lui piquer les yeux.

A présent, les roses étaient réelles. Tout comme l'amour qu'ils éprouvaient l'un pour l'autre.

Inquiet, Tate lui prit la main.

— Quelque chose ne va pas ? Tu as mal ?

— Non. Je pensais à la rose de papier que tu m'avais offerte quand je vivais à la réserve.

Il sourit, devinant ses pensées.

— Et aujourd'hui, les fleurs sont vraies.

Elle hocha la tête, ravie de voir qu'il la comprenait si bien.

— Oui, les roses sont vraies, maintenant.

Dehors, la pluie tant attendue crépitait contre les vitres, apportant un peu de fraîcheur à la nature qui s'étiolait depuis quelques jours sous la chaleur.

Dans la chambre, personne n'y fit attention.

Le bébé dormait d'un sommeil paisible, et ses parents, penchés sur lui, le contemplaient avec des yeux émerveillés.

Une nouvelle vie commençait pour eux, après tant d'obstacles. Une vie d'amour et de bonheur.

PRÉLUD'

Le 1er octobre

Prélud' n° 46

L'amant d'autrefois - Molly O'Keefe

Le merveilleux et tendre Mac Edwards, qu'elle a aimé jadis, est-il bien le même homme que ce père caractériel qu'on lui décrit et auquel on veut enlever la garde de sa fille ? Rachel ne veut pas y croire. Décidée à lever les malentendus et à découvrir le drame intime qui se joue, elle prend la route qui la mène vers son grand amour d'autrefois...

Prélud' n° 47

L'inconnue aux yeux clairs - Eve Gaddy

Qui est vraiment Ava Vincent et quels secrets l'empêchent de céder à l'attirance qu'elle éprouve manifestement pour Jack ? A force de patience et de passion, celui-ci va découvrir le passé qui hante la jeune femme, et les vraies raisons de sa présence à Port Aransas.

Prélud' n° 48

La couleur du passé - Kathleen O'Brien

Le jour où elle tombe sur le journal de son fiancé, ouvert à la page où il relate leur récente rencontre, Celia voit s'étaler une terrible vérité sous ses yeux : loin d'être l'homme idéal qu'elle adore, celui-ci écrit ne l'avoir séduite que dans le but d'approcher sa famille, et de se venger...

Prélud' n° 49

La vengeance au cœur - Diana Palmer

Injustement accusée de vol par l'homme qu'elle aimait, Meredith a dû fuir sa ville natale pour éviter la prison. Persuadé de sa culpabilité, Cy n'a même pas pris la peine de l'écouter et l'a rejetée sans pitié. Mais six ans ont passé... Aujourd'hui, Meredith est une femme riche et puissante. Et elle est de retour chez elle pour se venger de celui qui l'a si cruellement trahie...

Prélud' n° 50

Un enfant pour toi - Linda Warren

Jusqu'ici, Macy a refusé d'épouser Warren – parce qu'elle n'ose pas lui avouer qu'elle ne peut pas avoir d'enfant. Mais sa vie prend soudain un virage inattendu qui oblige Macy à reconsidérer sa décision : elle devient responsable du bébé de sa demi-sœur, qui s'est enfuie...

HARLEQUIN

Le 1er septembre

Un été à Willow Lake - Susan Wiggs • N°298

Pour oublier une douloureuse déception sentimentale, Olivia accepte la proposition de sa grand-mère : passer l'été à Willow Lake pour remettre en état le camp de vacances appartenant à ses grands-parents, où, enfant, elle a passé tous ses étés. Or le jour où se présente l'entrepreneur devant l'aider dans cette tâche, elle reconnaît avec stupéfaction Connor Davis, le garçon qu'elle a secrètement aimé durant son adolescence...

Poison - Alex Kava • N°299

C'est impossible. Et pourtant, tout le confirme. Sabrina Galloway, brillante scientifique qui travaille dans une usine experte en énergies renouvelables, vient de découvrir que celle-ci rejette des déchets toxiques dans la rivière toute proche. Consciente des conséquences mortelles de ce qui semble être un sabotage, elle décide d'en parler à ses supérieurs. Mais l'un vient de disparaître dans d'étranges circonstances, tandis que l'autre reste sourd à ses alertes...

Noirs soupçons - Brenda Novak • N°300

Lorsqu'Allie McCormick revient à Stillwater, la petite ville de son enfance, elle est fermement décidée, en tant qu'officier de police, à faire toute la lumière sur la mystérieuse disparition du Reverend Barker. Car depuis vingt ans toute la ville, en proie aux rumeurs les plus sombres, accuse de meurtre Clay Montgomery, son fils adoptif. Celui-ci, taciturne et solitaire, semble porter un lourd secret... Intriguée, mais aussi séduite par cet homme au charme mystérieux, Allie va devoir garder tout son sang-froid pour découvrir s'il est ou non l'assassin qu'elle est venue démasquer.

La poupée brisée - Amanda Stevens • N°301

Depuis la mystérieuse disparition de sa fille Ruby, il y a sept ans, Claire est inconsolable. Mais un jour, c'est le choc : dans une vitrine de la Nouvelle-Orléans, elle découvre une poupée de collection qui reproduit à la perfection les traits de sa fille... Mais la poupée est enlevée à son tour, comme Ruby, sept ans plus tôt. Volée par un homme de l'ombre, que la beauté de la petite fille avait autrefois fasciné – et dont l'obsession n'a jamais pris fin...

Retour à Belle Pointe - Karen Young • N°302

Épouse du célèbre champion Buck Whitaker, Anne a apparemment tout pour être heureuse. Mais sa vie ne la satisfait pas : elle veut un enfant, lui non. Et, quand elle fait une fausse couche, le couple entre en crise. Anne part pour Tallulah, Mississippi, où l'accueillent son père et sa belle-mère. Elle décide alors d'étudier le passé de la petite ville, où la famille de Buck possède depuis des générations la grande plantation de Belle Pointe, célèbre dans toute la région. Elle ne se doute pas, ce faisant, qu'elle va découvrir des secrets enfouis depuis bien longtemps...

L'héritière de Rosewood - Brenda Joyce • N°303

Amérique, Irlande et Angleterre, 1812 – À la mort de ses parents, Virginia Hugues apprend que son oncle, établi à Londres, compte vendre Rosewood, la plantation de tabac familiale située en Virginie. Bouleversée, la jeune fille se révolte. Certes, la propriété, incendiée pendant la guerre de Sécession, n'est plus qu'une ruine, mais elle reste la maison de son enfance, le berceau de ses souvenirs... Aussitôt, elle embarque pour l'Angleterre avec l'espoir de convaincre son oncle de renoncer à son projet. Mais elle est enlevée par un pirate irlandais...

Mortelle impasse - Helen R. Myers • N°177 *(réédition)*

Lorsqu'elle découvre une empreinte de main rouge sang tracée sur un panneau « Impasse », non loin de chez elle, Brette Barry veut d'abord croire à une farce macabre liée à Halloween. Mais l'inquiétude s'empare d'elle lorsque son fils lui révèle que Hank, son meilleur ami, a disparu la veille. L'adolescent au caractère révolté a-t-il une fois de plus décidé de fuguer... ou l'empreinte sanglante était-elle la sienne ?

Titres non disponibles au Québec.

ABONNEMENT...ABONNEMENT...ABONNEMENT...

ABONNEZ-VOUS!

2 romans gratuits*
+ 1 bijou
+ 1 cadeau surprise

Choisissez parmi les collections suivantes

AZUR : La force d'une rencontre, l'intensité de la passion.
6 romans de 160 pages par mois. 22,48 € le colis, frais de port inclus.

BLANCHE : Passions et ambitions dans l'univers médical.
3 volumes doubles de 320 pages par mois. 18,76 € le colis, frais de port inclus.

LES HISTORIQUES : Le tourbillon de l'Histoire, le souffle de la passion.
3 romans de 352 pages par mois. 18,76 € le colis, frais de port inclus.

AUDACE : Sexy, impertinent, osé.
2 romans de 224 pages par mois. 11,24 € le colis, frais de port inclus.

HORIZON : La magie du rêve et de l'amour.
4 romans en gros caractères de 224 pages par mois. 16,18 € le colis, frais de port inclus.

BEST-SELLERS : Des romans à grand succès, riches en action, émotion et suspense.
3 romans de plus de 350 pages par mois. 21,31 € le colis, frais de port inclus.

MIRA : Une sélection des meilleurs titres du suspense en grand format.
2 romans grand format de plus de 400 pages par mois. 23,30 € le colis, frais de port inclus.

JADE : Une collection féminine et élégante en grand format.
2 romans grand format de plus de 400 pages par mois. 23,30 € le colis, frais de port inclus.

Attention: certains titres Mira et Jade sont déjà parus dans la collection Best-Sellers.

NOUVELLES COLLECTIONS

PRELUD' : Tout le romanesque des grandes histoires d'amour.
4 romans de 352 pages par mois. 21,30 € le colis, frais de port inclus.

PASSIONS : Jeux d'amour et de séduction.
3 volumes doubles de 480 pages par mois. 19,45 € le colis, frais de port inclus.

BLACK ROSE : Des histoires palpitantes où énigme, mystère et amour s'entremêlent.
3 romans de 384 et 512 pages par mois. 18,50 € le colis, frais de port inclus.

VOS AVANTAGES EXCLUSIFS

1.Une totale liberté
Vous n'avez aucune obligation d'achat. Vous avez 10 jours pour consulter les livres et décider ensuite de les garder ou de nous les retourner.

2.Une économie de 5%
Vous bénéficiez d'une remise de 5% sur le prix de vente public.

3.Les livres en avant-première
Les romans que nous vous envoyons, dès le premier colis payant, sont des inédits de la collection choisie. Nous vous les expédions avant même leur sortie dans le commerce.

Composé et édité par les
éditions Harlequin
Achevé d'imprimer en août 2007

par

LIBERDÚPLEX

Dépôt légal : septembre 2007
N° d'éditeur : 12998

Imprimé en Espagne